Hanna Simon

*Spuren, die der
Schnee bedeckt*

HANNA SIMON

Spuren, die der Schnee bedeckt

Roman aus Ostpreußen

HERBIG

Vorderes Schutzumschlagmotiv
»Schacktarp«, nach einem Ölgemälde des ostpreußischen Malers
Carl Scherres (1833–1923) – im Alten Schloß Schleißheim »Es war
ein Land«, Sammlung zur Landeskunde Ost- und Westpreußens,
Zweigmuseum des Bayerischen Nationalmuseums

Buchtitel und Foto auf der Rückseite des Schutzumschlags mit freundlicher Genehmigung von Ernst Korth, Dokumentarfilmer, Hamburg.

Zu den Abbildungen

Vorderer Vorsatz
Linke Seite: Schacktarp. – Der Schacktarp geht. – Die Fähre.
Rechte Seite: Dorfstraße. – Der Fährmann. – Moosbruch-Heuwagen.

Hinterer Vorsatz
Linke Seite: Kartoffelfelder. – Dorfstraße am Großen Moosbruch. –
Der »Stäch« über den Graben.
Rechte Seite: Telefonmast mit Storchennest. – Auf dem Moosbruch. –
Gasthaus. – Wohnhäuser.

(Fotos mit freundlicher Genehmigung der Bildstelle Kreisgemeinschaft
Labiau, Erich Paske, und aus dem Besitz der Autorin.)

Im Roman wurden Personen- und Ortsnamen zum Teil geändert.

© 1997 by Herbig Verlagsbuchhandlung GmbH, München
Alle Rechte vorbehalten
Kontakte, Recherchen, Koordination: Karin Banik, München
Schutzumschlaggestaltung: Bernd und Christel Kaselow, München
Satz: Schaber Satz- und Datentechnik, Wels
Gesetzt aus: 10/12 Punkt Janson in PostScript
Druck und Binden: Graphischer Großbetrieb Pößneck
– Ein Mohn-Betrieb –
Printed in Germany
ISBN: 3-7766-1974-0

Für meine Kinder

Inhalt

Der Schacktarp kommt *11*

Der Schulanfang *20*

Beim Deichbau *28*

Zukunftspläne *36*

Erster Mai *43*

Die warme Jahreszeit *49*

Familienzuwachs *58*

Die Reise nach Berlin *64*

Trennung von Freunden *76*

Dorfgemeinschaft *87*

Ende mit Müßiggang *95*

Eine aufregende Entdeckung *103*

Vorbereitung auf den Winter *108*

Sonnenschein und Abschied *115*

Schlimme Zeiten *127*

Daniel, der Franzose *136*

Leidvolle Erfahrungen *146*

Rheinländer kommen ins Dorf *161*

Verratene Liebe · *168*

Veränderungen *176*

Und der Krieg geht weiter *182*

Theaterspiel und Tote *192*

Zauber der ersten Liebe *204*

Fluchtbefehl und Abfahrt *216*

Der Treck *228*

Übers Frische Haff und die Ostsee *241*

Worterklärungen *251*

Die Personen

Schimkat, Otto
Schimkat, Gertrud, geb. Kallweit
Kinder: Liselotte   genannt Lotti
         Hildegard   genannt Hilde
         Annemarie
         Ingrid   genannt Inge

Kallweit, David
Kallweit (Oma)   Eltern von Gertrud
Kinder: Gertrud
      Maria (Berlin)
      Franz
      August
      Hermann
      Albert

Kallweit, Eduard   genannt Ede, Bruder von David
Kallweit (dicke Tante)
Kinder: Meta
      Willy
      Gustav
      Fritz
      Alfred
      Emil

Schimkat (Oma)   Mutter von Otto

Nachbarn

Tante Gustchen   wohnte bei Romeike

Romeike, Friedrich
Romeike, Marta
Sohn: Georg (Jorge)

Adomeit, Hannes
Adomeit, Jette
Töchter: Frieda
         Gerda

Wittkuhn, August
Wittkuhn, Kurt   genannt Kurtchen

Der Schacktarp kommt

Über dem zugefrorenen Timberfluß und den verschneiten Wiesen hatte sich schummrig fahles Licht verbreitet, daß jedem, der die warme Stube verlassen mußte, schucherte. Alles war grau in grau. Kein Ast am Baum, kein Halm im Schilf bewegte sich. Auch die Häuser schienen sich vor dem Kommenden zu ducken.
Gustav, den Fährmann, hielt es trotzdem nicht in seiner Wohnung. Er zog den zotteligen Schafspelz an, stülpte die gestrickte Wollmütze auf den Kopf und schob die Hände in dicke, selbstgenähte Karschinis. So eingepackt trat er ins Freie. Er versuchte, seinen rechten Arm zu reiben. Seit das Wetter umgeschlagen war, konnte er das Reißen kaum aushalten. »Nichts is so zuverlässig wie der verdammte Rheumatismus«, murmelte der Fährmann in seinen Stoppelbart.
»Is ja schon März, wird Zeit, daß sich endlich was regt«, sagte er, als das Rumoren vom Timberfluß herüberdrang. Gustav blieb stehen und horchte. In der Ferne hörte er eine Sielenglocke scheppern. Als das Gebimmel näher kam, wurde er neugierig, wer so verwegen war, um diese Zeit über das Eis zu fahren.

Otto Schimkat, der in eine warme Pelzdecke gewickelt auf dem Bock seines Karjolschlittens saß, war heilfroh,

die längste Wegstrecke von Lauknen nach Palleninken hinter sich gebracht zu haben. Schipporeits Fähranleger mußte gleich zu sehen sein. Doch mit dem Fuchs war heute nichts anzufangen. Er tänzelte umher und hatte nur Sperenzchen im Kopf.
»Na, na, warum bist du so unruhig? Bevor es dunkel is, müssen wir vom Strom sein. Also benimm dich, un lauf geradeaus, wischiger Krauter!« schimpfte Otto Schimkat.
Als der Braune aufgeregter wurde, zog Otto kräftig an der Jagleine. »Nu aber ruhig, Fuchs, ganz ruhig. Schließlich soll Trakehnerblut durch deine Adern fließen, also benimm dich entsprechend.«
Der Braune schnaubte und wieherte. Immer wieder verhielt er. Ein sicheres Zeichen, daß etwas nicht stimmte. Otto rief ein kurzes »Brr«, und der Fuchs stand.
Otto Schimkat hörte nun, warum sein Pferd so unruhig geworden war. Fremde hätten die grummelnden Geräusche für ein aufziehendes Wintergewitter gehalten. Otto wußte es besser. »Ja, Fuchs, du warst wieder einmal aufmerksamer als ich. Du hast es längst gehört. Es ist endlich soweit.«
Er musterte den Flußlauf. Nichts rührte sich. Noch nicht! Nach kurzer Zeit aber würde das Eis auseinanderbersten. Der Schacktarp meldete sich an.
Obwohl der Mann auf dem Kutschbock das Kommende haßte, das alles einengte, auf der Timber weder Mensch noch Tier passieren ließ, schlimmer als Frost und Stiemwetter, freute er sich, daß es endlich soweit war. Er ärgerte sich wie so oft darüber, daß hier keine Brücke über die Timber führte wie in Lauquarien über den Nemonienstrom oder in Schenkendorf über die

Laukne. Nach der Eindeichung müßte es doch möglich sein, den moorigen Untergrund so zu befestigen, daß auch hier eine Brücke gebaut werden konnte. Überschwemmungen würden dann ebenfalls der Vergangenheit angehören. Dann, Schacktarp, kannst kommen – verdammt noch mal.

Der Fuchs prustete und riß Otto aus seinen Gedanken. Der schnalzte, und das Tier trabte an. Der leichte Schlitten huschte durch die Spur wie der Schatten eines aufgescheuchten Riesenvogels.

Schnell erreichte Otto das Palleninker Bollwerk. Er erkannte den Fährmann am Anleger und hielt.

»'n Abend, Gustav!«

»Du bist es, Otto«, sagte der und deutete ein Kopfnicken an. »Kannst von Glück sagen, daß zu Hause bist, Otto. In den nächsten Stunden is da nuscht zu machen. Da is der Deibel los.«

»Allem Anschein nach wirst recht haben, da kannst dich bald in die Gurte legen un deinen Winterschlaf beenden.«

»Will ich gerne, wenn der Schacktarp man nich zu lang bleibt«, antwortete Gustav und schob sich einen Priem zwischen die Zähne.

Otto drängelte zum Weiterfahren.

»Grüß Frau un die Kinderchen!« rief Gustav ihm hinterher, und er schlidderte in Richtung Schipporeits Stall, in dem er sich eine kleine Wohnung eingerichtet hatte. Heute sperrte er die Tür ganz schnell von innen zu und schob den Riegel vor.

Otto Schimkat fuhr am Kanal entlang. Der Wind, der den ganzen Tag kräftig geblasen hatte, ließ nicht viel

Schnee auf der Straße. Der Kies knirschte, wenn die Kufen darüberschurrten. Den leicht schiefen Wegweiser mit der Aufschrift »Palleninken« konnte Otto schon ausmachen. Gleich dahinter Naujoks Wohnhaus ebenfalls. Nachbar Romeike, der über seinen Hof ging, erwiderte Ottos Gruß, ehe er sein behäbiges Holzhaus mit der Glasveranda betrat.

Nun fuhr Otto über die Brücke, die zu dem Hof gehörte, auf dem bis vor einer Woche Arthur Brückmann Pächter gewesen war. Neben der Auffahrt standen sauber gefleite Heuhaufen. Gegenüber erstreckte sich der Garten mit dem Ziehbrunnen. Der Schlitten bog um das Haus und fuhr in den Hof. Vor dem Schauer stoppte der Fuchs.

Umständlich stieg Otto aus dem Fell und sprang vom Schlitten. Molly, der Mischling, kam angeflitzt und begrüßte ihn. Dann kroch er durch die Lederklappe in seine Bude zurück.

In gewohnter Schnelligkeit bugsierte Otto den Schlitten auf seinen Platz im Schauer. Nachdem er den Fuchs abgeschirrt hatte, führte er ihn in den Stall. Dort schmiß er ihm einen Woilach über. Rasch noch Hafermehl in den Trog geschüttet, mit Wasser vermengt und Heu in die Raufe. Die alte Rosine guckte herüber. Sie wurde ebenfalls versorgt und bekam einen freundschaftlichen Klaps. Schimkat verließ den Stall und verriegelte die Tür.

Inzwischen war es dunkel geworden. Schimkat ging über den Hof, auf dem der Schnee nicht so frostig knirschte wie am Morgen. An Tannenzweigen, die vor dem Vorhaus lagen, putzte er sich seine Stiefel sauber. Den restlichen Schnee fegte er mit dem Strauchbesen ab, der immer bereitstand. Jede Woche ein neuer, selbst gebunden aus Birkenreisig.

Danach öffnete er die Haustür und trat in das Vorhaus, an dessen Wand Klumpen, Schlorren und Stiefel aufgereiht standen. Nachdem er seine feuchten Karschinis von den Händen gestreift hatte, klappte er die Schließhaken seines Pelzes auf und schälte sich aus dem fußbodenlangen Mantel. Er hängte ihn an den eisernen Kleiderhaken. Daneben hing der Stiefelknecht. Otto nahm ihn vom Haken und legte ihn vor sich hin. Ein Stiefel nach dem anderen wurde in die ausgebogte Rundung geklemmt, so daß er seine Beine aus den Langschäftern ziehen konnte.

In der Küche flackerte die Petroleumlampe. Die spärlich beleuchteten Möbel warfen hüpfende Schatten an die Wände. Handgewebte Flickenläufer auf den Holzdielen schienen sich zu bewegen. Es war, als zuckten die bunten Streifen blitzschnell hin und her, auf und ab, als wollten sie sich bei dem Spiel gegenseitig den Rang abspenstig machen. Die Stubentür war angelehnt. Durch den Spalt sah Otto seine Gertrud auf der gepolsterten Ofenbank sitzen und stricken. Er trat ein und küßte sie. Die Fäustlinge legte er zum Trocknen auf den Ofen. Seine Lodenjoppe zog er aus und warf sie über die Lehne des Stuhles, auf den er sich erschöpft fallen ließ.

»Hast gehört, was los is auf dem Strom, Trude?« Otto rieb seine klammen Hände. »Riecht nach Tauwetter. In einigen Stunden is Schacktarp. Dann, na weißt ja, was wieder kommt, verdammt noch mal.« Seine Stirn furchte sich. »Aber ohne den Schacktarp gibt es keinen

Frühling. Das wissen wir und müssen wie jedes Jahr da durch.«

»Gott sei Dank, daß du endlich da bist«, meldete sich nun Gertrud.

Natürlich hatte sie den Lärm vom Strom gehört und voller Sorgen auf ihren Mann gewartet, der heute unbedingt nach Lauknen fahren mußte. Lauknen aber, das Einkaufsdorf mit den Ämtern und Geschäften, lag auf der anderen Seite des Timberflusses. Wenn das Eis brach, ging nichts mehr. Kein Holüberkahn, keine Fähre verband danach Palleninken mit Timber, Lauknen oder Langendorf.

Gertrud fragte, ob es nach seiner Meinung viel Wasser geben würde dieses Frühjahr.

»Ja, das kannst glauben, das wird es.« Er kratzte sich den Bart. Auch wenn der Winter nicht so streng wie in den letzen Jahren war, hatte er es in sich. »In Lauknen erzählen sie, daß das Eis auf dem Haff sich schon auftürmt; wenn das schmilzt, gibt es kein Halten. Dann kommt das Wasser. Ich denke so in zwei Wochen.«

Otto öffnete die Ofentür und träumte eine Weile in die Glut. Wohlige Wärme strömte ihm entgegen, die sich über den ganzen Körper ausbreitete.

Als er Hunger verspürte, setzte er sich an den mit einem Wachstuch bedeckten Tisch. In der Mitte stand ein Grapen voll Milchsuppe. Daneben, in einem Korb, die mit frischer Butter bestrichenen Brotkampen.

Gertrud füllte die Teller: »Nu laß das Sinnieren un lang zu. Es wird dir schmecken.«

Otto nickte. Er griff nach seinem Löffel, legte ihn aber wieder beiseite. »So, Trude«, sagte er. Dabei suchte er ihre Hand, die er fest drückte. »Nun gehört es uns.

Heute is alles festgemacht worden. Ab heute haben wir hier zu bestimmen.«

Er lächelte, als Gertrud fragte: »Hat Brückmann noch Einwände gehabt? Oder weiß er nu endlich, daß es so für ihn am besten is?«

»Ja, es ging verhältnismäßig glatt. Wir werden sehr fleißig sein müssen, Trudche!«

Otto Schimkat war sehr zufrieden. Er bemühte sich seit langem um das Grundstück am Anfang des Dorfes. Wegen der Lage war es für sein Vorhaben genau das richtige.

»Brückmanns werden doch hier im ›anderen Ende‹ wohnen bleiben, bis sie was Neues gefunden haben?« fragte Gertrud.

»Selbstverständlich, das is abgemacht. Mit Handschlag habe ich es ihm versprochen. Das gilt.«

»Lange kann er hier nich bleiben, is doch viel zu eng, wo bei ihnen wieder was Kleines unterwegs is.«

»Mensch, Gertrud«, strahlte Otto seine Frau an, »freuen wir uns doch, endlich können wir uns was Eigenes aufbauen.« Er warf sich in die Brust. »Verbrieft, beglaubigt und besiegelt is, daß Otto Schimkat Pächter des Grundstücks Parzelle drei in Palleninken is. Haus, Stall, Schauer un der dazugehörige Pallnis. Das is doch was.«

Bestes Kartoffelland war der Pallnis auf dem Großen Moosbruch. Die schmackhaften Frühkartoffeln brachten ein schönes Geld. Ebenso die festen Gelben. Auch sie waren bei den Königsbergern und Insterburgern sehr gefragt.

»Un dann«, redete Otto sich in Fahrt, »gehört uns das Land an der Schackschen Bucht. Wenn die Wiese auch

kupstig und jedes Frühjahr überschwemmt is, bringt sie doch zwei, manchmal auch drei große Haufen Heu. Erstschnitt un Grummet zusammengenommen.«
Gertrud nickte zuversichtlich. »Hast recht, Otto, wenn wir noch einige Morgen Weide auf dem Polder zupachten, kommen wir längs.«
Zudem verdiente Otto nicht schlecht beim Deichbau. Gertrud half mit ihrer Schneiderei. Sie legte ebenfalls Mark auf Mark beiseite.
Während Otto mit gutem Appetit die Milchsuppe löffelte, meinte er: »Ich denke, daß die Forstverwaltung über kurz oder lang die Zeitpacht als Eigentum überschreibt, wie in den anderen Moosbruchdörfern.«
»Das wünschen sich die meisten«, entgegnete Gertrud.
»Dann bin ich meinem Ziel ganz nahe. Ich baue meine Schmiede. Schließlich bin ich gelernter Hufschmied und Wagenbauer.«
»Du weißt«, bemerkte Gertrud kleinlaut, »dann mußt in die Partei!«
Otto Schimkat winkte ab, wie immer, wenn von der Partei die Rede war. Er erkundigte sich nach den Kindern, die schon ins Bett gegangen waren, und fragte, was sie über Tag angestellt hätten.
Gertrud berichtete von Hopsje, Winkjespielen und von Blindekuh.
Als das Abendessen beendet war, holte Gertrud die Stallaterne, die im Vorhaus neben dem Kartoffeldämpfer hing. Sie zündete den Docht an. Es roch streng nach Petroleum. Elektrisches Licht gab es noch nicht in allen Dörfern im Norden Ostpreußens. Otto trug die Laterne, Gertrud band sich ein Kopftuch um. Beide

machten ihren abendlichen Rundgang über den Hof und durch den Stall. Sie horchten zum Strom, wo es rollte und rumorte.
Wieder im Haus, schob Otto den Riegel vor die Tür und pustete die Lampen aus.
Wie an jedem Abend gingen sie auch an diesem ereignisreichen Tag früh zu Bett. Lange noch hörten sie das Grollen vom Strom, ehe sie einschliefen.

Wie Otto Schimkat vermutet hatte, hielt der Schacktarp gut drei Wochen. Dicke Eisschollen zogen auf der Timber. Nichts ging, bis sie geschmolzen waren.
Anschließend wurde der Fluß breiter und breiter. Das bräunliche Wasser kroch über Wiesen und Weiden, über Straßen und Wege. Im nahen Wald standen die Erlen im Wasser, als wüchsen die knorrigen Stämme in einem See.
Bis weit in den April hinein, in anderen Jahren auch bis Mai, kräuselten sich kleine Wellen auf Äckern und Feldern, bis die Weidenkätzchen im abziehenden Wasser aufblühten – und die Butterblumen.

Der Schulanfang

Der Kalender zeigte die dritte Aprilwoche des Jahres 1936 an. Es war der 21. Tag des Monats. Ein besonderer Tag in der Schimkatschen Familie.

Der Wecker schepperte um sechs Uhr. Gertrud rieb sich die verschlafenen Augen, bevor sie das Bett verließ. Rasch ging es nicht. Obwohl sie erst im vierten Monat schwanger war, fühlte sie sich schon sehr unbeholfen.

Sie schlich in die warme Küche, wusch sich und kleidete sich an. Schnell noch den Küchenherd geschürt, einige Holzstücke auf die glimmenden Briketts gelegt und den Wasserkessel aufgestellt. Im Vorhaus wurde die Sackschürze umgebunden und ein Kopftuch hinter dem Dutt festgeknotet. Danach zündete sie die Laterne an und ging in den Stall.

Die Kühe Olga, Lina und Rosi melkte Gertrud hintereinander ohne Pause. Anschließend warf sie den Tieren Futter in die Heubuchten. Bis zum Rand goß sie den Napf voll Milch. Kater August schleckte gierig. Die übrige Milch mußte geschleudert werden.

Gertrud schleppte die vollen Eimer ins Haus. Sie seihte die lauwarme Milch in die runde Trommel der Zentrifuge und drehte die Schleudermaschine. Der süße Schmant lief in einen dickbauchigen braunen Steintopf, in den er bis zum Buttern gesammelt wurde. Magermilch wurde zu Glumse. Oftmals backte Gertrud Käsekuchen davon, manchmal bereitete sie den schmackhaften Kochkäse zu.

Es wurde Zeit, den Frühstückstisch zu decken. Im Herd prasselten brennende Holzstücke. Auf den Herdringen wurde die Bratpfanne heiß, in die Gertrud Speck und Pellkartoffeln schnitt. Die gebratenen Kartoffeln schmeckte sie mit Pfeffer, Salz und einem Schleef Schmant ab.

Inzwischen war auch Otto aus den Federn gekrochen. Er räkelte sich und schlurfte in die Küche. Gertrud hatte warmes Wasser in die Emailleschüssel, die in einem Ständer in der Waschecke stand, gegossen. Ein Paradetuch mit handgesticktem »Eigner Herd ist Goldes wert« in Blau zierte heute den Handtuchhalter, sonst manchmal in Rot »Ohne Fleiß kein Preis«.

Bevor Otto sich den Bart abschabte, wetzte er das Rasiermesser blitzschnell an einem Riemen. Nach dem Waschen und Ankleiden öffnete er die Vorhaustür und atmete die frische Morgenluft tief ein. Hell färbte sich der Himmel. »Licht ist aufgegangen über Haff und Moor«, sang Otto mit seinem klaren Tenor und lächelte in den neuen Tag, auch wenn die Schäden der Schacktarpzeit überall sichtbar waren. Es gehörte eben alles zu ihrem Leben.

Während Otto frühstückte und sein Vesperbrot in die Tasche packte, flog die Stubentür auf. Wie Irrwische stürmten Lotti und Hilde in die Küche. Johlend sprangen sie auf Ottos Knie und kuschelten.

Gertrud reichte jeder eine bis an den Rand gefüllte Tasse. »Milch stärkt und hält gesund«, mahnte sie auch heute wieder.

Nachdem Otto mit seinen Fingern Vögel und Hasen als Schatten an die Wände gezaubert hatte und sie hüpfen ließ, wollte das Klatschen kein Ende nehmen.
»So, ihr Graschels, jetzt is genug. Papi muß zur Arbeit. Wenn ihr artig seid, bringe ich heute abend Hasenbrot mit«, sagte er und schickte die Kinder wieder ins Bett.
»Alles Gute heute, Hildike«, rief er Hildchen hinterher, die ihm eine Kußhand zuwarf und unter das warme Zudeck kroch.
»Is ein großer Tag für Hildche«, wandte Otto sich dann an Gertrud.
»Bringt alles gut hinter euch inne Schule«, sagte er und verließ das Haus.
Mit schnellen Schritten ging Otto zum Schauer, in dem seine Zündapp stand, zu jener Zeit die einzige im ganzen Dorf. Er ließ den Motor aufheulen, und die Maschine ratterte vom Hof.

Währenddessen holte Gertrud die Mädchen aus den Betten. Hildchen, die Jüngere, wurde heute besonders fein gemacht. Hahnenkamm eingerollt und die spiddrigen Zöpfchen mit Schleifen verlängert. Kniestrümpfe? Viel zu kalt am Morgen. Also wurden die gehaßten braunen Wollstrümpfe ans Leibchen angestrippt. Die Spangenschuhe paßten trotzdem. Weißen Voile mit Puffärmel stülpte Gertrud über Hildchen. Dazu ein geblümtes Röckchen. Zu guter Letzt umspannte ein schwarzes Samtmieder mit goldenen Knöpfen, von roter Kordel verschnürt, Hildchens kleine Brust. Leider mußte die ganze Pracht unter einen schwarzweiß karierten Mantel. Es war an diesem Morgen empfindlich kühl im hintersten Teil Ostpreußens, auf dem

Großen Moosbruch, an Hildegard Schimkats erstem Schultag.
Lotti wartete mit umgeschnalltem Ranzen. Gemeinsam tippelten beide Mädchen die schnurgerade Dorfstraße hinunter. Der Kies, von der Überschwemmung aufgeweicht, war auf dem Gehweg sogar mit Sonntagsschuhen wieder begehbar.
Zu beiden Seiten der Straße standen hohe Birken. Wilde Tauben und Krähen nisteten in ihnen. Heute flatterten, von Baum zu Baum, quer über die Straße gespannt, Hakenkreuzwimpel. Die Überbleibsel von Führers Geburtstag schmückten die ausgefahrene Schotterstraße. Respektlos gackernde Hühner liefen von einer Seite zur anderen. Schnatternde Gänse watschelten hinterher.
Jeder Palleninker, der den Kindern begegnete, wünschte alles Gute zum Schulanfang. Heute, so schien es, hatte sich die halbe Einwohnerschaft auf der Trassierung versammelt. Onkel Wittkuhn, der ständig auf seinem Pfeifengnusel kaute, daß die Muskeln unter der braunen Lederhaut tanzten, sagte: »Na, du Gnabelche, nu lern man scheen lesen un schreiben, daß was wird aus dir, nich wahr!«
Wittkuhns Kurtchen stand am Staketenzaun und grinste. »Wirst schon sehn, was davon hast, Hildche, wenn da hingehst, is alles flöten. Spielen, rumdammeln un im Sommer schwimmen. Glaub man, aus der Traum«, meinte der Zwölfjährige.
Ständig heckte Kurtche irgendeinen Schabernack aus. Nur Streiche hatte der im Kopf – lustige und schlimme. Heute versteckte er eine glimmende Zigarette in der hohlen Hand.
Tante Adomeits zahnloser Mund kam näher und näher.

Hilde wischte den Schmatz auf ihrer Wange mit dem karierten Mantelärmel ab. Allerdings waren Hilde und Tante Adomeit gute Freunde. Ihre Frieda war schon eingesegnet, und Gerda ging seit drei Jahren zur Schule.
Tante Gustchen, die Kochmamsell, stand ebenfalls an der Straße. Das war bemerkenswert. Kinder waren dem vornehmen Fräulein unerträglich. Heute tätschelte sie Hildes Wange und sagte etwas von viel lernen und klug werden. Vielleicht später in Königsberg studieren. Wegen der besseren Kreise, in die man da käme.
Lotti hörte grinsend zu. Sie dachte: Ach, Tante Gustchen, nun siehst du so eingebildet aus wie die mit vielen Ketten behängte Kaiserin, die in vergoldetem Rahmen an deiner Stubenwand hängt. Und das an rot-gold geblümter Tapete.
Rudats winkten herüber und Dauderts. Schippers Luzi gesellte sich zu ihnen auf dem Weg zur Schule. Tante Romeike stand am Zaun. Auch die stets lachende gute Tante Gronau, die oft Gertruds größte Stütze war. Wunderbar singen konnte sie. Von weinenden Mädchen und blondgelockten Jünglingen, die auf schneeweißen Betten spielten und so was alles.
Sie alle waren besonders nett zu Hilde. Die dachte: Is schon was, wenn alle mit einem reden. Auch die, die einen sonst nie bemerken.

Kurz vor dem Hebewerk holte Gertrud, die auf dem Fahrrad fuhr, die Kinder ein. Gemeinsam erreichten sie die neue Schule, die am Ende des Dorfes auf einem Hügel gebaut worden war. Auch dort flatterte eine riesige Hakenkreuzfahne. Hilde bestaunte den ausgeputzten Schulhof, auf dem eine Kundgebung stattgefunden hatte. Hakenkreuze und Girlanden schmückten auch die Klasse. Besonders um das große Führerbild grünte und blühte es. Die empfindlichen, kaum erblühten Kuhblumen ließen ihre Köpfe schon hängen.

Eltern und Kinder schoben sich in die Klassenbänke. Herr Kischke, der Lehrer, betrat den Raum. Er trug die braune SA-Uniform mit Hakenkreuzbinde am Ärmel. Mit ihm war ein Mann in grauem Anzug gekommen, den Herr Kischke als den Lehrer der unteren Klassen vorstellte. Kischke schlug die Hacken zusammen und rief mit erhobenem Arm: »Heil Hitler!« Vielstimmiges Echo hallte durch den Klassenraum.

Danach begrüßte der Lehrer die Neulinge. Besonders zu den Jungen sprach er viel und lange. Von Mädchen sagte er nichts – lohnte sich nicht. Hildegard Schimkat war das einzige Mädchen in dem neuen Schuljahr.

Die Eltern durften nach der Rede von Herrn Kischke nach Hause gehen. So verabschiedete sich auch Gertrud von ihren Kindern, ehe sie die Klasse verlassen wollte. Herr Kischke stellte sich ihr in den Weg und fragte spitz: »So, so, haben Sie sich auch herbemüht? Ist ja außerordentlich, Frau Schimkat, und das heute, am Markttag in Lauknen?«

»Ja und«, antwortete Gertrud, »schließlich wird meine Tochter eingeschult.«

»Kann der Jude Ballschevski einmal ohne Sie auskommen? Wo Sie doch die erste Kraft in seinem Laden sind?« fragte Kischke mit höhnischem Lächeln.

Gertrud antwortete nicht und verließ den Klassenraum.

Hildchen sah ratlos zu Lotti. Sie fragte, was der Lehrer von Mutti wollte.
»Ach, nuscht«, erwiderte Lotti. Sie nahm Hilde an der Hand, zeigte ihr das Schuhbord, ihren Mantelhaken und den Lokus. »Paß auf, Hilde, nichts verwechseln, weder das Fach, wo du während der Stunde deine Schuhe reinstellst, noch den Haken für deinen Mantel.« Lotti drohte mit dem Finger. »Falls du so schusselig wie zu Hause bist, sollst was erleben. Alle Sachen fliegen durch den Flur. Manchmal hauen die Jungens auch zu. Wenn ich nich da bin, steht dir keiner bei.«
»Hör auf, Lotti, ich werde mir alles merken.«
Nun schlenderten beide über den Schulhof.
»Hast auch bemerkt, Hilde, bist das einzige Mädchen in dem neuen Schuljahr!«
Hilde lächelte und nickte.
»Finde ich doof«, kam es von Lotti.
»Ich nich, aber so viel Jungens auf einmal!«
»Du spielt doch gern mit Jungens, inne Okeln un so!«
»Ja, sind viel besser als ihr!«
»Aber ab heute is das vorbei, da mußt lernen!«
»Ja, Mensch, weiß ich ja nu. Sagen alle, schon den ganzen Tag«, keifte Hilde zurück. Sie drehte ihre dünnen Zöpfchen, die Lotte boshaft »Rattenzägel« nannte. Ihre Stimme wurde ganz leise. »Ich will doch lernen, Lotti, aber nich so viel auf einmal.«
Sie hatten bemerkt, daß der neue Lehrer, Herr Groß, näher gekommen war. Er sah Hilde an und sagte: »Wie mir scheint, bist du das einzige Mädchen unter den Anfängern.« Außerdem fragte er nach ihrem Namen. Hilde sah zu ihm auf, und die Angst vor der Schule war

wie weggeblasen. Freundlich antwortete sie: »Ich heiße Hildegard Schimkat. Aber alle sagen Hildchen zu mir. Du darfst das auch.«
Herr Groß hob Hilde auf den Arm. Frau Groß holte eine Kamera und photographierte sie. Immer wieder lachten beide, der Mann und das Kind.
Die Freundschaft endete mit Beginn des Krieges, als Herr Groß eingezogen wurde.

Auf dem Heimweg von der Schule war Hilde sehr schweigsam. Zuviel war heute auf sie eingestürmt. Was sie sich alles merken sollte. Dieses und jenes durfte sie ab heute nicht mehr. Lernen wollte sie, viel lernen. Vor allem wollte sie so schnell wie möglich ihren »Rübezahl« alleine lesen.
Romeikes Georg saß auf dem weißgestrichenen Brückengeländer vor Schimkats Hof. Er ließ die Beine baumeln und grinste frech. Zehn Jahre war er alt, der Jorge, mit den vielen Sommersprossen und dem fuchsigen Haar.
»He, Hildche, nu gehörst zu uns, nu darfst mit uns spielen. Klipp, Winkche un Bocklicht. Wenn es kannst. Vorher ging es nich. Mit so kleine Scheißerchen, die noch nich inne Schule gehen, wird nich gespielt.«
Außerdem sagte er: »Un wenn es mit dem Lernen nich so gut geht, brauchst nich weinen, ich helf dir.«
Jorge half viele Jahre, bis er alt genug war, dabeizusein.
»Auf dem Felde der Ehre.«

Beim Deichbau

Otto Schimkat fuhr durch das Dorf. Einige Nachbarn schliefen noch. Aus den meisten Fenstern drang schon funzliges Licht durch die Scheiben.
Täglich ging die Sonne früher auf. Da hieß es, vorher das warme Lager verlassen. Mit klammen Fingern anspannen, zur Arbeit beim Straßenbau, im Wald oder auf den Acker fahren, die moorige Erde für die Frühjahrsbestellung vorbereiten. Nur unterbrochen von Kleinmittag, Mittag und Vesperbrotzeit, wurde pausenlos gearbeitet. Bei Sonnenuntergang stapften gebeugte Rücken ins Haus. Heiße Milchsuppe, ein weiches Bett und warme Schenkel warteten.
Otto Schimkat war am Ende des Dorfes angekommen. Aus dem Schornstein der Schule qualmte es wie aus einem Fabrikschlot. Heute sollten die Klassen besonders warm sein.
Eine Linkskurve. Er durchfuhr Wilhelmsrode. Vom Timberfluß wälzten sich Nebelschwaden über die Wiesen, in die er eintauchte. Wenn auch langsam, so erreichte er doch pünktlich den Bauhof in Sussemilken. Steif und fröstelnd stieg er von seiner Zündapp, die er in einen kleinen Wagenschuppen schob. Unterdessen war es hell geworden. Baltrusch und Perkuhn, seine Kollegen, luden die Arbeitsgeräte auf einen Tender.

Otto begrüßte sie, verstaute rasch Lederjacke, Brille und Kappe in den Spind, ehe er seinen Drillich überzog.
Anschließend bestieg er seine kleine Lokomotive. Die setzte sich schnaufend und schnaubend in Bewegung. An der Kiesgrube warteten vollbeladene Loren, die an die Lok gekoppelt wurden. Stöhnend ruckte sie nun an, kroch langsam, wie ein Regenwurm, an der Timber entlang. Auf Wiesen und Weiden waren die schmalen Schienen verlegt worden. Mitten in Palleninken endete der wachsende Deich. Scharfe Kommandos – starke Arme griffen zu. Sie kippten die Loren. Wie aus weit aufgerissenen Mäulern spuckten die den Kies auf den werdenden Deich.
Als die Sonne gegen Mittag stand, verspürte Otto Hunger. Hildchen, die jeden Mittag den Henkelmann brachte, geht ab heute zur Schule, dachte er. Die Sonne blendete. Er beschirmte seine Augen mit der Hand. Zu seiner Freude entdeckte er Gertrud am Schienenstrang. Otto streckte seine Hand aus und half ihr auf die Lok. Lachend sagte sie: »Ich bin der neue Henkelmannträger. Freust dich?«
»Ob ich mich freue? Kann gar nicht sagen, wie.«
Gertrud öffnete den Deckel des Henkelmanns und reichte Otto einen Löffel. »Sieh mal, was es gibt, Fastnachtsessen!«
»Schuppenis! Was heißt hier Fastnachtsessen, mir schmecken Kartoffeln und Bohnen auf Speck gekocht und zusammengestampft zu jeder Zeit.«
Während Otto sich den Eintopf schmecken ließ, sah Gertrud dem Gezeter zweier Spatzen zu, die sich um einen Wurm stritten.

»Wie war's in der Schule?« fragte Otto, nachdem er das leere Eßgeschirr beiseitegestellt hatte.
»Hildche war begeistert. Ob es so bleibt, wird sich zeigen. Nur der Kischke hat wieder Bemerkungen über Ballschevskis gemacht.«
»Überhören, einfach überhören mußt den.«
Während Gertrud noch über das Verhalten des Lehrers redete, beobachtete Otto ihr schönes Gesicht. Die schmale Nase, den geschwungenen Mund, das dunkelbraune Haar, und er sagte: »Komm, Trude, nu is gut. Lassen wir den Kischke seine Spielchen machen. Ich dachte grad so, wer wohl unsere Vorfahren waren, wo wir wohl herstammen.«
»Was dachtest du?« fragte Gertrud. »Du hast aber auch Einfälle!«
»Ja, wenn ich dich so betrachte, bist du bestimmt keine Nachfahrin der Slawen mit den breiten Gesichtern und hohen Backenknochen, wie ich einer sein könnte. Du stammst sicherlich von den Hugenotten oder den Holländern ab, die sich vor Hunderten von Jahren hier ansiedelten.«
»Du hast Ideen! Wie kommst du nu auf so was?«
»Habe viel Zeit zum Denken, hier auf meiner Lok. Da sinnier ich schon mal über dies un das. Un es is doch hochinteressant, darüber nachzudenken, woher wir stammen. Dänen un Österreicher kamen auch hierher. Man sagt, viele Strafgefangene mußten das Land roden und urbar machen.«
»Was du alles weißt, Otto!«
»Un du, mein Frauchen, hast von allen nur das Schöne mitbekommen. Trotz der Schwangerschaft is keine

weit un breit so hübsch wie du. Wo bleibe ich kleiner Kaschube da bloß ab.«
Gertrud winkte ab. Sie sah sich um und sagte lachend: »Jetzt is genug mit deiner Ahnenforschung. Sieh dich um, wie schnell das Grün durchkommt. Von einem zum anderen Tag klettert das Thermometer einige Striche höher. Da mußt jedes Jahr immer wieder staunen, wie schnell es geht.«
Otto nickte. »Wer weiß, ob es später, nach der Eindeichung, noch so schön bei uns is. Alles wird verändert. Einerseits freu ich mich darüber. Der Schacktarp kann uns dann gestohlen bleiben. Aber denk mal, schon seit Urzeiten, lange vor dem Ritterorden, ging das Wasser hier rein un raus. Die ersten Siedler bauten ihre Häuser aus Moorkupsten. Große Armut überall. Die Menschen aber liebten dieses merkwürdige Stück Land: Moor, Heide, schwarze Erde und den undurchdringlichen Wald für Elche.« Versonnen sah er über den Timberstrom. »Un sie mühen sich bis zum heutigen Tag. Auch wenn unsere Häuser aus Holz, teilweise schon aus Ziegeln gebaut sind, müssen wir doch jedes Jahr gegen das Wasser kämpfen. An die Oberfläche strampeln. Immer neu beginnen. Und hier! Es wird Jahre dauern, ehe es halbwegs so aussieht, wie ich es mir vorstelle. Der Stall, stellenweise vom Wasser halb vermodert. Ein Zaun muß her. Schwarzweiß gestrichene Staketen stelle ich mir vor. Aber wir beide können gut schwimmen«, meinte er augenzwinkernd.
Gertrud hatte schweigend zugehört. Kleinlaut sagte sie: »Weißt, Otto, als wir beide im Rheinland waren un in Düsseldorf das große Glück suchten, konnten wir es vor Heimweh bald nich mehr aushalten. Vor Heimweh

nach dem Pröddel hier. Un hier bleiben wir bis an unser Ende.«
Dieses Mal nickte Otto zustimmend. Er putzte an der kleinen Lok herum und sagte schmunzelnd: »Heute habe ich schon einen Adebar gesehen! Im Herbst werden wir ihn mit offenen Türen empfangen.«
Gertrud legte die Hand auf ihren Leib und lächelte.
»Bis zum Herbst ist es noch weit. Erst mal müssen wir dafür sorgen, daß alles wächst und blüht. Am Sonntag schmeißt die Gemüsebeete auf. Auch Lokus reinigen und untergraben. Weißt doch, bester Gurkendünger.«
»Mach ich. Die Juventer Ziganshe zog auch schon mit ihren Pacheideln und drei Kindern vorbei. Wie jedes Jahr is sie zur Stelle, wenn Frühjahr wird.«
» Nun muß ich los. Die Kinder werden aus der Schule zurück sein. Bin gespannt, was Hildche erzählt. Bis heut abend.«
Gertrud ging über die Wiesen zur Straße, wo an einer Birke ihr Fahrrad stand. Bevor sie nach Hause radelte, kehrte sie beim Kaufmann Schmidt ein. Dort kaufte sie einige Dinge. Ein Schwätzchen mit Frau Schmidt unterrichtete Gertrud über Neuigkeiten im Dorf.
Lotti und Hilde waren unterdessen ins Haus gepoltert.
»Oma, Oma, es riecht nach Schuppinis!« rief Lotti aufgeregt.
Oma Schimkat saß auf einem von Otto getischlerten Schemel. Wie immer wiegte sie sich und summte eine Melodie. Sie wohnte auf dem Ausgeding. Zwei Häuser weiter, bei Naujoks, hatte sie ihr Altenteil bezogen.
Oma war eine tüchtige Frau, die flott arbeiten und gut

kochen konnte. Höhen und Tiefen hatten sie gebeutelt. Zwei Männer überlebte sie. Ebenso zwei ihrer sechs Kinder. Zeit, um lange zu trauern, blieb nicht. Höchstens am Abend, hinter verschlossener Tür, bißche weinen.
Die Pfennige zusammenhalten, das konnte Oma. Otto sagte einmal: »Unsere Mutter is meist schon fleischgewordene Sparsamkeit.« Gertrud war der Meinung, daß sie geizig sei. Die Kinder liebten Oma, wie sie war. Sie mühte sich mit Hahnenkamm und Rattenzägeln. Oft wartete Oma mit Flinsen und Blaubeersuppe oder Kartoffelbrei und Spirgel. Auf dem Eis einbrechen? Kein Problem. Omas kalmucksche Schlüpfer waren mollig und hielten warm, bis die nassen Kleider getrocknet waren.
Heute hatte Oma viele Fragen, doch Hilde kuschelte sich in ihren weichen Schoß. Wenn Oma sie an ihre Brust drückte und streichelte, bat Hilde: »Puusch weiter, Omama. Keiner puuscht so wie du!«
Plötzlich richtete sie sich auf. Verließ das warme Nest, und das, während Oma puuschte!
»Nanu, was is, Merjellche, rennst auf einmal weg?«
»Wo is Mutti?«
»Mutti muß deine Arbeit machen, dem Papi das Essen bringen, un bißchen einkaufen wollte sie noch. Euch bringt sie bestimmt jeder einen Stundenlutscher.«
»Omama, was sind eigentlich so richtig Juden? Sind die anders als wir?«
Oma Schimkat ließ ihren Schal zu Boden fallen, so verdutzt war sie über diese Frage. »Aber Hildiki, wie kommst du bloß auf so was.« Oma schüttelte immer wieder den Kopf.

»Weil so komisch geredet wird, dachte ich, daß sie schlimm sind.«
Oma fragte, wer komisch redete.
»Der Lehrer, heute inne Schule, über Ballschevskis sagte er was. Ich sah, daß Mutti ganz böse war, als sie wegfuhr. Sagst es, Oma?«
»Juden sind, ich weiß nicht, Merjell. Wenn was kaufst, mußt aufpassen. Sie schachern gern. Wollen immer gute Geschäfte machen. Sonst weiß ich wirklich nuscht. Sie beten ein bißchen anders. Haben das schon immer getan. Hat sich keiner drum gekümmert, keinen störte es. Warum nu auf einmal den Lehrer?« Oma schüttelte wieder den Kopf und stellte die Schuppinisschüssel auf den Tisch. »Nu eßt man, Kindche, un du laß die Juden in Ruh. Bist noch viel zu klein für so was.«
»Für was is Hilde zu klein?« fragte Gertrud, die in die Küche trat und das volle Einkaufsnetz auf die Bank legte.
Oma antwortete in litauischer Sprache. Hilde ärgerte sich, wenn die Großen litauisch redeten. Und das taten sie ständig.
Die Mädchen löffelten ihre Teller leer. Sie hörten das Pfeifen der Lok: Wegen der Überschwemmungen bauen sie den Deich. Da is nuscht mehr mit Kahnche fahren auf überschwemmten Wiesen und Straßen. Es war spannend, wenn die Timber nach dem Schacktarp überlief, sich breit machte. An Bäumen und Häusern leckte. Wenn ihretwegen Planken mit untergenagelten Holzklötzen kreuz und quer über den Hof gelegt werden mußten. Wenn Gummistiefel kaum ausreichten und Schipporeits Anwesen mit Haus, Garten und

Kaufmannsladen wie von einer Insel zum Dorf herübersah. Nun bauten sie den Damm. Aber das dauerte – Gott sei Dank.
Fassungslos horchten die Kinder, wenn die Eltern sich unterhielten. Sie sprachen davon, daß es leichter sein würde, wenn der Moosbruch trocken wäre. Von festen Straßen und noch besseren Kartoffelernten. Die machen unser Großes Moosbruch kaputt! Keine Moosbeeren lesen, keinen Torf fleien und keinen Sonnentau sammeln. Aber noch war es nicht soweit.
Mutti litauerte immer noch mit Oma.
Hilde ging satt vom Tisch. Sie wollte Schularbeiten machen. Nur schade, daß man im Sommer nicht barfuß zur Schule gehen durfte. Sie schüttelte sich. Jeden Morgen mit Seife waschen und die Haare naß kämmen. Oftmals mit dichtem Kamm…

Zukunftspläne

Gertrud pflanzte Stiefmütterchen. Otto hatte das große Rondell mitten im Garten umgegraben und gedüngt. Anschließend saßen sie auf der Bank unter dem Fenster und freuten sich über die leuchtenden Farben und Gesichter der bunten Blüten, die ihnen zuzulächeln schienen.

Otto fühlte sich an diesem lauen Frühlingsabend sehr wohl. Nach längerem Schweigen sagte er: »Übermorgen is der 1. Mai. Werdet ihr den Wagen rechtzeitig geschmückt haben?«

»Natürlich wird er aufgeputzt. Die Kinder und Lena werden sämtliche Wiesen nach Kuhblumen absuchen. Birkenzweige haben wir schon geschnitten und ins Wasser gestellt. Sind gut begrünt«, antwortete Gertrud.

»Wie is das mit Lena Bendixen, wird sie helfen? Hast sie gefragt?« wollte Otto wissen.

»Lena bleibt das ganze Jahr bei uns, sonst wüßte ich nich, wie alles geschafft werden soll. Un fleißig is sie. Kannst dich verlassen auf die Kleine.«

»Macht einen immer wieder betroffen, das Unglück mit den Bendixens.« Otto schüttelte den Kopf.

»Wie konnten die bloß so leichtsinnig sein. Auch wenn er Fischer war un das Haff kannte. Im Herbst einen Ausflug aufs Wasser! Fritz wußte doch, wie schnell ein Sturm aufzieht. Un noch mit dem Kleinen.«

»Armer kleiner Hansi. Wo kann sich so 'n Körperchen verstecken, da unten, in der Kälte? Bis zum heutigen Tag nich aufgefunden«, murmelte Gertrud.
»Fritz un Ida brauchten auch Tage, ehe sie angeschwemmt wurden. Un der leichte Hansi blieb in den Steinen auf dem Grund oder wo auch immer hängen«, fügte sie hinzu. »Wenn Lena nich krank gewesen wäre, hätten die Alten sie sicherlich auch mitgenommen.«
Otto schwieg und zuckte mit den Schultern. Leise sagte er dann: »Un immer fröhlich, das Merjellchen mit den Rehaugchen un den schönen dunklen Haaren. Obwohl sie Grund genug hätte, traurig zu sein.«
Damals schlich lähmende Stille durchs Dorf und darüber hinaus. Doch zu lange durfte nicht getrauert werden. Nachdem Fritz und Ida Bendixen beerdigt waren, mußten die Lebenden weitermachen. Gertrud und Otto Schimkat wohnten zu der Zeit des Unglücks noch nicht in Palleninken, und sie hatte seit Jahren für Ida und die Kinder genäht.
Otto legte den Arm um Gertruds Schultern. »Nu wollen wir davon aufhören. Freuen wir uns, daß Mutter sich so um Lenache kümmert. Un wir haben auch gut davon. Weißt, die wird ihren Weg schon machen.«
»Schön, so in den Abend sitzen. Rundum alles Friedlichkeit. Un die Luft, so weich, schmeckt wie Süßholz, findest nirgendwo.«
Otto nickte mit zufriedener Miene. Er lehnte sich gegen die Hauswand und schloß die Augen. Wenn ich die Schmiede gebaut habe, ging es ihm durch den Kopf, würde sich vieles ändern. Ich wäre täglich hier, könnte einspringen, überall. Den Deich, den bauen sie auch ohne mich. Er atmete tief.

»Na, is was?« fragte Gertrud.
Otto streckte seinen Arm aus. »Da drüben, genau da vorn an der Straße muß sie aus dem Boden wachsen. Weiße Steine, unbedingt weiße. Die großen Tore schwarz. Das wirkt.«
Gertrud wollte etwas sagen, doch sie kam nicht zu Wort.
»Später einen Staketenzaun. Auch schwarz, mit weißen Köpfen. Rund um den Hof. Und einen Garten, staunen werden alle. Gute Obstbäume, die das Wasser abkönnen, die nur für Moorböden gezüchtet werden. Viele Stauden, Dahlien und deine geliebten Stiefmütterchen nicht zu vergessen. Das Haus aber: Natur die Verschalung. Firnis, hält gut hier in unserem Klima. Die Zierleisten – gedämpftes Rot.« Otto rutschte auf der Bank nach vorn, verschränkte die Arme hinter dem Kopf und lächelte. »Weißt, Trudche, in den Türen treffen sich alle Farben. Schwarz, Weiß, Rot. Braun haben wir nich dabei«, bemerkte er. »Un nich zu vergessen die Drücker. Schöne Türen brauchen feine Messingdrücker.«
»Meinst von innen, Otto? Außen laufen sie doch an. Warten wir noch ein bißchen mit den Drückern. Komm rein, mich schuchert vor Kälte.«
Aber Otto hatte die Vorstellung seines Musterhofes noch nicht beendet. »Wenn der Stall aufgestockt is, un das muß er, dann baue ich ein Schleppdach für den Maschinenpark.«
»Welchen Maschinenpark?« fragte Gertrud verwundert.
»Na, Haumaschine, Hark- un Puddermaschine, Spazierwagen un Karjolschlitten, Häcksellade un Kartof-

feldämpfer, Schleifsteine und Sensen un was alles gebraucht wird.«
»Wach auf, Otto, wo soll das herkommen? Was das kostet!«
»Immer kleine Schritte, aber einen nach dem anderen. Wirst sehn, wie schnell es geht, wenn ich selbständiger Schmied bin.«
»Na, ich weiß nich, zwei Schmiede im Dorf, das wird nich leicht sein. Dafür is Palleninken doch recht klein. Parteigenossen sind wir auch nich. Das wäre in diesem Falle besser.«
»Hör mir damit auf. Ich schaffe es auch so.«
»Gartengeräte zum Schärfen, hier und da einen Nagel einschlagen, davon können wir nich leben, Otto.«
»Wart ab, Trudche, wart ab. Wird sich zeigen, wer der Bessere is.«
Otto und Gertrud Schimkat machten alles für die Nacht bereit, und Gertrud ging ins Haus.
Otto lief zum Schauer. Er wollte für die Nacht die Tür schließen. Sein Blick fiel auf das Brett an der Wand, ein lackiertes Brett, der Name eingeritzt in dem harten Holz. Daneben hing das Ruder. Diese stummen Zeugen – schöne Erinnerung, jederzeit abrufbar. Lange stand Otto davor. Sein Blick hing an den Buchstaben. In Gedanken legte er seine starken Hände um das Ruder.
Damals war sein Traum in Erfüllung gegangen. Er war froh, stolzer Mitbesitzer eines schnittigen Motorbootes zu sein. Er und sein Freund ließen eine Flasche Sekt an der Bordwand zerschellen und tauften es auf den Namen »Bussard«.
In jeder freien Minute fuhren sie hinaus, stand Otto am

Ruder und ließ sich den Fahrtwind ins Gesicht blasen. Das leichte Boot fuhr die Laukne hinunter bis Bols-Eck. Da, wo sich die Flüsse Timber und Laukne umarmten, eins wurden, und der große Nemonienstrom sie schluckte. Otto drehte das Ruder nach links. Der Bussard suchte den Timberfluß und schnellte vorbei an knorrigen Weiden, die ihre hängenden Zweige im bräunlichen Wasser badeten.
In einer stillen Bucht warf Otto die Angel aus. Immer wieder den gleichen Schwung. Und sie bissen, die Plötze, die Berschkes, auch Hechte.
Eigentlich könnte er den Anker lichten und abdampfen. Doch die Mädchen am Ufer, auf den Wiesen, lachten und winkten.
Otto warf erneut die Angel mit forschem Bogen. Er warf sie weit genug. »Ich komme«, antwortete eine auf die Frage, ob er und sein Bussard auf sie warten dürften. Die mit dem braunen Haar. Gertrud hieß sie. Er hievte den Anker hinein, trat das Pedal, wendete, und der Bussard schnellte mit hellem Aufschrei übers Wasser.
Viel zu langsam tropfte die Zeit. Sein heller Tenor schallte über die Wiesen, als er sie im weißen Kleid am Ufer winken sah.
Otto kehrte zurück von seiner Fahrt in die Vergangenheit. Er strich über das lackierte Brett und dachte: Genauso, wie ich dich, Bussard, erworben habe, werde ich einen Maschinenpark unter dem Schleppdach besitzen.
Lächelnd schob er den Riegel vor die Schauertür und ging zu Gertrud und seinen kleinen Mädchen ins Haus.

Pfefferminzduft zog durch die Küche. Gertrud schenkte den Tee ein und reichte die Teller mit Leberwurstbroten herum.
»Langt zu und laßt es euch schmecken«, forderte Gertrud Otto, Oma, Lena und die Kinder auf.
Hildchen legte ihr Brot auf den Teller. »Papi, sagst du mir, ob Juden schlimm sind?«
Mit zusammengekniffenen Augen schielte Oma über die Brille. Ihr zahnloser Mund zitterte, als sie sagte: »Fängst du schon wieder damit an, dammlige Merjell.« Und zu Otto: »Mit der komischen Frage hat sie mich auch traktiert.«
»Was fragtest, Hilde? Ob ich was weiß?« fragte Otto verwundert. »Warum schlimm, wie kommst du darauf, was soll die Frage, Hildche?«
»Na, wegen dem Lehrer von den Großen. Weißt doch, Mutti, in der Schule!«
»Wieder redet ihr von Kischke. Der quatscht viel, wenn der Tag lang is«, sagte Otto verärgert.
»Was sind denn Juden un was machen sie Schlimmes, Papi? Du weißt doch alles. Kein anderer sagt es mir. Un ich will es wissen, was mit den Juden is. Wegen Tante Ballschevski, die immer gut zu uns is.«
»Hör zu, Mausite. Juden sind wie du un ich. Nur die meisten haben Geschäfte. Mutti hilft darum der Tante Ballschevski Zeug zu verkaufen. Schachern mögen sie gern. Sie haben eine andere Kirche als wir. Aber das erzähle ich dir später, wenn du größer bist. Is nu gut?«
Hilde guckte enttäuscht, das hatte sie alles schon von Oma gehört. Doch nun griff Gertrud ein. »Schluß mit dem Gefrage. Eßt euer Brot, dann waschen und in die Falle.«

Lotti und Hildchen schlichen vom Tisch, wuschen sich und krochen ins Bett. Bevor Hilde das Zudeck über den Kopf zog, sagte sie: »Du, Lotti, nu weiß ich, daß Juden Geschäfte machen un schachern, aber ob sie schlimm sind, weiß ich immer noch nich.«
»Schlaf ein«, schimpfte Lotti. »Morgen sag ich es dir.«
Während Hilde ihre Spielzeuguhr aufzog, dachte sie: Die weiß es auch nich, tut bloß so. Sie ratterte leise »Müde bin ich, geh zur Ruh« herunter, angelte nach der warmen Kruke und schlief ein.

»Gute Nacht«, wünschten Oma und Lenche, bevor sie das Haus verließen und nach Hause gingen.
Otto hörte noch die Abendnachrichten. »Er hat schon wieder ein Teilstück Autobahn eingeweiht.«
»Hitler?«
»Ja, in Schlesien. In der Nähe von Breslau. Mensch, manches ist gut, wirklich gut, was die machen. Ich will abwarten, wie das weitergeht. Er redet ja am 1. Mai. Ich freue mich auf den freien Tag mit euch. Werde die Fuhre tiptop herrichten. Dem Fuchs schirre ich die Siele mit dem Silberbeschlag an. Außerdem Messinglampen aufgesetzt und dann ab zur Festwiese.«
Gertrud zuckte zusammen. Siele un Lampen kauften wir auch bei Ballschevskis. Warum überfällt mich immer wieder diese Angst?
Sie wußte keine Antwort darauf.

Erster Mai

Der 1. Mai – Tag der Arbeit. Mit ihm kam Sonnenschein und Feiertagsstimmung.
Die Dorfstraße war blitzsauber gefegt worden. Heute schmückten, außer alten Bäumen, viele kleine Birken das Dorf.
Die Schotterstraße glich einer festlichen Allee. Aus fast allen Fenstern hingen Hakenkreuzfahnen, Wimpel und Standarten. Große und kleine.
In Schimkats Garten hing eine von Gertrud selbstgenähte Fahne schlaff herunter, als verspürte sie wenig Lust, bei dem Brimborium mitzuwirken. Als Otto das rote Tuch mit dem Hakenkreuz auf weißem Rund hißte, verfiel er ins Sinnieren, wie so oft in letzter Zeit:
Gehe ich zu den Braunen oder bleibe ich meinen Vorsätzen treu? Wichtig ist in erster Linie, daß jeder Arbeit hat. Un dafür sorgt Hitler. Jeder hat sein Auskommen. Deichbau is im Moment vorrangig. Später würden sicherlich alle Straßen gepflastert werden. In absehbarer Zeit wird auch durch Ostpreußen die Autobahn führen. In Zukunft sollte jeder Arbeiter, ja, auch jeder Arbeiter, sein Auto fahren. Einen Volkswagen, mit dem der Führer ebenfalls unterwegs war. Keine schlechte Zeit. Jeder Volksgenosse ein Autobesitzer!
Obwohl Otto Schimkat kein Genosse war, ließ er sich

als erster Einwohner des gut fünfhundert Seelen zählenden Dorfes in die VW-Liste eintragen. Fünf Reichsmark wurden monatlich vom Lohn abgezogen, um das Auto abzuzahlen. Bis Otto motorisiert war, mußte er sich mit einem PS zufriedengeben. Er schirrte den Fuchs und spannte an.

Inzwischen hatte Gertrud die Kinder fein gemacht, ebenso sich selbst in Schale geschmissen. So paßten sie zu dem mit Blumen und Birken geschmückten Helwagen. Zusätzlich karfunkelten die Silberbeschläge der Siele mit den blankgewienerten Messinglampen um die Wette.

Rosine, die Kobbel, blieb heute im Stall, denn Siele mit Silberbeschlag gab es nur einmal. Da fiel sie neben dem Fuchs glatt ab.

»Alle Damen aufsitzen«, kommandierte Otto, der auf dem Bock saß.

Nachdem alle ihren Platz eingenommen hatten, Oma ebenfalls gut saß, schnalzte Otto – der Fuchs zog an. Schwankend setzte sich der Wagen in Bewegung und rumpelte über die Brücke. In flottem Trab fuhren sie durchs Dorf, zur Kundgebung nach Sussemilken.

Hilde saß mit baumelnden Beinen hinten auf den Helbrettern. Sie war voller Neugier auf das Kommende. Eigentlich gab es ihrer Meinung nach nichts Schöneres als die mit Fahnen und Wimpeln geschmückte Palleninker Dorfstraße mit ihrem Gewölbe aus grünen Birken, die vor ihren Augen immer enger wurden und sich am Ende zu einem winzigen Punkt schlossen.

Auf dem Festplatz angekommen, reihte Otto sein Fuhrwerk auf dem dafür vorgesehenen Wiesenstreifen ein. Während Schimkats Familie vom Wagen kletterte, liefen junge Mädchen in weißen Blusen und blauen Röcken durch ein Tor mit der Aufschrift »Ein Volk ein Reich ein Führer«. Sie bildeten einen Kreis und führten Volkstänze vor.

Das will ich später auch, dachte Hilde. Sie wiegte sich im Takt und sang leise zur Musik: »Mit meinem Mädehelchen zieh ich durchs Städtehelchen...« Dieses Tanzlied hatte sie schon im Kindergarten gelernt. Neugierig sah sie sich um. Einige der Zuschauer klatschten im Rhythmus mit. Andere standen gelangweilt herum. Die meisten Besucher aber waren begeistert und schwenkten papierene Hakenkreuzfähnchen.

Hildchen hörte, wie eine ältere Frau mit leuchtenden Augen schwärmte: »Nu spricht er gleich, unser Hitlerche. Is bald wie Predigen!« Dabei faltete sie die Hände wie zum Gebet.

Auch die übrige gläubige Schar wartete auf die kommenden Dinge.

Unter großem Beifall erschien der Ortsgruppenleiter, ohne den keine Feierstunde begann. Er schritt in strammer Haltung, Hand am Koppelschloß, über den Festplatz. Selbstverständlich in SA-Uniform. Als Vorbild aller Hitleranhänger war der Mann sich seiner Wirkung voll bewußt.

Nun sah die Menschenmenge zu, wie er die schmalen Stufen zu einem Podest hinaufstieg. Breitbeinig stand er, die Hand hielt sich immer noch am Koppel fest, auf dem Podium und verkündete, daß man sich wieder ein-

mal unter der Fahne versammelt habe, um den Tag der Arbeit festlich zu begehen.
Die Rede zog viele in den Bann, dem großen Gefühl konnten sich nur wenige entziehen.
Hilde blinzelte in die Sonne. Sie tippelte einige Schritte in die Mitte des Platzes und sah sich um. So viele Menschen, dachte das Kind. In braunen Uniformen die meisten Männer, aber auch in Leder und grauen Anzügen. Bunte Sommerkleider und weiße Blusen leuchteten. Hilde strich mit ihrer kleinen Hand über Muttis weiches Lavabelkleid, und der Mann da oben sagte laut: »In wenigen Minuten wird unser geliebter Führer zu uns, seinem Volk, sprechen.« Seine Stimme wurde noch lauter, so daß Hilde sich die Ohren zuhielt, als er schrie: »Unserem geliebten Führer und Reichskanzler Adolf Hitler ein dreifaches Sieg heil, Sieg heil, Sieg heil!«
Die ganze Festwiese brüllte mit. Sowohl Otto als auch Gertrud schrien mit erhobenen Armen: »Sieg heil!« Hilde drückte die Hände noch fester auf ihre Ohren. Sie versteckte sich hinter Gertruds Rock und kniff die Augen zu. Das hatte sie noch nie gesehen oder gehört, Papi und Mutti hatten noch nie so geschrien, schon gar nicht Sieg heil oder Heil Hitler.
Plötzlich schwiegen die Massen auf dem Festplatz. Aus dem Volksempfänger erklang die Stimme Adolf Hitlers: »Meine lieben Volksgenossen und...« Es krächzte und schnarrte, rauschte und jaulte, schnorrte und piepste aus dem kleinen schwarzen Kasten. Die Stimme, die geliebte Stimme, die durch Akku und Anode zum Festplatz geholt worden war, schwieg.
Hilde hielt ihre kleine Hand vor den Mund, um das Lachen zu unterdrücken. Das kannte sie. Papi hatte

ebenfalls einen Volksempfänger, der ab und zu krächzte und jaulte wie der Kasten auf dem Podest.
Raunen und Räuspern machte sich breit. Die versammelten Menschen kannten Otto Schimkat nicht, der nach Meinung seiner Kinder alles konnte. Aber schon ließ er Gertruds Hand los und schritt mit seinen blankgewichsten Langschäftern über die grüne Wiese zum Podest. Oben angekommen, fummelte er an Drähten und drehte an Knöpfen.
Kurz darauf erfüllte die Stimme des Führers das weite Rund. Tosender Beifall. Ob für Adolf Hitler oder für Otto Schimkat, ließ sich nicht feststellen.
Der Führer redete und redete. Das Radio schepperte und die Kinder wurden ungeduldig. Lotti bemühte sich, etwas zu verstehen. Hilde aber dachte nur noch an Hund Molly und spielte in Gedanken schon mit ihren Puppen.
Endlich wieder: »Sieg heil, Deutschland über alles und die Fahne hoch.«
Anschließend schob sich die Menge vom Platz. Zuletzt die Mädchen mit den blauen Röcken und die Jungen in braunen Hemden mit Schulterriemen.

Die geschmückten Wagen, an denen die Butterblumen ihre Köpfe hängen ließen, fuhren in verschiedenen Richtungen auseinander.
Zu Hause angekommen, wurde das von Gertrud vorbereitete Festessen aufgetischt. Der Duft von Schweinebraten und Kumst mit Schmant zog durch die Küche.
So wurde jedes Jahr, bis zum Ausbruch des Krieges, der 1. Mai in der Ortsgruppe Sussemilken, ab 1938 Fried-

richsrode, gefeiert: Straßen und Fahrzeuge geschmückt. Aufmarsch der SA und HJ. Als Höhepunkt der Feier wurde die Rede des Führers übertragen.
Zum Schluß hallten die Hymnen über den Festplatz, und jeder stützte noch einmal so gut es ging seinen eingeschlafenen Arm.

Die warme Jahreszeit

Daß der Frühling nun mit Macht einzog, dafür sorgten außer Weidenkätzchen und Stiefmütterchen viele unsichtbare Geräusche und Gerüche. Zunächst krähten in der Frühe auf allen Misthaufen die Hähne.
Den ganzen Mai über schrie die Motorsäge in Palleninken. Etliche Festmeter Holz wurden zerkleinert, die im Winter eingeschlagen und aus dem Wald gerückt worden waren.
In den unverwechselbaren würzigen Duft von frischgesägtem Holz und dem moorigen Geruch des abziehenden Wassers mischte sich der penetrante süßliche Gestank des dampfenden warmen Stalldungs. Otto Schimkat riß den Mist lagenweise aus dem Stallboden. Anschließend lud er ihn auf einen dafür gebauten Rollwagen mit kleinen, breiten Rädern.
In den frischen Dung, der sofort ausgestreut wurde, setzten fleißige Hände die Saatkartoffeln, die Oma Schimkat vorbereitet hatte.
Sie kletterte jeden Morgen, warme kalmucksche Schlüpfer an, ein wärmendes Chenilletuch fest um den kleinen Körper gebunden, auf die zugige Lucht und schnitt Saatkartoffeln. Von jeder mittleren und großen wurde das Narschchen entfernt. Anschließend zielte Oma mit dem spitzen Messer haarscharf zwischen die

hervoräugenden Keime, bevor die scharfe Klinge durch die Kartoffel fuhr.
»Mensch, die Omama hat sich aber auch«, beschwerte sich Lotti, nachdem sie gefragt hatte, ob sie mitschneiden dürfe und Oma mit klarem »Nein!« antwortete.

Am Setztag, die Nachbarn halfen sich dabei gegenseitig, sorgte Oma für gutes Essen. Mit krummem Rücken schleppte sie das Kleinmittagbrot auf den Pallnis. Das Wurst- und Schinkenbrot fand dankbare Abnehmer. Gegen den Durst schenkte Oma Kornfrankkaffee mit süßem Schmant und Zucker aus. Zum Vesper backte die Tüchtige Fladen mit viel Streusel. Auch der frische, noch warme Pirak wurde zum Kaffee gegessen.
Zum Mittag wurde meistens deftiges Essen serviert. Da gab es gelbe Erbsen auf Schinken oder Speck, mit Pfeffer und Meiran gewürzt. Sauerkumst mit Pökelfleisch, im Ofen gegart und knusprig gebraten, schmeckte ebenfalls herrlich.
Am Abend beköstigte Oma die hungrige Gesellschaft mit Brot und Biersuppe oder Schmantheringen zu Bratkartoffeln. Die Spitze jedoch hielt »Geriebene Mus«, die aus Milch, Kürbis und runden Keilchen gekocht wurde. Gut mit etwas Salz und Zucker abgeschmeckt, und das konnte die Oma, aß jeder zwei bis drei Teller leer.

Später, wenn die ersten Kartoffelblätter aus der Erde lugten, wurde gehäufelt. Hilde durfte den Fuchs führen, der vor den breitscharigen »Flieger« gespannt wurde. Furche um Furche mühte sich das Pferd mit

den runden, handgefertigten Spezialklumpen an den Hufen über den Acker. Mit bebenden Nüstern schnaubte das Tier, und sein Fell dampfte vor Anstrengung. Hildchen beklatschte nach jeder Runde den feuchten Hals des Braunen und kraulte die weiße Bleß.
Das Unkraut hatte nun keine Chancen. Ständig wurden die Kartoffelrücken gehackt. Sobald das Kartoffelkraut dafür zu groß wurde, ruschelten behandschuhte Hände Tag für Tag zwischen den Stauden. Dabei vernichteten sie auch die kleinste Unkrautpflanze.
Bald leuchteten die weißen, blauen und gelben Kartoffelblüten über weite Felder. Das Summen unzähliger Bienenschwärme vermischte sich mit dem leisen Geklicker flatternder Pappelblätter.

Hilde Schimkat besuchte nun schon einige Monate die Schule. Sie lernte das ABC und Buchstaben malen.
Lehrer Groß bevorzugte Hilde, was diese sehr genoß. In den Pausen nahm er sie mit in seine Wohnung, im Obergeschoß des Schulhauses.
Mit Begeisterung klimperte Hilde auf dem Klavier, und sie bewunderte die blankpolierten Möbel.
Lehrer Kischke unterrichtete manchmal die Kleinen. In den Stunden waren Lotti und Hilde seinen Sticheleien ausgesetzt. Oder er beachtete sie nicht, was noch schlimmer war.
Die Mädchen nahmen dadurch keinen Schaden. Zweistimmig singend tippelten sie allmorgendlich den weiten Weg durch das Dorf zur Schule.
Rasch hatte sich herausgestellt, daß Lotti die Klügere

war. Auch sportlich war sie Hilde überlegen. Schwimmen konnte Lotti wie ein Fisch, und Ballspiele beherrschte sie mit artistischer Sicherheit.
Mit energischer Stimme verklarte sie Hilde, daß es keinen Grund gebe, jeder Tante, die ihr begegnete, mit strahlendem Lächeln das Halbjahreszeugnis zu zeigen, in dem der Lehrer »Versetzung gefährdet« geschrieben hatte.

Lachend liefen die Kinder täglich zur Kuhle hinter Schipporeits Speicher. Im seichten Wasser machte ihnen die flirrende Hitze nichts aus, die wie jeden Sommer über allem brütete.
Schwere Gewitter brauten sich über dem Haff zusammen. Gegen Abend fielen sie ohne Warnung ins Große Moosbruch ein. Das Regenwasser der Wolkenbrüche versickerte rasch im ausgetrockneten Moorboden.
Anderntags ging strahlend die Sonne auf, und ein neuer heißer Sommertag begann.

An solch einem heißen Tag geschah es, das Seltsame, das Unverständliche. Am »anderen Ende«, bei Brückmanns, war ein Baby angekommen. Aber schon am frühen Morgen war alles geheimnisvoll.
Onkel Brückmann lief unruhig vom Haus zum Stall und zurück. Immer wieder denselben Weg. Brückmanns Kinder saßen aneinandergekauert am Holzschauer. Lotti und Hildchen setzten sich dazu.
»Anni, was is bei euch passiert?« fragte Lotti die Gleichaltrige.
»Weiß ich nich«, antwortete Anni.

»Da kommt wieder eins, so 'n kleines Balg«, rief Brückmanns Fredi. Dabei schlug er mit seiner kleinen Faust kräftig auf den Boden.
»Ja, bei uns kommt wieder ein Kind«, sagte Charlotte, die Ältere.
Die übrige Schar nickte eifrig mit den Köpfen, als wollten sie Charlottes Antwort bestätigen.
Oma Schimkat, Tante Adomeit und Gertrud liefen mit hochroten Köpfen umher. Die umsichtige Tante Romeike rannte zu Schipporeits, um den Doktor herbeizuklingeln, obwohl die Hebamme vor kurzem angekommen war. Nach Stunden fuhr das Auto mit Doktor Braszco über Schimkats Brücke. Da war Stille eingekehrt – Totenstille.
Die Wanduhr in Brückmanns Stube tickte nicht mehr, der Onkel hatte das Pendel angehalten und den Stubenspiegel zugehängt.
Magda Brückmann lag mit gefalteten Händen auf ihrem Bett. Lotti und Hildchen standen hinten an der Tür. Vor ihnen knieten Brückmanns Kinder, auch sie die Hände gefaltet.

Später trugen die Männer Tante Brückmann herüber zu Romeikes. In einer vor der Sonne geschützten Kammer wurde sie auf Bretter gelegt und mit feuchten, kühlenden Tüchern zugedeckt. Die Tote lag solange da, bis der Sarg getischlert war und Gertrud ein spitzenbesetztes Totenhemd genäht hatte.
Magda Brückmann wurde würdig aufgebahrt. Unter Teilnahme des ganzen Dorfes zogen Romeikes Pferde den Wagen mit dem Sarg zum Palleninkener Friedhof.

Der Leichenschmaus wurde in Schimkats großer Stube eingenommen. Gegen Abend spielten die Kinder wieder.
»Auf einmal is Tante Brückmann weg, einfach weg! Oma sagt, sie is im Himmel. Komisch, daß das so schnell gehen kann!« Hildchen streichelte die kleinen Finger des Babys, das seit Tante Brückmanns Tod bei Schimkats lebte.
»Siehst du«, freute sich Lotti, »jetzt haben wir einen Bruder.«
Nach einiger Zeit zogen Brückmanns um. Doch Paulchen blieb bei Schimkats. Sechs Jahre später, als Onkel Brückmann wieder geheiratet hatte, holte er seinen Sohn ab. Paul war ein krankes Kind, er mußte ständig beaufsichtigt werden.

Einige Tage nach dem großen Ereignis in Schimkats Haus lachten auch die Kleinen der Brückmanns wieder. Alle Erwachsenen schwitzten, denn die Hitze hielt an. Nur die Kinder genossen die schönen Tage.
Sie tummelten sich in der Timber. Die Badeanzüge wurden kaum trocken. Überall blühte es in voller Pracht. Kunstvoll geformtes Löwenmaul und aufgeplusterte Astern leuchteten. Riesige Kopf- und kleine Pompondahlien lugten über schwarz-weiß gepinselte Staketenzäune. Der Phlox schattierte in allen Farben, vom tiefsten Violett bis Hellblau. Er duftete weithin.
Auch die Frösche in den Gräben und Tümpeln hatte das Ereignis nicht verjagt. Sie quakten unaufhörlich die Seerosen an. Fiebrig wartete die hungrige Brut in den Storchennestern, die auf jedem zweiten Telefonmast

thronten. Immer wieder entleerten Vater oder Mutter Storch die vollen Kröpfe.
In der Abenddämmerung spazierten, wie jeden Tag, verliebte Pärchen auf dem Lehmdamm. Einige legten sich ins Gras. Zuerst schimpften die Jungens auf die krätschen Mücken – wo die überall hinstachen! Doch dann gingen ihre Hände auf Entdeckungsreise, um die blutsaugenden Biester von Halsausschnitt, Schenkel und sonst noch wo wegzuschichern.
Grillen zirpten, und die Bachstelze wippte empört mit ihrem Zagel.

Tags drauf flirrende Hitze auf den Straßen und überall auf dem Land.
Brot in Deckelkörbe gepackt und Saftwasser. Der größte Plachanske wurde bis zum Rand mit kalten Pflaumenkeilchen gefüllt und die Thermoskannen mit heißem Kaffee. All die guten Dinge wurden im Helwagen verstaut, zwischen Decken und Federkissen.
Die Fahrt ging nach Elchwerder an der Schackschen Bucht, mit Übernachtung auf der Wiese am großen Fluß. Aust war angesagt.
»Is das spannend!« stellten die Mädchen fest. »Badeanzüge nicht vergessen!« Zwei Tage an der Schackschen Bucht waren trotz schwerer Arbeit und Mückenschwärmen wunderbar.
Das Heu wenden und nochmals wenden. Der Abend schlich durch den Erlenwald, und vom Strom stiegen Nebel auf.
Dem Abend versprach ein sonniger Tag zu folgen. Durch die Bäume im nahen Wald lugte der Vollmond.

Die Mädchen kuschelten unter warmen Federn, und die Frösche quakten sie in den Schlaf.
Am anderen Morgen wuschen sich Gertrud, Otto und die Mädchen im Strom. Sie schwammen ein kurzes Stück durch das erfrischende Wasser. Fischerkähne ratschten durchs Schilf.
Auf eine Decke stellte Gertrud Tassen, Brot, Butter und Marmelade. Sie rief zum Frühstück.
»In meiner Tasse schwimmt ein Blatt«, rief Lotti. Sie wollte es entfernen. Plötzlich wendete sich das Blatt, und zwei blanke Augen glupschten aus dem Kornfrank.
Die fröhliche Frühstücksrunde wurde beendet, und die Arbeit konnte beginnen.
In Reihen wurde das Heu zusammengeharkt und in großen Käpsen aufgefleit. Viele Mückenstiche mußten versorgt werden.
Die Rückfahrt kam näher. Die restlichen Pflaumenkeilchen wurden verteilt. Frische Schleie zappelten im Brotkorb fürs Abendbrot. Der Fuchs wartete ungeduldig vor dem Wagen.
Aufladen und Abfahrt. Es wurde schnell schummrig.
Auf der Straße trabte der flotte Fuchs zügig seinem Stall entgegen. Plötzlich stand er vor einem großen Problem. Das Problem war ein mächtiger Elchbulle.
Es dauerte. Der Bulle rührte sich nicht von der Stelle. Respektlos drehte er seinen Kopf zur Seite, sah zu dem Gefährt, das in einiger Entfernung wartete.
Fast dunkel war es, als der Elch seine Knabberei unterbrach, den Ast losließ, wendete und gemächlich über den Graben in den Wald trottete. Der Fuchs, gewohnt,

mit Respekt behandelt zu werden, schüttelte seinen edlen Kopf, als wollte er sagen: »Na so was!«

Zur gleichen Zeit wehten in Berlin die Fahnen der ganzen Welt, eingerahmt von unzähligen Hakenkreuzen, über dem Olympiastadion.

Familienzuwachs

Die Tage wurden kürzer. Der Herbst war nicht mehr weit. Altweibersommerfäden spannen ihre Netze von Blüte zu Blüte und von Blatt zu Blatt. Schwalbenschwänze formierten sich auf den Telefondrähten und machten sich bereit für die große Reise in den Süden. In Scharen zogen die Kraniche hinterher. Lerchengesang war nicht mehr zu vernehmen, und der Nachtigallenschlag verstummte. Die Vorratskammern füllten sich mit Eingemachtem. Bald würden Nachtfröste einfallen und den Pallnis mit Rauhreif bedecken.
Die Kartoffelernte war in vollem Gange. Mit Fingerlingen wurden die Kartoffeln aus der kalten Erde gebuddelt und eingesammelt.
Schimkats hatten es in diesem Jahr besonders eilig mit dem Einbringen der Ernte. Gertruds drittes Kind sollte im ersten Drittel des September geboren werden.
»Einen Jungen wünsche ich mir«, verkündete Otto mit geschwellter Brust. »So 'n richtigen kleinen Lorbaß, dem ich einen Bollerwagen zusammennageln werde. Wachen Verstand wird er haben un luchterne Augchens.«
Gertrud lächelte. Sie hoffte ebenfalls auf einen Stammhalter.
Am 8. September kroch das dritte Merjellchen aus Ger-

truds Bauch. Die ehrwürdige Hebammsche, Frau Paries, gratulierte Gertrud zu der überstandenen schweren Geburt und der gesunden Tochter. Gesund war es, doch sehr zart, das winzige Annemariechen.
Bis die Kindbettzeit vorüber war, halfen Oma Schimkat und Lena alles zu beschicken. Danach übernahm Gertrud wieder alle Pflichten.
Annemariechen gedieh prächtig. Lotti und Hilde mußten täglich das Schwesterchen beaufsichtigen. Beide freuten sich besonders aufs Abfüttern. Von der in warmer, süßer Milch eingeweichten Semmel blieb nie viel für das Baby übrig. So wurde nochmals eingeweicht, bis das Puppi satt war – und die Vorkauerin ebenfalls.

Um Martini wurde mit Hilfe von Tante Gronau und Lena tagelang gebacken und gebrutzelt. Jeder ahnte die kommende Festlichkeit. Die Taufe von Annemarie Schimkat stand bevor.
Zum Tauffest waren alle Verwandten geladen. Davon gab es eine Menge in der näheren und weiteren Umgebung. Oma und Opa Kallweit kamen schon einige Tage vorher. Gertrud und Ottos Freunde, Meta und Oskar Nasner mit Hilla, die sozusagen zur Familie gehörten, waren zeitig da und halfen mit, Möbel umzustellen.
Anschließend polterten die Timberninker Fuhrwerke über die Brücke. Zuerst kamen Barkowskis. Der Onkel Emil zwirbelte seinen gepflegten Kaiser-Wilhelm-Schnurrbart, daß jeder seine Freude daran hatte. Auch sonst war der »dunkle Onkel« – so genannt wegen seiner schwarzen Haare und braunen Augen – ein liebenswerter, netter Mann, der jeden Satz mit »sechter« (sagt

er) beendete. Seine Frau, die Tante Minna, begutachtete die Torten. Auf langen Tischen leuchteten sie in allen Farben des Regenbogens. Torten backen und herrichten konnte die Tante Minna wie keine andere. Darum nannten die Kinder sie heimlich »die Tortersche«, worüber sie offensichtlich nicht böse war.

Etwas später trudelten Gramatzkis ein. Der immer lächelnde Onkel Gustav sprang als erster vom Wagen und versorgte das Pferd. Tante Marta machte sich, wie immer, nützlich. Hilde freute sich auf Cousine Elfi. Sie waren gleich alt und heckten ständig kleine Streiche aus.
Heute, als Elfi das Baby sah, sprang sie herum und feixte: »Ich weiß was, was ganz Dolles. Ich weiß, wo die Babys rauskommen. Von wegen Poggenteich und so. Keine Spur!« Dabei zog sie Hildchen zur Seite. »Erst mal sind sie im Bauch. Darum sind die soo dick.« Eine entsprechende Handbewegung unterstrich den Umfang. Elfis Augen blitzten: »Und dann, Hilde, wie bei der Kuh. Die wird auch dicker un dicker, dann flutsch, raus aus dem Bauchnabel. Da staunst, was?«
Hilde antwortete nicht. Sie war sehr skeptisch gegenüber Elfis Neuheit. Hatte sie doch gesehen, daß Olgas Kalb unter dem Schwanz herausgezogen wurde. Na, egal, woher Annemariechen gekommen war, aus Muttis Bauch oder vom Klapperstorch aus dem Poggenteich. Nun war Taufe.
Hocherfreut waren Gertrud und Otto, daß Frau Ballschevski mit Hans, Liselotte und Hannah, ihren Kindern, den Weg nach Palleninken nicht gescheut hatte.

Sie schenkten ein Goldkettchen und etwas zum Anziehen.
»Ein bißchen peiniglich, daß die eingeladen hast, Trudchen«, bemerkte Oma Schimkat. »Weil doch alle über die Juden so reden«, zeterte sie.
Kaum wiederzuerkennen war sie, die Oma, in ihrem schwarzen Sonntagsstaat aus Seide. Den Ausschnitt zierte ein Spitzenkragen und ein strahlend weißes Chemisettchen.
Otto und Gertrud freuten sich über ihre Gäste. Besonders über Ballschevskis. Bisher war es eine Ehre gewesen, von den angesehenen Kaufleuten besucht zu werden. Sie fanden viele Gesprächspartner.
Als Ballschevskis sich am späten Abend verabschiedeten, dankten Schimkats für ihren Besuch. Frau Ballschevski, Lilo und Hannah umarmten Gertrud, bevor sie das Haus verließen, und Hans kniff Lotti in den Popo.
Schimkats begleiteten ihre Gäste bis zur Brücke und sahen ihnen nach, bis der Wagen von der Dunkelheit verschluckt wurde.
Ballschevskis sollten, außer Hans, nie wieder Schimkats Haus betreten.

Währenddessen war die Feierlichkeit im Hause in vollem Gang. Das Abendessen wurde aufgetragen. Die Festgemeinde langte kräftig zu. Sie stopften kalten Braten, Schinken und Klopse in sich hinein, daß es eine Freude war, ihnen zuzusehen.
Die Onkel hielten sich mehr an den Grog. Otto setzte sich zu ihnen.
Schon hörten Lotti und Hilde ihre Namen rufen. Singen sollten sie und die Feiernden unterhalten.

Die Mädchen stellten sich der Größe nach auf, noch stand Lotti vorn. Ihre hellen, klaren Stimmen ließen die blauen Dragoner durch die Stube reiten. »Fern bei Sedan« erklang, und von der Lüneburger Heide sangen sie, zweistimmig.

»Am Morgen in der Kirche war das Singen doch schöner«, bemerkte Oma Kallweit. Doch nun stimmten alle ein, auch die Omamas. »Das schönste Blümlein auf der Alm« erblühte in voller Schönheit.

Ständig wurde auf Annemaries Wohl angestoßen, die von alledem nichts wußte, sondern im Kinderbettchen lag und in die Windeln pupste.

Onkel Gustav, schon leicht unsicher auf den Beinen, fragte: »Ei, wo is denn unsere kleine Christin, die heut in das himmlische Buch eingetragen worden is, hik? Na wo is sie denn, kann sie nich mal kommen?«

Otto antwortete genauso grinsend: »Die wird sich hüten zu kommen, Schwager, weil doch ab heute alles, was sie denkt und tut, aufgemerkt wird in das große Buch der Bücher.«

Die beiden Omas nickten mit den Köpfen, die Frommen.

Mitten in »Freut euch des Lebens«, ohne Vorwarnung, färbte sich der Abendhimmel feuerrot. Selbst die Tapeten in der Feststube und die Gesichter der Feiernden sahen aus, als wären sie mit Blut übergossen worden. Ohne zu wissen, woher es kam, fand Hilde es schaurig schön und es schuchterte sie.

Plötzlich schrie jemand: »Feuer! Feuer! Es brennt, es brennt!«

Verdattert starrten sich alle an. In Panik stürzten sie wie auf ein geheimes Kommando aus der Stube. Die

lange Tafel aus mehreren zusammengestellten Tischen wurde auseinandergerissen, über den Fußboden rollten Wurstscheiben. Der Käse trudelte über die gewebten Flickerdecken. Er gesellte sich zu dem rosaroten Schinken, der in kleinen Rollen überall herumlag.
Groggläser und Kaffeetassen flogen. Draußen im Garten blieben alle wie angewurzelt, auch erleichtert, stehen. Schimkats Haus, wie angenommen, brannte nicht. Es war der Stall von Mädings. Von einem zum anderen Ende brannte der riedgedeckte Stall der Nachbarn lichterloh. Brennende Hühner und Gänse flogen aus den Fenstern. Gespenstisch und unheimlich die hohe Flamme im Abendhimmel. Kühe und Pferde wurden gerettet, wenn auch unzählige Brandwunden versorgt werden mußten.
Die unsichtbaren Wunden der Familie Mäding, die hilflos weinend an der Hauswand lehnte, konnte niemand lindern.
Die von Hand zu Hand weitergereichten Eimer mit Löschwasser dämmten das Feuer nicht ein. Sie bekleckerten nur die Sonntagskleider. Der Stall brannte bis auf die Grundmauern nieder.
So wurde das Tauffest von Schimkats Annemariechen jäh beendet. Es sorgte für viel Gesprächsstoff im Dorf.
»Weißt noch«, sagten die Leute, »am Tauftag bei Schimkats, als Mädings Stall total abbrannte?«
Es war ein Ereignis gewesen, denn gebrannt hat es nicht oft in Palleninken. Alle Bewohner, aber auch alle, waren der Meinung, daß es das Schrecklichste wäre, das Brennen.
Hatten die eine Ahnung...

Die Reise nach Berlin

Der ostpreußische Winter hatte mit sibirischer Kälte Einzug gehalten. Menschen und Tiere krochen zusammen. Sie horchten auf den heulenden Sturm, der, von Osten kommend, über das Land fegte.
Noch mußten die Kinder zur Schule gehen, 29 Grad Frost zeigte das Thermometer noch nicht an. Trotzdem wurden die gehaßten kalmuckschen Unterhosen mit angeknöpfter Klappe angezogen. Danach schlüpften die Mädchen in dunkelblaue Trainingsanzüge.
Gertrud strickte Socken mit wärmenden Noppen. In Klumpen schüttete sie glühende Holzkohle. Schnell rütteln und die Kohle auskippen. Das eingewärmte Holz schützte die Füße vor der grimmigen Kälte.
So ging das Jahr seinem Ende entgegen.
Gertrud backte Pfefferkuchen, und Otto schlug einen Tannenbaum. Die ganze Familie sang »Vom Himmel hoch, da komm ich her«, und mit lautem Gebimmel stolperte der Weihnachtsmann durch die Tür.
Lotti knickste vor dem blitzenden Weihnachtsbaum und sagte das Gedicht auf von der Kälte und wer da durch den Winterwald stapfte. Die Freude über Sonja, eine Schlafpuppe, die kämmbares Haar hatte, war riesengroß.
Eine Puppe bekam auch Hilde. Viel kleiner, haarlos und mit starren Augen. Dafür habe ich nun die ganze

Weihnachtsgeschichte auswendig gelernt, dachte Hildchen tief enttäuscht. Über eine Kletterweste und eine Handharmonika hätte sie sich gefreut.
Doch darauf mußte sie noch einige Jahre warten.

Lotti hatte eine Freundin. Täglich trafen Lotti und Elly sich nach der Schule. Hilde litt darunter, weil sie von allen Spielen ausgeschlossen wurde.
Hilde wollte eine große Führerin werden. Dann würde sie's denen schon zeigen. Von wegen nie mitspielen lassen, nie einen Griffel oder Bleistift borgen! »Wartet man ab, das wird euch noch leid tun«, drohte sie den beiden Älteren.
Die zeigten keine Angst und krümmten sich vor Lachen.

Die Zeit lief weiter. Im neuen Jahr – der Schacktarp ging vorüber, und das Hochwasser zog sich zurück. Wieder blühten die Weidenkätzchen, und Gertrud pflanzte Stiefmütterchen. Aufgeplusterte Glucken saßen auf Enten- und Gänseeiern. Eilig wurden die Kartoffeln gepflanzt, denn Schimkats stand ein großes Ereignis bevor.
Gertrud wollte verreisen. Sie fuhr nicht nach Labiau, Tilsit oder Königsberg. Ach i wo, die Städte bedeuteten kein Ereignis, die lagen gleich um die Ecke. Gertrud Schimkat wollte nach Berlin reisen. Ihre Schwester Maria war 1922 in die große, ferne Stadt gezogen.
Das halbe Dorf verfolgte interessiert die zahlreichen Vorbereitungen. Gute Ratschläge kamen von allen Seiten.

»Gertrud, sag mal, du fährst durch den Korridor, durch die Polakei«, stellte Nachbar Adomeits Hannes fest. »Weißt du nicht, wie die sind?«
»Nee, wenn es weißt, wirst mich schon aufklären.«
»Trude, durch Poland is ja nich das Schlimmste, aber manchmal stehen die Züge tagelang rum, un kein Zugführer weit un breit. Du weißt doch, daß das Zugpersonal wechselt. Deutsche raus, Polen rein. Gardinen zugezogen un durch, denn – alles umgekehrt. Un auch Polakenlok vorm Zug. Kein gutes Material un so. Überleg genau, was du tust«, ereiferte er sich.
»Hannes, sieh mal, Maria kommt jedes Jahr, nie is etwas passiert. Ich freue mich auf die Reise durch Ostpreußen, Pommern un Mecklenburg.«

Bei Schimkats wurde fieberhaft genäht und gestrickt, geschlachtet und geräuchert, gebacken und gebraten. Gertrud packte Taschen und Koffer, als trüge sie die Versorgung der großen Stadt auf ihren Schultern.
Beim Verabschieden schielte Tante Romeike nach den Gepäckstücken. »Das alles nimmst mit?« fragte sie erstaunt.
»Die Städter sind alle so 'n bißchen dünn. Maria auch. Da versorge ich mich mit allem, was sein muß«, entgegnete Gertrud. »Ich brauch nich alles tragen. Gebe es als Frachtgut auf.«
Tante Romeike war erstaunt darüber, was es alles gibt. Sie reiste nie. Die Zeit fehlte und auch Gelegenheit. Außerdem waren Romeikes sehr sparsam.

»Schön siehst du aus, Mutti«, stellte Lotti fest, die am Ufer stand.

Gertrud trug einen weißen Staubmantel und einen Florentinerhut. Sie umarmte Otto, die Kinder und Oma. Dann balancierte sie über das ausgelegte Brett. Mit Hilfe des Bootsmanns stieg sie in das kleine Schiff, das am Bollwerk hin- und herdümpelte.
Die Maschine wurde angeschmissen, die »Fina« zitterte, und der Wasserpropeller ließ die Blasen nur so aufburbeln. Leinen los! Die große Reise begann. Taschentücher wurden geschwenkt. Viele winkten dem davontuckernden Schiffchen nach, bis es bei der nächsten Flußkrümmung hinter den Bäumen verschwand.
Briefe schwirrten von Palleninken nach Berlin und zurück.
»Wenn Mutti auch streng is, soll sie nu aber wieder nach Hause kommen«, war die allgemeine Ansicht.

Endlich war es soweit. Nach vier Wochen winkte Gertrud schon, als die Fina noch weit vom Anleger entfernt war. Dort warteten Otto mit den Kindern und Oma im Marktwagen mit blankgestriegeltem Fuchs davor.
Als der Dampfer anlegte, gab es kein Halten. Die Kinder, jedes einen Strauß Wiesenblumen in der Hand, stürmten Mutti entgegen. Sie hüpften wie aufgescheuchte Keuchelchen.
Klein Annemarie saß auf Omas Schoß hinten im Wagen. Die Schlitzaugchens der Kleinen blitzten vor Vergnügen, als sie Mutti erkannte, und sie kraalte vor Freude.
Was Gertrud alles erlebt und gesehen hatte!
Von hohen Häusern erzählte sie und von Straßen, die auch bei Nacht taghell waren. Reihenweise leuchteten

Laternen. Außerdem flanierten da elegant und sonntagsmäßig angezogene Menschen.
»Auch am Alltag?« fragte Hildchen mit weit aufgerissenen Augen.
Gertrud nickte nur und berichtete weiter. Unglaublich, sie hatte eine Oper gesehen. In spannender, den Kindern verständlicher Form erzählte sie vom »Troubadour« im Deutschen Opernhaus in Berlin, von wunderschönen Stimmen und vom Lagerfeuer der Zigeuner.
Nach und nach fanden sich die Nachbarn ein. Adomeit Gerda und Frieda, Wittkuhns Kurtchen. Romeikes Jorge und Lena freuten sich über Mitbringsel aus Berlin, das so schrecklich weit war.
»Bestimmt is Berlin weiter als Afrika«, äußerte Hildchen mit gerunzelter Stirn. Über Afrika, die Askaris und Buren, da wußte sie Bescheid. Otto sammelte mehrere Alben voll Bilder von Deutsch-Südwest, von Lettow-Vorbeck und so…

Als die Lampen ausgeblasen wurden, kehrte noch lange keine Ruhe in Schimkats Haus ein.
In der Schlafstube erfuhr Otto andere Berlin-Erlebnisse. »Weißt, Otto, manchmal denke ich, daß ich geträumt habe, was in der Stadt passiert is. Die Juden werden wie Menschen zweiter Klasse behandelt.«
»Zweiter Klasse, wie, noch schlimmer als hier?«
»Wo denkst du hin, dies bißchen Verhöhnen hier, das is nichts dagegen. Wie Tiere werden sie zusammengetrieben und verfrachtet.«
»Sag mal, wovon redest du, Trude?«
»Du weißt doch, daß in Charlottenburg viele Juden

wohnen.« Otto nickte, und Gertrud erzählte weiter. »Etliche kaufen bei Maria ein, mit anderen is sie befreundet. Letztes Wochenende habe ich im Laden ausgeholfen und ein Gespräch zwischen Maria und einer Jüdin gehört. ›Nun geht es los, leben Sie wohl, Frau Kallweit‹, flüsterte die Frau. ›Wieso, was geht los, verreisen Sie?‹ fragte Maria. ›Das kann man auch dazu sagen‹, antwortete die Frau kaum hörbar. Sie beugte sich zu Maria. ›Aus sicherer Quelle wissen wir, daß morgen unsere Straße dran sein soll.‹ Marias Gesicht wurde schneeweiß, doch die Frau sagte: ›Wir lassen uns nicht meschugge machen und gehen mit. Wer weiß, wohin. Man hört Schlimmes, sehr Schlimmes, Frau Kallweit.‹«

Otto sah ungläubig zu Gertrud, die sich an seine Schulter kuschelte. Sie fuhr fort: »Die kleine jüdische Frau war so hilflos, als sie Marias Laden verließ. Maria sagte mir, die von der Partei nennen es Säuberungsaktion. Otto, fast täglich wiederholen sich solche Szenen. Sicherlich geht es noch weiter. Überall geht Angst um.«

»Ja, wo werden die Menschen nun wirklich hingebracht?« fragte Otto.

»Ein alter Mann wußte zu berichten, alle werden in den Tod fahren, die auf einen dieser Lastwagen steigen.«

»Wieso, dieser Lastwagen? Was für Laster?«

Leise redete Gertrud weiter. »Die sollen luftdicht abgeschlossen sein. Sie lassen Gas einströmen, so daß die Insassen schon auf der Fahrt in das sogenannte Erholungsheim getötet werden.«

»Großer Gott, doch nich töten«, schrie Otto.

»Doch, Otto, ich glaube schon, daß es stimmt. So etwas Grausames is meistens kein leeres Gerede.«
»Du meinst, die Juden töten, alle Juden totmachen, einfach so. Grundlos umbringen. Aber, aber das is doch Mord, richtiger eiskalter, vielfacher Mord!«
»In Berlin sagen die Menschen es, und ich werde es den guten Ballschevskis sagen müssen, was ich erlebt und gehört habe.«
Otto lag, die Arme unter dem Kopf verschränkt, und er überlegte. Laut sagte er: »Das alles kann ich einfach nicht glauben. Es machen so viele mit. Weiß Gott, die sind doch nicht dumm. Studierte Männer und Frauen schreien ›Heil Hitler‹! Stell dir vor, sie rufen seinen Namen, viele Male täglich. Das noch mit erhobenem Arm. Und dieser Hitler ein Mörder? Trudchen, ich glaube, die Welt wird untergehen, wenn das Wahrheit is, was du erzählt hast. Aber er kauft uns auch schon. Zum Beispiel mit dem Volkswagen und so. Wer weiß, was wir dafür zahlen müssen. Wer weiß, wo er uns hinführt, dieser Führer mit seiner nationalsozialistischen Arbeiterpartei. Ohne mich!«

Der nächste Tag war ein Sonntag. Aber er war nicht das, was er immer war. Müde und erschlagen saßen Schimkats um den Frühstückstisch. Pirak und gebratene Plötze standen auf dem mit gestickter Leinendecke sonntäglich geschmückten Tisch. Ohne Lust und Hunger stocherten Gertrud und Otto zwischen den Fischgräten. Selbst auf die Kinder sprang diese bedrückende Stimmung über. Erst als Otto anspannte und sie mit den Kindern ausfuhren, löste sich die Spannung.

Bei Schipporeits setzten sie mit der Fähre über den Strom. Stramm mußte der Fährmann sich in die Gurte legen, ehe die schwimmende Brücke sich in Bewegung setzte und übers Wasser schwebte.
Auf der gegenüberliegenden Seite der Timber angekommen, fiel der Fuchs in flotten Trab. Rasch erreichten sie das gleichnamige Dorf, in dem Otto als Sohn eines reichen Kartoffelbauern geboren wurde.
Verwandte und Bekannte grüßten herüber. Einige, in hellen Kleidern und Anzügen, wünschten »Guten Tag«. Andere, in brauner Uniform, Breecheshosen und Hakenkreuzbinde am Ärmel, riefen zackig: »Heil Hitler!«
Als die Ausflügler Timber hinter sich gelassen hatten, zog sich die Schotterstraße durch Neubruch und Königgrätz. Rechts, hinter blühenden Kartoffelfeldern, breitete sich der Kern des Großen Moosbruchs aus. Nun lenkte Otto die Fuhre nach links. Eine kurze Strecke auf dem Kopfsteinpflaster längsgestukert, und sie waren in Schenkendorf. Dem Ziel ihres Ausflugs.
Ein großes Gartenlokal mit kleinen Sitzgruppen unter alten Bäumen lud zum Verpusten ein. Unter einer Eberesche strichen zwei Geiger über die Saiten ihrer Instrumente. Daneben zupfte ein blonder Hüne das Duumdumdum auf dem Kontrabaß. Der rundliche Schlagzeuger fegte mit Schlagbesen sachte den Balg einer kleinen Trommel.
Vergnügt pfiff der Kellner die Walzermelodie mit. Geschickt schlängelte er sich bis zu den Neuankömmlingen durch. Er deutete einen Diener an und fragte:

»Was darf ich Ihnen bringen, bitteschen? Gnädigste vielleicht ein Eierlikeerchen?« Otto fragte er: »Das Herrche vielleicht einen Meschkinis?«
»Wer will denn so früh schon Likeer un Bärenfang trinken«, antwortete Otto ärgerlich. Nach einem Bierchen allerdings war ihm schon zumute, und Gertrud schmachtete nach Bohnenkaffee.
Sie äußerten ihre Wünsche. Schon nach kurzer Zeit balancierte der schnieke Ober die gewünschten Getränke auf einem runden Tablett zwischen den Stühlen heran. Bekannte und Freunde grüßten auch hier von allen Seiten. Gertrud schlürfte genüßlich den dampfenden Kaffee, während Otto nach einem Schluck kühlen Biers für Gelächter sorgte. Auf seinem Schnäuzer hatte sich der weiße Schaum breitgemacht.
Die Mädchen tranken Limonade in Grün und Gelb. Klein Annemarie, die auf Gertruds Schoß saß, nuckelte an einem Stundenlutscher, so daß der pappige rote Saft über Kinn und Mäntelchen kleckerte. Das Kind klebte von einem zum anderen Ohr wie ein ausgerollter Fliegenfänger.
Bevor Schimkats einen ausgiebigen Spaziergang durch die gefegten Straßen des Dorfes machten, lief Gertrud mit ihrer Jüngsten über die Wiesen zum Lauknestrom, um die klebende Annemarie abzureiben. Auf dem Strom ruderten Sonntagsangler unter der Brücke durch. Mit zischendem Geräusch verschwanden die Kähne im hochgewachsenen Schilf. Wilde Enten fühlten sich in ihrer Ruhe gestört. Laut schnatternd schreckten sie auf und strichen über die Flußwiesen.

»Papi, wir holen Mutti und Annemarie ab«, rief Lotti.
Hand in Hand stapften beide, Lotti und Hilde, mit ihren kurzen Beinen durchs nasse Gras.
»Kinder, nein, nich Kabolske schießen«, schrie Gertrud. Sie ahnte, was jetzt kommen würde. Zu spät, die Mädchen liefen an, und einmal, zweimal, dreimal, rollten sie kopfüber. Danach hingen die gestärkten, mühevoll gebügelten Sonntagskleider wie ausgewrungene Koddern an ihnen herunter.
»Ab zum Wagen, wir fahren nach Hause«, bestimmte Gertrud. Dabei verteilte sie zwei Mutzköppe.
Unterdessen kaufte Otto an einem Obststand eine Tüte Früchte. Er wunderte sich, was es hier auf dem Moosbruch außer Äpfeln, Kruschkes und Johannisbrot noch gab. »Hier, das sind Bananen.« Er reichte Lotti und Hildchen je eine der länglichen gelben Dinger.
Lotti schälte die Banane und steckte sie in den Mund. Angewidert spuckte sie den Bissen aus. »Igitt, das is ja weich wie Brei«, plärrte sie.
Gertrud wollte wieder ausholen, doch Otto stellte sich dazwischen. »Woher sollen die Kinder wissen, daß Bananen weich sind. Bisher gab's bei uns keine oder ganz selten. Weder auf dem Wochenmarkt noch in irgendeinem Laden.«
»Hast recht, Otto. Aber gleich ausspucken muß ja nich sein.«
»Einen roten Apfel möchte ich«, meckerte Lotti.
»Ich auch«, quäkte Hilde, die das gelbe Ding gar nicht probierte.
Otto ließ eine Tüte Äpfel und Johannisbrot einpacken. Anschließend gingen Schimkats gleich zum Pferde-

unterstand, um ihren Wagen zu holen. Der Spaziergang fiel wegen schlechter Laune aus.

»Heil Hitler, Otto, na, unterwegs?« Albert Schankat, Obersturmführer in der SA, stellte sich Schimkats in seiner braunen Uniform und blankgewichsten Langschäftern in den Weg.
»Tach«, erwiderte Otto mürrisch. Er dachte: Holen die uns überall ein? Sogar beim sonntäglichen Familienausflug ist man vor denen nicht sicher.
»Hast dir's überlegt, Otto?«
Otto fragte, was er sich überlegen solle.
»Tu nich so scheinheilig, weißt doch, was ich meine. Die Partei wartet auf dich. Männer wie dich brauchen wir. Tatkräftig un redegewandt.« Er sah Gertrud an. »Für dich wird's auch höchste Zeit. Dabeisein is alles«, babbelte Albert einen der Schlagsätze nach.
»Ja, ja, bald reihen wir uns ein«, entgegnete Gertrud.
Otto schwieg, und Albert Schankat ging zu einem von SA-Männern besetzten Tisch, die alle nach Marschmusik verlangten. Die Musiker stellten sich taub. Sicherlich nicht lange.
Familie Schimkat verschwand schnell im Pferdeschuppen. Auf der Rückfahrt schliefen die Kinder ein. Sie muckste sich erst, als Otto an der Timber die große Holüberglocke läutete. Wie an der Laukne stoben wilde Enten über die Schilffelder.
»Der Förster sollte die Schrotflinte schultern, sich das ansehen un dazwischenballern. Nehmen doch überhand, die Biester«, murmelte Otto.
Gertrud nickte zustimmend.
Ob sie nur die Enten meinten?

Die Mädchen klatschten in die Hände und wollten aufspringen.
»Noch ein Weilchen, Kinder, gleich sind wir zu Hause, und ihr könnt spielen«, sagte Gertrud. Sie war plötzlich müde. Der sonst schöne Ausflug hatte die Sorgen nicht verjagen können.
Sie fuhren nach Hause, in den Abend und den neuen Tag.

Trennung von Freunden

Am darauffolgenden Dienstag, dem Markttag, war Gertrud Schimkat verzagt und traurig, als sie in Lauknen ankam.
Der Umgang mit den Kunden, die heute besonders zahlreich zum Einkaufen kamen, machte ihr keine Freude. Von ihrer charmanten Liebenswürdigkeit und ihrem Verkaufstalent war heute nichts zu spüren.
Frau Ballschevski nahm Gertrud beiseite und fragte nach dem Grund ihrer Zerstreutheit. »Ist Otto schuld an deiner trüben Stimmung? Hat er zuviel getrunken und gestänkert. Ist etwas mit den Kindern passiert, als du in Berlin warst?«
»Nein, nichts von alledem«, antwortete Gertrud.
»Du hast sicher schöne Tage bei Maria verlebt, und wir freuen uns, daß du wieder bei uns bist. Nun sag's schon, Trudchen, vielleicht kann ich dir helfen.«
Gertrud sah in gütige Augen. Sie schämte sich zu sagen, was sie sagen mußte.
Beim Mittagessen, als alle beisammen saßen, wiederholte Gertrud mit zitternder Stimme, was sie Otto in der Nacht nach ihrer Rückkehr aus Berlin erzählt hatte. Sie berichtete von dem Brief des Ortsgruppenleiters und dessen Warnung. »Das gemeinste sind die Sticheleien des Lehrers. Fast täglich kommen die Kinder mit rotgeweinten Augen aus der Schule.« Gertrud

wandte sich an Hans: »Lotti und Hilde sind oftmals auch so traurig wie du.«
Hans Ballschevski traute sich nicht mehr auf die Straße, wo er verhöhnt und geprügelt wurde. Einsam stand er auf dem Speicher und sah zu, wenn die Jugendlichen sich in den Grünanlagen trafen.
Ballschevskis waren erschüttert. Still saßen sie um den Tisch. Niemand rührte das Essen an. Diese Dinge, die in Berlin passierten, hatten sich bis nach Lauknen auf dem Moosbruch noch nicht herumgesprochen.
Das Schweigen dauerte, bis Frau Ballschevski sich von ihrem Stuhl erhob und mit lächelndem Gesicht – tatsächlich, sie lächelte – sagte: »Daß mit Hitler nichts Gutes auf uns zukommt, haben wir geahnt. Aber so etwas... Wir werden überlegen, was zu tun ist. Sehr gründlich werden wir überlegen.« Ihr Gesicht veränderte sich. Keine Spur eines Lächelns. »Daß du und deine Familie darunter leiden muß, weil wir Juden sind, Trudchen, das wollen wir nicht. Ich bitte dich, nicht mehr zu uns zu kommen. Du weißt, was wir uns mit dieser Bitte antun. Du warst wie unser Kind, und nun zwingen diese Menschen uns, dir unser Haus zu verbieten. Und das zu deinem Schutz.« Frau Ballschevski setzte sich. »Noch etwas«, sagte sie. »Du solltest in die Frauenschaft eintreten, was immer es auch sein mag, diese Frauenschaft.«
»Ich glaube nicht, daß sie uns etwas tun. Aber ihr, ihr müßt weg, sonst holen sie euch, wie Marias Kunden. Bitte, ihr wolltet doch immer einen Besuch in eurem Land machen. Fahrt nach Palästina. Irgendwann muß doch wieder alles gut sein, und ihr kommt zurück.«

Frau Ballschevski griff nach Gertruds Hand: »Danke, liebes Kind, danke für deine Treue und den Fleiß. Auch dafür, daß du uns in all den Jahren nie enttäuscht, unser Vertrauen nie mißbraucht hast.«
Die Chefin verließ die Stube.
Liselotte und Hannah trösteten Gertrud, obwohl es umgekehrt hätte sein müssen.
Frau Ballschevski kam zurück und reichte Gertrud eine vollgepackte Tasche. Sie umarmte Gertrud wortlos.
Die verließ das Haus und stand noch lange an der Auffahrt, ehe sie sich auf ihr Fahrrad schwang und nach Palleninken radelte.

An der Timber läutete sie die Holüberglocke. Als der Fährmann angelegt hatte, über seine Rückenschmerzen witzelte und »Es zittern die morschen Knochen« sang, lächelte Gertrud Schimkat schon wieder. Der Fährmann, der Gertrud jeden Dienstagmorgen und am frühen Nachmittag über den Strom ruderte, wunderte sich, daß sie gegen ihre Gewohnheit sehr ruhig war.
»Schlechte Laune kennst ja nich, Trudche. Darum zerbrech ich mir den Kerbholz, warum du mir heute nichts von dem berühmten Markttag erzählst.«
»Die heutigen Erlebnisse, Gustav, sind nichts zum Lachen. Ich will nich darüber reden.«
»Ach, Koppche hoch, scheene Frau. Kennst doch den weisen Spruch ›Nich so heiß essen wie gekocht‹.« Im hohen Bogen spuckte er einen Strahl braunen Pfeifensaftes in die sich kräuselnden Wellen der Timber, die ungeachtet aller Freuden und Sorgen mal schmaler, mal breiter durch Kaiser- oder Hitlerzeit vor sich hinplätscherte.

»Leg dich in die Riemen, ich möchte rasch nach Hause, Gustav.«
Der Fährmann nickte und sein Ruderschlag wurde schneller. Gertrud erhob sich vom Kajütendeckel, holte ihr Fahrrad aus der Halterung und wartete ungeduldig auf das Ende der Kahnfahrt.

Zu Hause angekommen, fand Gertrud Oma und die Kinder um den Küchentisch versammelt. Oma hatte Flinsen gebacken und Kirschsuppe gekocht.
Gertrud setzte sich dazu. Hunger verspürte sie keinen, so packte sie den Inhalt der Tasche aus, die Frau Ballschevski ihr geschenkt hatte. Neben allerlei Lebensmitteln legte sie zwei Schachteln auf den Tisch.
»Nu nimm doch nich immer so viel von der Judsche. Is doch verboten«, entrüstete sich Oma.
»Is schon gut, Oma. Dieses war das letzte Mal. Und überhaupt fahr ich in Zukunft nich mehr ins Geschäft. Ich höre auf, in Lauknen zu arbeiten.«
Oma Schimkat atmete auf. Es war, ihrer Ansicht nach, in der heutigen Zeit etwas Unanständiges, mit Juden befreundet zu sein.
Erschrocken sahen beide Frauen zur Uhr, als sie Motorengeräusch hörten. Otto fuhr schon in den Hof. Es war spät geworden.
»Ich muß das Abendbrot kochen. Oma, deckst du den Tisch?«
Otto kam zur Tür herein. Den Stiefelknecht in der Hand, setzte er sich an seinen Platz am Ende des Tisches. »Es gibt Neues zu berichten.«
»Nu zieh dich erst einmal aus. So wichtig wird sie nich sein, deine Neuigkeit.«

»Doch, paßt auf. Eine riesige Umsiedlung soll gestartet werden!«
»Umsiedlung! Weswegen, wovon und mit wem? Erzähl schon, Otto.«
»Alle Moosbruchbewohner bekommen neues Land. In der Nähe von Tilsit, so zirka dreißig Kilometer von hier. In den Kreis Elchniederung. Sie siedeln ganze Dörfer um. Wilhelmsbruch soll das neue, große Dorf heißen.« Ein Stiefel flog durch die Küche.
Gertrud überlegte nicht lange, sie sagte: »Wir nicht!«
Otto nickte zustimmend. Er wollte hier in Palleninken seine Schmiede bauen, sonst nichts. »Und wenn die uns zwingen?« gab er zu bedenken. »Laß uns abwarten, die Leute reden viel.«
Es war aber nicht nur leeres Gerede. Viele Familien aus den umliegenden Dörfern siedelten bald um in den Kreis Elchniederung. Auch die Nachbarn Rudat und Schipper. Oma und Opa Kallweit, die in Langendorf wohnten, rissen Gebäude und Schauer ab und richteten sich einen schönen großen Hof in Wilhelmsbruch ein. Ebenso Opas Bruder, Ede Kallweit. Sie hinterließen große Lücken. Göring wolle Elche jagen, die hier im Moor heimisch waren. Darum die Aussiedlung. Warum dann die Eindeichung?
Es tauchten immer neue Fragen auf, doch Genaues wußte keiner. Niemand von Gertruds und Ottos Freunden wurde gezwungen, den Moosbruch zu verlassen. Daß die Umsiedlung zum Wohle des Volkes sei, betonten sie ständig. Ob das Volk sich wohl fühlte, wurde nicht gefragt... An diesem Abend erzählte Gertrud, als Oma gegangen war, von Ballschevskis. Daß

sie, auf deren Bitte hin, nicht mehr bei ihnen arbeiten solle.
»Kannst du das? Die Menschen, die mehr als Freunde waren, so mir nichts dir nichts verlassen, verleugnen und vergessen?«
»Hör auf, Otto, du weißt, wie mir zumute is. Aber wir müssen doch weiterleben. Unsere kleinen Mädelchens sollen nicht mehr gehänselt werden.« Sie reichte Otto die Schachteln: »Mach auf, Abschiedsgeschenke.«
Otto klickte die Verschlüsse auf. Vor ihm lagen zwei goldene Uhren. Eine Damen- und eine Herrenarmbanduhr.

Nach einigen Tagen hatte Gertrud ihre Ruhe wiedergefunden. Die Arbeit wartete. Aus dem Volksempfänger plärrte ständig Marschmusik. Die Labiauer Kreiszeitung und die Berliner Illustrirte brachten Neuigkeiten ins Haus. Gertrud war der Meinung, daß das genüge, um über alles »von draußen« unterrichtet zu sein.
Doch Otto holte eines Abends eine Zeitung aus der Tasche, die Gertrud zornig machte. Neben der Schüssel Milchsuppe und den Bratkartoffeln lag der »Stürmer« auf dem Küchentisch. Von der gescheuerten Holzplatte sah ein grotesk entstelltes Gesicht herüber. Tiefhängende Augenlider ließen nur Schlitze frei. Eine übergroße Nase hing bis zu den wulstigen Lippen, die, von einem Stoppelbart eingerahmt, hämisch grinsten.
»Was für ein Gesicht!« Gertrud blätterte in der Zeitung. »Blutsauger und Kriegstreiber. Untermenschen und Halsabschneider«, las sie laut.
»Warum hast du die Zeitung mitgebracht?«

»Die werden wir in Zukunft halten. Das is wichtig, Trude.«
»Die Zeitung kaufen wir nich!«
»O doch, dieses Blatt werden wir halten«, erwiderte Otto.
»Gütiger Gott, warum?« schrie Gertrud. »Diese Hetzparolen und Gemeinheiten werde ich nie lesen.«
»Brauchst nich, Muttchen. Lesen brauchst es nich, dieses Schmierblatt. Aber halten werden wir es. Nur quansweis, als Schutz.«
Otto ließ die Arme sinken und schwieg, als hätte er eine schwere Last getragen.
»Noch etwas«, beendete er sein Schweigen. »Du trittst in die Frauenschaft ein un übernimmst das Amt der Kassiererin. Außerdem müssen wir uns an die geänderten Ortsnamen gewöhnen. Un immer schön ›Heil Hitler‹ sagen! Die Burschen sollen uns in Ruhe lassen.«
Unmittelbar nach diesem Gespräch wurde Gertrud Schimkat Mitglied der NS-Frauenschaft. Wie Otto geraten hatte, wurde sie für den Ortsteil Palleninken Kassiererin.

Seitdem Gertrud der Frauenschaft angehörte und Otto während der Arbeitspausen den »Stürmer« las, nickten ihm einige Kollegen immer wieder zustimmend zu. Andere wurden sehr vorsichtig. Sie wollten mit Otto reden, ihn fragen, ob er nun auch das Hakenkreuz schwenken und »Heil« rufen wolle.
Seit bei Schimkats statt »Guten Tag« nur noch »Heil Hitler« bei jeder Begrüßung gesagt wurde, machten sich auch Freunde ernsthaft Gedanken. Als sie Otto

fragten, ob er nun wohl in die Partei eintreten wolle, lud er alle zu einem Bierabend ein.
Nach freundlichem »'n Abend allerseits« nahmen die Männer um den Küchentisch Platz. Vom Herd zog gemütliche Wärme durch die Küche. Es roch nach Biersuppe. Gertrud schenkte die Gläser voll, und das heiße Bier, halb hell, halb dunkel, mit Zucker, Nelken und Lorbeer abgeschmeckt, fand dankbare Abnehmer.
Nun hatte Otto das Wort. Er verwarf die Bedenken der Freunde und erzählte ihnen von den Vorgängen in Berlin. Von dem Drohbrief und daß Gertrud nicht mehr bei Ballschevskis arbeite.
Die Runde schwieg. Endlich meldete sich Friedrich Romeike: »Wenn das wahr is, was Trude erlebt hat, dann müßten die Juden auswandern. Meiner Meinung nach wäre es das einzig Richtige.«
»Je, je«, entgegnete Ottos Arbeitskollege Franz Balltrusch, der heute mit in der Runde saß, »das alles is doch unmöglich. Wenn die Juden gehen müssen, egal wohin, gehen wir, die nicht in der Partei sind, bald nach. Übrig bleiben die Braunhemden. Für uns is dann Schacktarp. Da geht nichts mehr.«
»Das mein' ich auch«, eiferte sich Hannes Adomeit. Dabei sah er Friedrich Romeike an. »Is doch dummes Zeug, was du redest, Friedrich. Wohin, kannst mir sagen, wo alle Juden hinsollen? Daß die Braunen alle Juden umbringen, daran glaube ich nie und nimmer. Und vertreiben? Das is doch unmöglich. Der eine oder andere wird vielleicht auswandern. Aber sie sind doch hier zu Hause, hier geboren. Die Ballschevskis, Lautersteins und Essensohns. Hier in Laukenen. Das Große

Moosbruch is doch ihre Heimat. Un wir leben gut zusammen. Wer nich ganz dämlich is, läßt sich von der Pfiffigkeit der Geschäftemacher nich übertölpeln. Da kann er noch soviel schachern un lamentieren, der Jud. Ich komm gut mit ihnen zurecht un kauf da gern ein. Immer zu meinem Vorteil. In den sogenannten arischen Geschäften wird auch nichts verschenkt.«
Nach der langen Rede mußte Hannes schnell den aufgekommenen Durst löschen.
Wittkuhns August, der bis jetzt geschwiegen hatte, wischte mit einer Handbewegung alle Sorgen vom Tisch: »Wißt ihr«, sagte er, »laßt uns man nich so ängstlich sein, nich wahr. Is wohl auch viel leeres Gerede dran. Un wie Otto mit dem ›Stürmer‹ können auch wir so 'n bißchen mitmachen. So mit Fahne raushängen un leise ›Heil Hitler‹ sagen. Wem tut das weh, nich wahr? Aber gern tu ich es nich.«
Die Freunde nickten zustimmend. Sie wußten, wie sehr August Wittkuhn jeden verachtete, der dem Österreicher aus Braunau zustimmte.
Nach einigen Bierchen, Gertrud schenkte noch Klaren ein, sah auch Otto nicht mehr so schwarz. Es war wohl viel leeres Gerede dabei. So war die nächste Lohnerhöhung bald ein wichtigeres Thema. Zusehends wurde die Runde fröhlicher. Am Ende sangen sie »Freut euch des Lebens«.
Vergnügt und schulterklopfend verabschiedeten sich die Nachbarn.

Gertrud räumte die Gläser vom Tisch. »War doch gemütlich, hier zu Hause! Findest es auch, Otto, und viel billiger.«

Manchmal, am Löhnungstag, mußten viele Frauen aufpassen, daß der schwerverdiente Wochenlohn nicht bis auf den letzten Heller in Fusel umgesetzt wurde. Wenn Otto länger als eine halbe Stunde überfällig war, schickte sie Hilde in den »Krug«, ihn abzuholen.
»Papi, der Fuchs hat kalte Ohren, eiskalt sind sie, schon den ganzen Nachmittag. Fressen will er auch nich«, flüsterte sie aufgeregt in Ottos Ohr.
Ohne Umschweife griff Otto nach seiner Tasche und Mütze. Er und Hilde schwangen sich auf das Motorrad und ratterten nach Hause.
»Nanu, die Ohren sind nich kalt, der Fuchs is nich krank.« Otto sah Hilde fragend an.
»Da hat er sich aber schnell erholt, Papi. Un ich dachte, der is hin.«
Otto sah nicht, wie Gertrud und Hilde sich verschmitzt anlächelten.

Es gab viele, die, je knapper das Geld, um so öfter im Krug saßen. Fast war es so, als wollten sie ihre Sorgen ersäufen. Und die Kinderschar wurde größer und größer. Nicht selten kauerten sechs, sieben und mehr Kinder um den Tisch. Billige Arbeitskräfte.
Mit Stolz zeigten die Frauen das Mutterkreuz mit der Inschrift »Das Kind adelt die Mutter«. Hitler belohnte kinderreiche Familien.
»Nun kommt alles ins Lot«, war Oma Schimkats Meinung. Ihrer Ansicht nach war Hitler der einzig Richtige. Seine starke Hand hielt alles fest im Griff. Er würde mit Müßiggang und Schlamperei Schluß machen. »Das mit den Juden sollten wir getrost in seine

Hand legen«, bekräftigte Oma. Nie versäumte sie eine Führerrede.

Hier, an diesem Ende des Dorfes, gab es nur einen Volksempfänger. Dieser stand in Schimkats Stube auf einem dafür angebrachten Regal.

Wenn der Führer redete, lud Otto alle Nachbarn zu sich ein. Jeder hörte sich die Parolen an. Einige nickten zustimmend, andere kaum erkennbar, der Rest sah zu Boden.

Allmählich gingen die ersten. Als Otto den letzten Gast verabschiedet hatte, sperrte er die Vorhaustür zu. »Wie einige begeistert waren. Vielleicht sehen wir doch zu schwarz, Trude. Wie Mutter an den Hitler glaubt. Was meinst du, ob wir ihr erzählen sollten, was mit den Juden in Berlin geschieht?«

»Nein, Otto, mach der alten Frau das Herz nich schwer. Im übrigen glaubt sie das nich. Hitler ein Mörder – für Mutter nie und nimmer.«

»Ja, so is es. Die Angst spüren nur kleine Gruppen. Der Großteil der Bevölkerung is hell begeistert«, entgegnete Otto.

Auch die Moosbrüchler waren meistenteils begeistert und zufrieden.

Dorfgemeinschaft

Der Bürgermeister schickte Bekanntmachungen durchs Dorf. Handgeschriebene Zettel, die Wichtiges zu sagen hatten. Heute wurden Fuhrwerke gebraucht, um Grand zu fahren. Diese Aufgabe war in den Moosbruchdörfern lebensnotwendig, damit die vielbefahrenen Straßen nicht absackten. Jeder, der ein Gespann besaß, mußte es bereitstellen. Menschen zum Be- und Entladen der Fuhrwerke wurden eingeteilt. Jeder hatte seinen Platz auszufüllen.
So ruderte Fährmann Gustav jeden über den Strom, der ihn darum bat.
Der Klumpenmacher holte täglich Span um Span aus einem Stück Holz, bis daraus ein gut passender Holzschuh entstanden war, die meistgetragene Fußbekleidung am Alltag. Seine Frau verkaufte im Frühjahr massenweise Gänseeier, und ihr Jüngster spielte unentwegt auf seiner Handharmonika.
Der Briefträger radelte drei Kilometer von Palleninken nach Elchwerder, an Sonnentagen und durch Matsch und Modder oder Eis und Schnee. Bei seiner Frau war, wie jedes Jahr, ein Kind unterwegs, und sein Kleinster hatte die englische Krankheit.
In den Wintermonaten startete der Fleischbeschauer täglich sein Motorrad. Er fuhr über die Dörfer. In kleinen Fleischfetzen aus einem frisch geschlachteten

Schweinebauch suchte er unter dem Mikroskop nach Trichinen.
Onkel Borm öffnete pünktlich um acht Uhr seinen Puttkekramladen. Er verkaufte Seife, Nadeln, Schneiderkreide und Fitzelband.
Mit gekreuzten Beinen saß der Schneider an seinem Tisch und stichelte an einem Kleidungsstück. Immer böse, erteilte er Verbote an fremde und seine eigenen Kinder.
Tante Adomeit saß gern auf der Treppe vor ihrer Haustür unter den Linden und hütete ihre Gössel.
Der Sohn von Kaufmann Schmidt sollte das Abitur machen, und Arno, Nachbars Sohn, beendete die Schule in der zweiten Klasse.
Frau Schipporeit strich sich nach einem guten Geschäft genüßlich übers Kinn. Die goldenen Schneidezähne blitzten nur so, wenn viele Leinenziche voll Mehl den Laden verließen; wenn etliche Salzheringe, in Zeitungspapier gewickelt – werden ja doch enthäutet! –, den Besitzer wechselten; wenn Pfund um Pfund Marmelade aus Blecheimern in Pergamentpapier eingepackt wurden oder manch Durstiger einen Klaren nach dem anderen kippte. Kinder schlichen mit selbstgedrehter Papiertüte voll Knasterbonbons in der Hand glücklich aus dem Geschäft.
Gertrud Schimkat mit ihrer Schneiderei, den Kindern und dem Hof hatte genug zu tun. Nachbarschaft mußte auch gepflegt werden. So blieb wenig Zeit, sich um die Frauenschaft zu kümmern. Zu wenig. Selbst das allmonatliche Kassieren überließ sie den Kindern.
Hilde ging gern von Haus zu Haus, schon aus kindli-

cher Neugier. Hier roch es nach Kuchen, da nach Braten und anderswo nach frisch gewaschener Wäsche.
Oft lächelten die Tanten, wenn Hilde in strammer Haltung den Arm hochriß und »Heil Hitler, Tante, ich sammle für die Frauenschaft« rief.
Einen Keks, ein Bonbon oder eine Scheibe Wurst bekam sie oft geschenkt. Einige der Tanten schimpften auch über die »unnütze Geldausgabe«.
Hilde war stolz, jetzt schon etwas für den Führer tun zu dürfen. Manchmal sagte sie zu Gertrud: »Mutti, das is verboten.«
Wo soll das bloß hinführen, dachte Gertrud dann verzagt.

Wenn jeder seinen ihm zugeordneten Platz gut ausfüllte, lief alles wie das Hochwasser über die Wiesen. Aber wenn nicht…
Otto bekam wieder einmal zu spüren, was es hieß, den Leuten der NSDAP aufzufallen. Er und Gertrud saßen am Tisch und rechneten ihre Ersparnisse zusammen.
»Zum Bau der Schmiede reicht es. Sogar für die Einrichtung bleibt etwas übrig«, meinte Otto stolz.
Das restliche Geld wollten sie leihen. Sicherheiten waren da. Trotz aller Bedenken stimmte Gertrud zu. Sie waren der Meinung, daß die Finanzierung die wichtigste Voraussetzung für einen Neubau sei. Otto beschloß, die Baugenehmigung zu beantragen.
Am nächsten Morgen schwang er sich auf seine Zündapp und fuhr nach Lauknen, das jetzt Hohenbruch hieß. Eine halbe Stunde später hielt er vor dem Bauamt. Zu seiner Verwunderung schickte ihn der Beamte,

den Otto gut kannte, nach Labiau. Verwundert fragte Otto, warum er dorthin müßte.

»In deinem Falle mußt du dich auf der Kreisleitung melden.«

»In meinem Fall, was heißt hier in meinem Fall?« wollte Otto wissen.

»Neue Verordnung!« antwortete der Parteigenosse hinter dem Schreibtisch. »Ist ja nichts Besonderes, nach Labiau zu fahren und den Kram zu regeln. Ach so, bist in die Partei eingetreten?«

Otto verneinte die Frage.

»Dachte ich mir. Wäre besser für dich. Bist sonst im Nachteil. Is auf der ganzen Linie dein Nachteil, Otto.«

Der nickte: »Du kannst ja nichts dafür. Alsdann!«

Otto schlenkerte mit der Hand, murmelte »Heitler« und verließ das Büro. Der Teufel hole sämtliche Bonzen un Pasauken, dachte er und war nicht mehr so optimistisch wie auf der Hinfahrt.

Wenn die mir die Baugenehmigung nicht geben, was tue ich dann?

Bei Preikschat in Timber hielt Otto. Ihm war nach einem Klaren zumute.

Kaum schlug die Türbimmel an, erschien der Besitzer des kleinen Lebensmittelladens. Die Männer begrüßten sich. Als Otto noch im Elternhaus lebte, waren sie Nachbarn gewesen. Sie vertrauten einander.

Nachdem Otto einige Schnäpse gekippt hatte, redete er und redete. Preikschat schloß die Tür. Das Gespräch der beiden war nicht für fremde Ohren bestimmt.

»Nun is mir wohler. Gib mir noch etwas Süßes für die Kinder mit«, bat Otto.

Dann verließ er mit Gummipüppchen in der Tasche den Laden.

Bei der Anlegestelle brauchte Otto nicht zu läuten. Die Fähre schwamm mitten auf der Timber und setzte Fuhrwerke aus Palleninken über.
»Das paßt«, murmelte Otto. Er lehnte seine Maschine an einen Baum und atmete hörbar. Obwohl die Klaren ihn wärmten, war sein Verstand hellwach. Schockschwernotnochmal, der Preikschat hat recht, dachte er. So schnell wie möglich die Sache regeln, hatte er gesagt. Morgen fahr ich nach Labiau.
Die anlegende Fähre holte ihn aus seinen Gedanken. Otto schob sein Krad auf die schwarzgeölten Holzplanken.
»Nanu, Ottoche, dir geht es heut nich gut, oder was is?«
»Red nich rum, stopf deinen Gnusel un laß mich die Fähre rüberziehen. Ich brauch Luft, sonst erstick ich.«
Schon griff Otto zum Holzschwengel, legte das Juteband über die Schulter, hakte ins Seil und stemmte sich rückwärts gegen den Strom. Langsam setzte sich das Ungetüm in Bewegung.
»Willst reden, Freund?« fragte Gustav.
Otto antwortete nicht. Er schüttelte den Kopf.
»Brauchst gar nich mit dem Kopf schlackern, reden wirst schon noch«, sagte der Fährmann. »Heute oder ein anderes Mal.«
Otto hängte kurz vor dem Anleger den Schwengel auf seinen Haken, daß die Fähre aus eigener Kraft anlegen konnte. Grußlos fuhr er nach Hause.
Nun war es an Gustav, den Kopf zu schütteln. Und er wußte, daß man Otto übel mitgespielt hatte.

Tags drauf schipperte Otto mit der Fina in die Kreisstadt. Schnurstracks ging er zur Kreisleitung. Als er die Tür des zuständigen Büros mit der Aufschrift »Bauwesen« gefunden hatte, klopfte er an.
Ein forsches »Herein« war die Antwort.
Otto trat ein.
Hinter einem klobigen Schreibtisch saß ein korpulenter Mann in SA-Uniform, der Otto Schimkat durchdringend ansah.
»Sie wünschen?« fragte der Uniformierte.
Nachdem Otto sich vorgestellt und sein Anliegen vorgetragen hatte, zog der andere eine Akte aus einem Regal, in der er blätterte. »Wegen Baugenehmigung sind Sie hier. Eine Schmiede wollen Sie bauen?«
»Ja, das will ich«, entgegnete Otto. Er fühlte sich nicht wohl dabei. »J. Strasser«, las er auf dem kleinen Schild. So redete er den Mann mit seinem Namen an. »Das will ich, Herr Strasser, und ich hoffe doch, daß dem nichts im Wege steht.«
J. Strasser forderte Otto auf, Platz zu nehmen. »Ganz schön, was sich da angesammelt hat«, sagte er.
Ottos Gedanken überschlugen sich. Eine Akte von mir, warum? Meine Ansicht über die Partei ist nur Freunden bekannt.
Strasser unterbrach seinen Gedankengang. Er hielt Otto Schimkat vor, daß er und seine Frau judenfreundlich eingestellt seien, daß er zündende Reden halte, den Führer mit Witzen verunglimpfe und die Parteizugehörigkeit ablehne. Und daß er die Zeichen der Zeit nicht erkennen und die allesverändernde Bewegung ablehnen würde.
Otto war schweißnaß. Er erkannte die Gefahr, die von

diesem Mann ausging. Was tu ich, was tu ich, dachte er. Doch nich zu diesen braunen Banausen und Schlägern überlaufen. Aber ich muß wohl, da hängt viel von ab. Viel mehr als die Schmiede. Trude, die Kinder, der Hof und meine Arbeit. Ja, ich glaube fast, unser Leben.
Nach langem Zögern willigte Otto Schimkat ein, in die NSDAP einzutreten, und er bat um ein Beitrittsformular.
Strasser reichte Otto die Hand: »Gratuliere zu dem Entschluß, Genosse. Mit der Baugenehmigung geht alles klar. Reich deine Papiere in Hohenbruch ein, und es läuft alles von allein.«
Otto nickte, sagte vernehmlich »Heil Hitler« und verließ wie betäubt das Büro der NS-Kreisleitung.
Er irrte durch Labiau. Genosse hatte der Kerl mich genannt. Das bin ich, aber nich sein Genosse. Er sah auf die Uhr. Die »Lotte« wartete nicht. Sie hatte die Fina abgelöst.
Später saß er auf den Kissen des kleinen Schiffchens. Monoton tuckerte die Lotte den Großen Friedrichsgraben entlang. Vorbei an altvertrauten Dörfern. Otto fühlte sich elend, müde und überfahren. Das is Diktatur. Alles wird vorgeschrieben und befohlen. Entweder – oder.
Er beschloß, das Formular auszufüllen und die Sache hinauszuzögern, solange es ging.

In Elchwerder stieg Tante Anna, Gertruds Tante, zu. Durch ihr Gequassel wurde Otto von seinen trüben Gedanken abgelenkt.
Sie schipperten den Nemonienstrom hinunter. Vorbei an

Ottos Wiese auf der Schackschen Bucht. Täglich holte der alte Schaulies hier Schleie aus dem Käscher.
Die Schleusenbrücke in Lauquarien kam in Sicht. Als die Lotte eine der drei Kammern durchfuhr, grüßte der Schleusenwärter Onkel Proplesch herüber. Ein Gruppe Wandervögel winkte.
Ausflügler mit ihren Mandolinen tummelten sich vor Bols Gaststätte, dem vielbesuchten Ausflugslokal am Timber- und Laukneflluß. Otto dachte: Wer weiß, wie lange ihr noch mandolinespielend durch die schöne Landschaft ziehen könnt.
Die Lotte bog in den gekrümmten Lauf der Timber ein, die nach langen Regentagen viel Wasser führte. Die Heckwellen der Lotte leckten an den dicken Baumstämmen. Das Schilf verneigte sich bis zur Wasseroberfläche, um anschließend wieder hochzuschnellen.
Der Anleger war erreicht. Gertrud freute sich über den Besuch. Schnell backte sie Raderkuchen. Bei Kaffee und dem Schmalzgebackenen berichtete die Tante über Neuigkeiten aus Elchwerder und Gilge.

Gegen Abend spannte Otto den Fuchs an. Tante Anna wickelte sich in ein Chenilletuch und kletterte auf den Marktwagen. In flottem Trab fuhren sie auf der schmalen Straße durch den dichten Erlenwald, in dem das Unterholz mit wildem Hopfen und Beinwell dicht verkrautet war, so daß nur starke Elche und Schwärme von Mücken durchkamen. Auf dem zirka drei Meter hohen Stäch, der über den breiten Graben gebaut worden war, saßen Fritz und Herta, ein Liebespaar. Heute beneidete Otto die sorglosen jungen Menschen.

Ende mit Müßiggang

Erstaunt drehte Gertrud den Einschreibebrief in den Händen. Dann öffnete sie ihn. Die Baugenehmigung lag vor ihr auf dem Tisch.
Wie Otto vermutete, hatte dieser Strasser viel zu sagen. Beide waren sie nicht in die Partei eingetreten, trotzdem kam die Baugenehmigung.
Am Abend staunten beide.
»So 'n bißchen Fahne schwenken is nich schlecht, Trudchen.« Otto lachte.
»Die beobachten uns doch, was dann?«
»Wir zeigen ihnen die ausgefüllte un unterschriebene Beitrittserklärung. Dann aber, ja dann gibt es keinen Ausweg.«

Otto ahnte nicht, daß der Bürgermeister und der Bauernführer gute Fürsprecher gewesen waren. Sie waren der festen Meinung, daß Otto demnächst dazugehöre.
Emsiges Treiben auf Schimkats Grundstück. Es wurde vermessen und abgesteckt, Steine wurden gestapelt und Zementsäcke geschleppt. Dann wurde gebaut. Nach einigen Wochen stand die Schmiede neben Schimkats Brücke.
Nun habe ich eine Schmiede gebaut, und morgen pflanze ich einen Apfelbaum. Jetzt fehlt noch der Erbe. Der wird schon kommen, war sich Otto sicher.

In aller Ruhe richtete Otto seine Schmiede ein. Es gab viel zu bedenken. Kistenweise wurden Hämmer, Nägel, Zangen, Feilen aller Größen und meterweise Bandeisen geliefert. Natürlich gehörte ein Amboß dazu. Mit Begeisterung halfen die Kinder sortieren.
Die Schmiede war ein Schmuckstück. Leider blieb sie es. Ab und zu stieg Rauch in den klaren Himmel. Der Blasebalg wurde selten getreten.
Wie Gertrud gesagt hatte: Hier ein Nagel... Davon konnten Schulden nicht bezahlt werden, die Familie nicht leben.
Von zwei Schmieden im Dorf war eine zuviel. Otto war traurig. Doch kein Grund für ihn zu resignieren. Er kannte seinen Wert. Fuhr zum Wasserbauamt, seinem alten Arbeitgeber, und schwang sich wieder auf die kleine Lok. Seiner Meinung nach nur vorübergehend. Der alteingesessene Schmied war schon recht alt.
Otto Schimkat ahnte nicht, daß er nie mehr den Possekel auf seinen Amboß schwingen würde.

Seit Monaten arbeitete Gertrud nicht mehr. Sie hörte nichts von Ballschevskis. Darum bat sie Otto, noch einmal mit ihr hinzufahren.
Es sollte der letzte Besuch sein.
Spät am Abend schlichen sie durch Ballschevskis Garten zur Hintertür. Auf ihr Klopfen öffnete Hannah. Gemeinsam saßen sie im Wohnzimmer hinter sorgfältig zugezogenen Gardinen.
Erneut bat Gertrud die Freunde, ihre Warnung ernst zu nehmen, wichtige Dinge zusammenzupacken und Deutschland zu verlassen. »Wir wollten euch noch einmal sehen und uns verabschieden.«

Frau Ballschevski umarmte Gertrud und Otto. Gebückt schlichen sie zur Straße, wo ihre Fahrräder standen. Otto schmiß die Dynamos an, und sie radelten nach Hause. Die Zündapp hätte zuviel Lärm gemacht.

Kurz darauf, zwei Tage vor Ostern – Gertrud und Otto besuchten Oma –, krochen die Mädchen früh in die Betten. Plötzlich pochte jemand an die Fensterscheibe. Lotti schlüpfte leise aus dem Bett. Sie erkannte durch die Gardine Hans Ballschevski. Rasch öffnete sie.
Als Hans erfuhr, daß die Eltern nicht im Hause waren, flüsterte er: »Sagt Mutti und Papi, daß wir verreisen, daß die Eltern und Schwestern herzlich grüßen lassen. Gesund bleiben sollt ihr und...« Dabei griff er immer wieder in die tiefen Taschen seines Mantels, an dem der Judenstern aufgenäht worden war, und warf große und kleine Ostereier auf die Betten.
Leise wie er gekommen war schlich Hans aus der Stube. Er lief über den Hof, wo die Dunkelheit ihn verschluckte.

Lotti und Hildchen blieben wach, bis die Eltern wiederkamen. Sie berichteten von dem Besuch.
Gertrud und Otto waren sehr erleichtert, daß die Freunde unterwegs waren.
Otto legte seinen Arm unter Gertruds Nacken. Still lagen sie nebeneinander. »In erster Linie freue ich mich, daß Ballschevskis in Sicherheit sind, aber es is bestimmt auch gut für uns.«
»Daran habe ich auch schon gedacht. Was für eine Zeit!« antwortete sie.

Die Sorge um die Freunde und die eigene Angst, in der sie ständig lebten, war bedrückend.
Im Schein der Lampe sah Otto seine Frau an, und streichelte ihre weißen Schultern. Seine Hände glitten über ihren weichen Busen, den gewölbten Leib und die Haut ihrer Schenkel.
Gertrud umarmte ihren Mann. Sie drehte den Docht der Lampe herunter, so daß die spärliche Flamme erlosch.
Später, als Otto Gertrud im Arm hielt, meinte er: »Wenn es passiert is, muß es ein Junge sein.«
Beide schliefen lächelnd ein.

Noch erlöster fühlte sich Oma Schimkat, als sie davon hörte, daß die Juden aus Hohenbruch abgehauen waren. Die Gefahr, die ihre Kinder bedrohte, war beseitigt. Nun hatte alles seine Richtigkeit. Auch, daß die großen Geschäfte der Juden Volkseigentum wurden und von sauberen, das heißt arischen Kaufleuten gepachtet oder gekauft werden konnten. »Ordnung is das halbe Leben«, sagte sie. Und Vorschriften mußten befolgt werden. Sie kannte es noch aus der Kaiserzeit, daß man der Obrigkeit zu gehorchen habe.

Sorgfältig aufgegliedert wurde alles im Dritten Reich.
Nach den ersten Schuljahren, mit zehn, wurden die Kinder in die Hitlerjugend, HJ, eingegliedert. Die Jungen ins Jungvolk, die Mädchen zu den Jungmädchen. Nach der Einsegnung, mit vierzehn Jahren, kamen die Mädchen zum Bund Deutscher Mädchen, BDM.
Eingesegnet wurden sie noch, die Schulabgänger. Doch man redete schon über die Fahnenweihe. Nach dem

Pflichtjahr, in dem alle Mädchen im Haushalt arbeiten mußten, wurden sie zum Reichsarbeitsdienst, von uns RAD genannt, verpflichtet.
Niemand kommt auf dumme Gedanken, meinten ältere Menschen.
Oma Schimkat lobte die »neue Zeit«.
Seit Lastauto an Lastauto Bretter ins Dorf schafften und flache Hütten zusammengenagelt wurden; seit ein großes Barackenlager hinter der Schule am Moor entstand, ein kleines am Timberstrom bei Schipporeit, seit die Jungen beim Bau des Lagers mithelfen mußten, nicht mehr herumlungerten und Zigaretten rauchten, pries Oma die neue Zeit noch mehr. Nach Beendigung der Bauzeit, als der Reichsarbeitsdienst mit klingendem Spiel in Palleninken einmarschierte, winkten viele den Burschen in den kackgelben Uniformen zu
Als die Lena sich in einen der RADler verliebte und ihn nach Hause brachte, war für Oma das himmlische Reich schon auf Erden angebrochen. Verlobung wurde gefeiert, mit goldenen Ringen, Torten und bekränztem Sofa. Oma sorgte dafür, daß Tanten und Onkeln, Cousinen und Freundinnen sich in feiner Sonntagskledage zu Lenas Ehren versammelten.
Lena machte eine »gute Partie«. Jeder wünschte, daß sie mit ihrem RADler glücklich wurde.
Um so mehr verfiel Oma ins Grübeln und Sinnieren, als Lena schwanger wurde und sich der schnieke Musikant beim Beschaffen der Heiratspapiere als Strolch und Schwindler entpuppte. Er hatte mehrere Straftaten begangen und einige Jahre Kalusaufenthalt hinter sich.
»Da is wieder nuscht mit dem Glücklichsein. Das Glück braucht bei manchem eben lange. An uns is es

wieder vorbeigegangen«, sagte die bedrückte Oma. Es dauerte, bis sie sich von dem Schlag erholte. Nichts interessierte sie. Dem Gerhardchen, einem gesunden, kräftigen Jungen, den Lena in Omas geräumigem Eichholzbett zur Welt brachte, schenkte sie ihre ganze Liebe.
Die Nachbarn fanden es schon schlimm, daß Lena so hereingefallen war und mit ihrem Kind allein blieb. »Schande«, sagten einige. Andere redeten von »Unmoral und Hurerei«. Und Tante Gronau sang »Mariechen saß weinend im Garten«.

Lange weinte Lena nicht. Dann ging auch sie wieder allwöchentlich in den Schipporeitschen Krug zum Tanz. Die Haare aufgestoft, mit Uralt Lavendel besprengt, stöckelte Lena hüftenschwingend davon.
Aufgeregt waren die Mädchen, wenn Gertrud es erlaubte, den Großen beim Schwofen zuzusehen. Sie winkten lachend, als die schlanke Frieda mit der Olympiarolle an ihnen vorbeischerbelte. Da war die kleine Toni mit dem Pagenkopf und den blanken Ringen in den Ohren. Mariechens Zopf flog genauso wie ihr weiter Glockenrock. Er blähte sich wie ein aufgespannter Schirm. Die rote Puffärmelbluse von Betty huschte wie ein riesiger Schmetterling durch den Saal.
War das spannend, Elfriede mit den seidenen Strümpfen und Edith in hochhackigen Schuhen zuzusehen, die nach durchtanzter Nacht mit durchen Sohlen nach Hause schlichen.
Anni mit den Pickeln saß etwas abseits. Aber auch sie wurde über die waschpulverglatten Dielen geschwenkt, denn RADler waren genügend da.

In den Tanzpausen verließen viele Pärchen den Saal. Sie schlichen hinunter zum Strom, um auf versteckten Wiesenpfaden zu flanieren. Einige verschwanden hinter schützenden Bäumen oder im hohen Gras. Sie kümmerten sich nicht um stechende Mücken und überall reinkrabbelnde Heemskes. Die Eulen unkten im Geäst und rollten entrüstet mit den Augen.
Jeden Sonnabend wiegten sich die Dorfschönen und die Uniformen nach flotten Tanzrhythmen. In der Schule übten die Jungmädchen Volkstänze, und die Hitlerjungen exerzierten auf dem Schulhof Sprung auf, marsch, marsch.

Mit dem Einzug des Reichsarbeitsdienstes profitierten nicht nur die Dorfschönen von den jungen Männern. Viele blitzende Spaten rückten aus und wühlten das Moor um.
Zehn Arbeitsdienstabteilungen wurden eingesetzt. Nachdem sie die Deiche geschlossen hätten, noch mehr Hebewerke gebaut worden wären, sollten Birken und Erlen gerodet werden. Der moorige Boden mußte zirka 50 Zentimeter tief umbrochen und zerkleinert, endlose Trainrohre verlegt werden. In rund fünfzig bis sechzig Jahren sollte das ganze Gebiet kultiviert sein.
Das schwierige Entwässerungssystem auf dem Großen Moosbruch wurde nun intensiv vorangetrieben. Ein Großteil der Bewohner bedauerte, daß dieses Land seine Einzigartigkeit verlieren würde.
»Der Fortschritt is nich aufzuhalten«, sagte Hannes Adomeit und nickte zustimmend.
Niemand ahnte, daß alles für die Katz war.

Doch es wurde gebaggert, geschippt und gekarrt. Bei Schipporeits entstand eine große Baustelle.

»Unser Timberfluß bekommt ein neues Bett«, antwortete Otto auf viele Fragen der Kinder.

Die Timber floß bei Schipporeits nicht mehr bis ans Haus, von wo der »Vorwärtsdampfer« schwere Säcke und Kisten voller Waren mit einem Kran in den Speicher hievte. Ein neues Bollwerk wurde gebaut, von dem aus ins Wasser zu springen viel Spaß machte. Lotti und Gerda schwammen ständig um die Wette. Hilde paddelte langsam hinterher. Immer wieder ärgerte Jorge sie mit dem Spruch: »Hildke, schäp di nich dem Plumke voll«, wenn er sie zum Fluß laufen sah.

Eine aufregende Entdeckung

Kurz nachdem die jüdischen Kaufleute aus Lauknen geflohen waren, übernahmen neue Besitzer deren Geschäfte, als hätten sie in den Startlöchern gesessen und auf ein Zeichen gewartet.
Gertrud arbeitete jetzt im damaligen Lautersteinschen Laden. Denn Ballschevskis Besitz gehörte nun einem linientreuen Parteigenossen. Grund genug für Gertrud, die Arbeitsstelle zu wechseln.
Die Frauen der Umgebung wurden auch hier, im Lautersteinschen Laden, wieder ihre Kunden. Sie war die »Schneidersche«, die jede Käuferin gut beraten konnte.
Außerdem bildete Gertrud viele Frauen und Mädchen im Nähen aus. Nicht selten standen drei bis vier Nähmaschinen in der Stube. Am Ende der sechsmonatigen »Lehrzeit« mußten die Frauen ein Kleid, einen Rock, Bluse und Schürze, auch sogenannte Weißwäsche, ohne Hilfe nähen können.
Die Versorgung der ganzen Familie und der Tiere hatte die dicke Emmy übernommen. Trotz ihrer Behäbigkeit und ihren langsamen Bewegungen regelte sie alles zum besten. Sie war freundlich und machte jeden Spaß mit. Oma nannte Emmy »Jungsmerjell«, vor der kein schmucker Bursche sicher war. Die Jungs vom Reichsarbeitsdienst allerdings, die Spatenschwinger,

ließen Emmy kalt. »Das sind doch keine Männer«, sagte sie, »diese Jungchens bestehen doch nur aus Uniform, un das is mir zu wenig.« Schimmi aber, der starke Muskeln hatte, war im Moment Emmys Auserwählter. Wenn der aufkreuzte, gurrte sie wie eine Glucke, die sich mit ihren Küken behaglich im warmen Sand plustert.

»Emmy«, fragte Hilde, »warum bist du so komisch, wenn der Schimmi kommt? Hat es damit zu tun, daß er dich gestern am Heuhaufen überall befaßte?«
Emmy schien Hildes Frage nicht gehört zu haben. Wie verzaubert war sie plötzlich. Sie sah verzückt zum Gartenzaun, an dem Schimmi lässig, wie immer eine Zigarette im Mundwinkel, im Schlendergang näher kam. Hilde sah verständnislos zu Emmy und murmelte: »Besonders wenn der kommt, guckst du so blöd.«
Nach dieser Feststellung ließ sie Emmy allein, denn Lotti fuhr auf ihrem Fahrrad in den Hof. Der erzählte sie ihre neue Entdeckung, daß mit der Emmy und dem Schimmi etwas nicht stimmte.
»Wieso, was soll da nich stimmen?« fragte Lotti. »Die Großen sind doch immer so schrullig«, tröstete sie.
»Ich werd schon noch dahinterkommen«, zischte Hilde bissig.
»Ach Hildche, wo willst du hinterkommen? Weißt noch, als Mutti un Papi erst unlängst in der Nacht so komische Geräusche machten. Schnell atmeten wie ich, als ich Diphtherie hatte, oder wenn Mutti Bauchweh hat! Sie antwortet nicht auf unsere Fragen. Rausgeschickt werden wir, auf später, wenn wir groß sind, vertröstet.«
»Trotzdem will ich irgendwann der Sache auf den

Grund gehen«, beendete Hilde die Unterredung mit der Schwester.

Bevor Hilde »der Sache auf den Grund« gehen konnte, geschah noch etwas Aufregendes.
Hilde kam wie oft etwas später aus der Schule. Sie hatte mit Taxi, Stehli und Fotten, wie Bruno, Alfred und Adolf von den Mitschülern genannt wurden, »Klipp« gespielt und die Zeit vertrödelt. Um schneller zu sein, überquerte sie Adomeits Hof und balancierte auf dem schmalen Brett über den Grenzgraben. Wie immer hielt es auch heute, trotz Wippen landete sie nicht im Moddergraben. Nur Adomeits Enten fühlten sich beim Flottknabbern gestört und schnatterten aufgeregt.
An der Haustür angekommen, machte Hilde eine noch nie erlebte Entdeckung – sie war verschlossen. Auch der Schützer war vorgeschoben. Das hatte es noch nie gegeben, mitten am Tage, im hellen Sonnenschein verschlossene Türen! Was bedeutete das schon wieder?
Hilde rüttelte an der Klinke und trommelte mit den kleinen Fäusten gegen das Holz. »Muttii, Emmyy!« rief sie.
Nichts rührte sich.
»Aufmachen, aufmachen«, rief Hilde nun lauter.
Als auch daraufhin niemand öffnete, krabbelte sie an der erhöhten Kante des Hauses hoch und versuchte durch das Küchenfenster zu sehen. Nichts Auffälliges. Auf dem Tisch lag, wie immer, die karierte Wachstuchdecke. In der linken Ecke stand der Waschständer mit dem Handtuchhalter an der Wand. Am Schrank hantierte ebenfalls keine Menschenseele. Wassereimer,

Patscheimer, die grüngestrichene Holzkiste und der Herd, auf dem irgend etwas in einem schwarzen Grapen brodelte. Neben der Holzkiste lag der getigerte August-Kater. Er blinzelte verschlafen zum Fenster, blieb aber lang ausgestreckt liegen. Also is doch jemand im Haus, dachte Hilde und kroch weiter zum Stubenfenster, das milchig beschlagen war. Hilde hauchte die Scheibe an. Mit Hilfe ihrer Schürze wischte sie die Scheibe klar. Wie gut, dachte sie, daß die Gardinenschals nich ganz zugezogen sind. Sie sah zur Küchentür. Ihr Blick glitt zum Ofen mit der geblümten Ofenbank, auf der es so kuschelig war. Niemand saß drauf. Hildchens Augen wanderten weiter. Das Wanduhrpendel schwenkte hin und her, hin und her. Sie flüsterte: »Tick-tack, tick-tack, das is aber auch alles, was sich hier bewegt.« Bilder von Oma und Opa Schimkat hingen im schwarzen Holzrahmen an der Wand, und es schien, als lächelten sie zu Hilde herüber.

Dem zweiten Fenster mit den weißen Schalgardinen und dem Blumenständer mit rankendem Spargel im Steintopf schenkte sie nicht viel Aufmerksamkeit. Aber unter dem Regal, in dem das Radio stand, auf der Chaiselongue, da regte sich etwas. Hilde drückte sich die Nase an der Fensterscheibe platt, um genauer sehen zu können.

Auf der Chaiselongue lag jemand auf dem Bauch. Die Hosen, die grünlichen Hosen, trug doch Schimmi. Was macht dieser Glimmstengelraucher in unserer Stube? fragte sich Hilde. Und was is das, der is ja nich allein! Hilde vergaß fast zu atmen, als sie Emmys rot-weiß gesprenkelte Bluse erkannte. Aufgeknöpft hing sie seitlich herunter. Unter dem weißen Hemd wühlten Schimmis

Hände. Die Strümpfe hingen an den Füßen. Hilde sah Beine, nackte Beine, dicke Beine. Emmys nackte Arme umklammerten Schimmis Hals.
Hilde traute sich nicht zu klopfen, schlimm war es sicher nicht, was der Schimmi tat, sonst würde Emmy sich nicht so festhalten. Hilde sprang von der Kante und nahm sich fest vor zu fragen, wie dieses Spiel hieß, das wohl nur Große spielten. Aber warum die verschlossene Tür? »Das is nichts Reelles«, würde Oma sagen. Hilde schüttelte immer noch den Kopf, und sie sagte: »Was war das bloß wieder? Komisch, komisch.«
»Was is komisch, Hildike?« fragte Tante Adomeit, die um die Ecke kam.
»Ach nuscht, Tante«, antwortete Hilde, und sie dachte: Die brauch ich doch nich fragen, is ja auch 'ne Große. Und sie lief über die Straße zu Oma Schimkat.
Die aber gab auf solche Fragen ebenfalls keine Antwort.
Schimmi ließ sich nicht mehr blicken. Emmy verhielt sich am nächsten Tag noch komischer. Sie war »so in Gedanken versunken«, würde Oma sagen.
Später weinte Emmy nur noch. Gertrud tröstete und meinte, daß Schimmi ein Schürzenjäger und ein Windhund sei und es sich nich lohne, um ihn zu weinen.
Trotz des Kummers ließ Emmy Schimkats mit der Arbeit nicht allein. Sie blieb noch eine Weile und verdingte sich dann einige Dörfer von Palleninken entfernt bei netten Leuten.
Die Geheimnisse der Großen waren für Hilde kaum zu ertragen.

Vorbereitung auf den Winter

Es wurde Zeit, für Wintervorräte zu sorgen. Täglich sammelte Gertrud mit den Kindern Pilze.
Wie gesät wuchsen Pilze aller Art in den Wäldern. Außer den braunen Joatakes kannte nur Gertrud ihre Namen.
In Bügelkörben, die Opa Kallweit aus biegsamen Weiden geflochten hatte, schleppte sie ihre Beute, mit einer Pede auf den Schultern, nach Hause. Säuberlich geputzt, gewaschen und abgebrüht schichtete Gertrud die eingesalzenen Pilze in Steintöpfe, um den Küchenzettel in langen Wintermonaten zu bereichern.
Schnibbelbohnen wurden fein geschnitten und ebenfalls im Steintopf mit Salz eingestampft. Die Schabbelbohnen hingen am Strauch zum Trocknen im Schauer. Nach dem Auspulen warteten sie im Leinenzich, bis die Schuppiniszeit da war. Und die Salzgurken – wenn die Lake auch unangenehm roch –, die schmeckten ...
Am besten aber waren die Saubohnenabende. Die wurden nämlich in der Schale gekocht, manchmal im Schweinskartoffeldämpfer.
Auf jeden Platz ein Kummche Dickmilch und ein Salzstippchen. Gegarte Bohnen am Tisch ausgepult, in Salz gestippt, mit den Fingern in den Mund und einige Löffel Dickmilch hinterher.

Nach der Kartoffelernte nagelte Otto eine geräumige Holzkiste zusammen. Sie wurde in der Küche zwischen Eingangs- und Speisekammertür aufgestellt und voll gutverlesener Kartoffeln geschüttet. Daneben stand die Holztonne mit dem eingestampften Sauerkumst. Die Kohlköpfe kamen aus Gilge, dem Fischerdorf am Kurischen Haff. Zwei Säcke gute Moosbruchkartoffeln gegen einen Sack Kohl, so galt der Handel. Ebenso mit Zwiebeln.
»Morgen stampfen wir Kohl«, ordnete Gertrud an. Bei den Nachbarn wurde Bescheid gesagt, und Otto schärfte die Messer der Kumsthobel.
Viele Hände putzten und viertelten die Kohlköpfe. Während sie kleingehobelt wurden, schmierte Gertrud die Tonnenwand mit Sauerteig ein. Anschließend stampfte Otto mit dem Possekel Schicht um Schicht den mit Wacholderbeeren und Salz gewürzten Kohl, bis die Tonne voll war und die Wanduhr Mitternacht anzeigte.
Gute Wurstbrote und heiße Biersuppe brachten noch ein Weilchen Fröhlichkeit mit sich. Bißchen singen und auch ein kleines Witzchen zum Lachen beendeten das Einstampfen. Anderntags ging es weiter, bei Romeikes, Wittkuhns oder Adomeits.
Nach der Gärung, mit Pökelfleisch im Backofen gegart, war das Gericht eine Delikatesse. Vorerst mußte für Pökelfleisch gesorgt werden.

Das Schlachtschwein war monatelang mit Schrot, Kartoffeln und Beinwellblättern gemästet worden. Nachdem Otto das Tier betäubt und abgestochen hatte, wurde es gebrüht, dann wurden die Borsten abgeschabt. Anschließend steckte er ein Seil durch die freigelegten Sehnen der Hinterbeine und zog es auf eine Leiter. Als Otto die Innereien entfernte, fuhr schon der Fleischbeschauer in den Hof. Aus dem Nackenspeck schnitt Gertrud schmale Streifen, würzte sie und legte die noch warmen Fleischstücke in die Pfanne, wo sie goldbraune, knusprige Spirgel wurden. Sie deckte den Tisch mit Brot, Senf, Gläsern und stellte eine Flasche Rum dazu.

Bevor der Fleischbeschauer an die Arbeit ging, langte auch er kräftig zu. Mit heißem Grog wurde nachgespült und sich aufgewärmt.

Zwei Tage wurde gehackt, gesägt, gekocht und die Fleischmaschine gedreht. Später standen Tische voller Gläser, gefüllt mit Leber- und Blutwurst, gebratenen Klopsen und Karbonade.

Während etliche Grützwürste, über einen Besenstiel gezogen, im Vorhaus zum Abkühlen hingen, salzte Gertrud Schinken- und Speckseiten von zirka zehn bis zwölf Zentimeter Dicke. Das begehrte Kleinfleisch schichtete sie gut gesalzen zum Pökeln in eine Holzbalge. In großen und kleinen Steintöpfen erstarrte flüssiges Fett zu Schweine- und Griebenschmalz.

Nun war die Kammer voller Vorräte. Der Schauer voller Holz und Briketts und die Fensterritzen zugestopft. Der Winter konnte kommen. Und er kam mit sibirischer Kälte und Stiemwetter.

Schimkats kannten keine langen Winterpausen. Sie holten den klobigen Webstuhl von der Lucht, den Otto aufstellte.

Gertrud und Oma richteten ihn ein. Mühevoll fädel-

ten sie die Kettfäden durch die Kämme. Unterdessen schnitten Lotti und Hilde aus abgelegten Kleidern, Lumpen und gefärbtem Wäschestoff schmale Streifen.
Aneinandergenäht wickelten sie die Stoffstreifen auf einen flachen Holzstab. Gertrud saß am Webstuhl und ließ den Makscht durch die Baumwollbindung sausen, trat die Holzpedale und bediente den Anschlag.
Muster – Schleife – Grund. Leuchtend rot, zitronengelb und himmelblau. Je nach Farben sortiert, entstanden unter Gertruds Fingern die begehrten Flickerdecken. In Berlins Kunstgewerbeläden waren sie der große Renner, und Schimkats finanzielle Lage wurde dadurch erheblich aufgebessert.

Ottos Löhnung mit dem Verdienst, den die Weberei einbrachte, ergab einen schönen Batzen. Außerdem stand die Schmiede. Otto war überzeugt, daß sie nicht lange kalt bleiben würde.
Er wunderte sich sowieso, daß ihn niemand mehr ernsthaft an den Parteieintritt mahnte. Sollte an dem Gerede doch etwas dran sein, daß es Krieg geben könnte? Albert, Gertruds Bruder, der Berufssoldat, der Wochenendurlaub hatte, deutete so etwas an. In Zukunft Urlaubssperre in den Kasernen.
Sollten die Genossen andere Sorgen haben, als sich um Otto zu kümmern, ihn, den einfachen Hufschmied, der eine kleine Lok hin- und herfuhr. Natürlich war es ihnen ein Dorn im Auge, daß Schimkats sich nicht an alle Verbote hielten. Eines aber konnten die Genossen sich an ihre Fahnen heften: Sie hatten Schimkats eingeschüchtert.

Anfangs der zweiten Novemberwoche 1938 meldete der Volksempfänger, daß ein Jude namens Herschel Grynszpan in Paris einen deutschen Diplomaten erschossen hätte. Irgendwie war das den Moosbrüchlern egal, aber in den Zeitungen wurde berichtet, daß zu einem Vergeltungsschlag ausgeholt werden würde.
Otto und Gertrud, die einige Tage später nach Labiau fuhren, sahen, was damit gemeint war. Vor dem kleinen Geschäft einer ihnen bekannten jüdischen Familie blieben sie voller Entsetzen stehen.
Das Schild »Deutsche wehrt euch, kauft nicht bei Juden!« fanden sie schon unmöglich, aber die Ladentür und die Fenster waren mit Brettern zugenagelt. Kleine Glassplitter lagen noch auf dem Bürgersteig.
Gertrud und Otto gingen schweigend weiter. Der nächste Laden! Vernagelte Tür und eingeschlagene Scheiben. »Deutsche, macht euch frei von der Judentyrannei!« Mit dicker Kreide auf Holz geschmiert.
Gertrud mußte in die Apotheke. Das Beruhigungsmittel wirkte. Kleiner Einkauf in der »Kepa«, und Otto startete seine Maschine.
In den nächsten Tagen verfolgten beide die Nachrichten und lasen aufmerksam die Zeitung. Vom Brennen der vielen Synagogen wurde berichtet. Doch von Verhaftungen und Mißhandlungen zigtausend jüdischer Menschen, ja von Morden, redete man mit vorgehaltener Hand. Als bald darauf öffentlich, im Namen des deutschen Volkes, Enteignungen vorgenommen, Kraftfahrzeug- und Ausgehverbot für Juden verhängt und etliche Millionen Reichsmark beschlagnahmt wurden, glaubte auch Otto an die Greueltaten in Berlin.

Am aufmerksamsten horchte er auf, als die Nationalsozialisten von der »großen Abrechnung« sprachen, die sie im Falle eines Krieges in Angriff nehmen würden. Also doch Krieg, dachte Otto bei seinem allabendlichen Rundgang auf dem Hof. Nun haben sie gleich ihren Sündenbock für ihre Kriegspläne. Einen, dem sie die Schuld zuweisen können. Elendiges Pack.
Seine Überlegungen machten ihn ganz verzagt. Er beendete den kleinen Rundgang vor der Schmiede und schloß sie auf.
Im schwachen Laternenschein sah er über die aufgereihten Werkzeuge, die der Größe nach an der Wand hingen. Die Bohrmaschine, sein ganzer Stolz, warf Schatten an die Wand, als käme ein Ungeheuer schnurstracks durch die Ziegelsteine. Otto Schimkat zog den Blasebalg. Ein zischendes, fast feindliches Geräusch schallte durch den Schmiederaum. Er sah sich um. Ja, wenn es Krieg gibt, war alles sinnlos. Wenn, wie im Ersten Weltkrieg, vier Jahre oder länger – dann ist hier alles verrostet! Seine flache Hand wischte über den Amboß, über die Werkbank und drückte die Tür auf. Er zog an dem großen Vorhängeschloß, um sich zu vergewissern, daß es zu war, als hüte es den Schatz der Nibelungen.
Am Abend kam eine kurze Meldung durchs Radio. »Man hat den Untermenschen gezeigt, wer der Herr in diesem Land ist.« Anschließend übertrug der Reichssender Königsberg flotte Marschmusik.

Die Adventszeit kam. Gertrud und die Kinder banden einen großen Kranz. Mit roten Kerzen und Schleifen verziert, wurde er mitten in der Stube an die

Decke gehängt. Im ganzen Haus roch es nach Pfefferkuchen.
Otto schleppte eine Tanne aus dem Wald und schlug sie auf einen Holzfuß. Die bunten Teller standen bereit, und der Quapp paddelte in der mit Wasser gefüllten Zinkwanne – für Erstfeiertag.
Am Heiligen Abend bekam Lotti eine Handharmonika. Otto spielte darauf, und die Kinder sangen »Süßer die Glocken nie klingen«. Oma Schimkat las die Weihnachtsgeschichte.
Oma Kallweit hörte aufmerksam zu, ansonsten hielt sie Tannenbaum und Lametta für Tingeltangel.
Gertruds Brüder Franz, August, Hermann und Albert – auch er hatte Weihnachtsurlaub bekommen – saßen in gemütlicher Runde um den geschmückten Tisch bei Grog und Punsch.
Dies hat sich nie mehr wiederholt.

Sonnenschein und Abschied

Dem Jahr 1939 bangten die Menschen, jedenfalls sehr viele, entgegen. Das Gemunkel wollte kein Ende nehmen, daß der Krieg bei den Braunen beschlossene Sache sei.
Den kleinen Leuten blieb nicht viel Zeit, über Dinge zu spekulieren, die kommen sollten. Da waren Menschen wie Schimkats eine große Ausnahme. Aber auch sie mußten weitermachen. Otto fuhr täglich mit dem Schlitten zum Holzeinschlag, Gertrud saß am Webstuhl oder sie nähte.
Der Schacktarp meldete sich, und die Moosbruchdörfer richteten sich auf eine lange Nichts-geht-mehr-Pause ein. Es würde dauern, ehe die Fahrräder aus den Okeln geholt werden konnten. In diesem Jahr war der Boden besonders tief aufgeweicht. Doch dank Sonnenschein und Wind roch es bald wieder nach Frühjahr. Otto riß Mist, und Gertrud setzte Malzbier an. Tante Gustchen und Oma Schimkat hatten wieder ihren großen Auftritt. Sie schnitten auf der zugigen Lucht Saatkartoffeln. Der Fuchs trat gegen die Stalltür, und die Birken grünten. Ab vier Uhr zwitscherten die Amseln, die schon emsig Nester bauten. Die Störche besetzten ihre Horste, und die Kraniche zogen mit Großgeschrei übers Haff ins Moosbruch ein.
Aus dem Volksempfänger aber kamen andere Töne.

Propagandaminister Joseph Goebbels rief das deutsche Volk zum Zusammenhalt auf. »Gemeinsam sind wir stark«, posaunte er ständig.
Auch in Palleninken Uniformen, wo man hinsah: SA kackgelb, RAD ebenso. BDM-Dienstkleidung, JM-Kluft und die HJ in Pimpfuniform mit schwarzem Dreiecktuch und Lederknoten.
»Ihr seht wie abgerichtete kleine Affen aus, nich wahr«, sagte Onkel Wittkuhn eines Tages zu Gerda Adomeit.
»Wir finden uns schön, Onkel. Du hast keine Ahnung«, erwiderte sie und lief lachend davon.
Junge Männer mußten zur Musterung. Nach einiger Zeit flatterte die Einberufung ins Haus. Man begann mit den Reservisten, die schon eine militärische Ausbildung hinter sich hatten. Albert Kallweit gehörte dazu. Die anderen Brüder wurden ebenfalls eingezogen. Zum Manöver, hieß es.
Obwohl Otto Schimkat weder ledig noch Reservist war, kreuzte er den 1. August 1939 im Kalender rot an. Gertrud überreichte ihm einen Brief mit dem Vermerk »Persönlich«. Als Otto den Umschlag öffnete und das Schreiben gelesen hatte, sagte er: »Es gibt Krieg, Muttchen.« Er reichte Gertrud das Papier. »Einberufung«, las sie. Otto hatte sich am 10. August in Allenstein zu melden.
Nun zählten beide zwei und zwei zusammen. Das Memelland, Böhmen und Mähren, Österreich, alles holte Hitler »heim ins Reich«, wie es hieß. Nun gut, sinnierte Otto weiter. Alles geschah ohne Blutvergießen. Jedenfalls sah nicht jeder, was sich im dunkeln zutrug. Wenn Hitler mehr wollte! Das war anschei-

nend der Fall. Da war der sogenannte Korridor, der Ostpreußen sozusagen zu einer Insel machte. Das sind keine Manöver, es gibt Krieg. Im Westen schippen sie den Westwall.

An einem Augustabend auf dem Großen Moosbruch. Im Dorf war Feierabend. Die tiefstehende Sonne verlängerte die Schatten der alten Birken. In deren Ästen gurrten Tauben. Dicke Scheschkes in den Gräben quakten mit ihnen um die Wette. Die letzten Fuder Heu waren eingefahren. Einige Dorfbewohner saßen auf ihren Hausbänken, die müden Hände im Schoß.
Hannes Adomeit ruhte, bis die Sonne unterging, auf einem Heukäpps vor dem Stall. Bei den Wittkuhns war alles still. Die gingen zur Zeit der Aust früh ins Bett – mit Sonnenaufgang würde ein neuer Arbeitstag beginnen. Romeikes Jorge quälte die Handharmonika, und Otto sang »Alle Tage ist kein Sonntag«.
Dabei zogen er und Gertrud sich bequeme Schuhe an. Sie winkten Adomeits Hannes zu und schlenderten Hand in Hand zum Lehmdamm. Zu beiden Seiten zogen sich Kartoffeläcker hin.
»Himmel noch mal, stehen die Kartoffeln gut. Prima dicke Strempeln an den Hüschern. Ich sage dir, da wird was dran sein. Das wird eine gute Ernte. In diesem Jahr müßt ihr ohne mich graben. Die verdammte Einberufung.« Otto schüttelte immer wieder den Kopf.
Gertrud drückte seine Hand.
Sie spazierten weiter, bis zum Ende des Dorfes. Ihr Weg führte sie durch Birkengeäst und duftenden Porsch bis zum Ausweg, der mitten ins Moor führte.
Otto schaute zum Wald hinüber. »Ob ich wohl zeitig

zum Holzeinschlag zu Hause bin? Mitte Oktober, wenn der Frost einsetzt, geht es los«, bemerkte er.
»Bestimmt, Otto. Sollte es anders kommen, wird sich jemand finden, der uns hilft.«
Sie gingen über die grüne Moosdecke, in die sie knöcheltief einsanken.
»Warte«, sagte Gertrud, »ich will nachsehen, ob es gute Beeren gibt.« Vorsichtig breitete sie das Moos auseinander und zog einen Wurzelfaden hoch. Wie aufgezogene rote Perlen hingen daran die Moosbeeren.
»Sieh dir das an, das gibt guten Saft. In einer Woche können sie gelesen werden.«
»Siehste, Trudche, die alte Regel hat wieder mal recht. ›Ist die Quitsche saftig voll, man die Moosbeern sammeln soll.‹ In der Eberesche hinterm Stall schlagen sich die Drosseln schon um die reifen Quitschen.«
Schweigsam gingen sie weiter durch hüfthohes Magergras und Krüppelkiefern, vorbei an kristallklaren Tümpeln. Seerosen und gelbe Pupplauschchen blühten an den Rändern dieser tiefen Moorblänken.
Zaghaft fragte Gertrud: »Holst mir eine Rose?«
Otto suchte einen geeigneten Stock und angelte nach der schönsten Blüte, die er Gertrud reichte.
Sie setzte sich und brach den langen geschmeidigen Stiel, bis eine Kette mit einer Seerose als Anhänger um ihren Hals hing.
Nun stapften sie weiter durch blühende Heide und wispernde Zittergräser, bis sie ihren Torfstich erreichten. Haufen an Haufen war der jetzt trockene Torf von Gertrud und den Kindern aufgefleit worden. Im Winter sollte er, außer Holz und Brikett, die Öfen heizen.
Gertrud und Otto setzten sich ins Moos, das hier am

Torfstich warm und trocken war. Durch das Gestrüpp sahen sie einem Elch zu, der an einer Birkenrinde zerrte. Geräuschlos kroch eine Blindschleiche um die Kupsten. Flinke Eidechsen huschten vorbei. Die Poggen blähten ihre Backentaschen auf und quakten empört über die Störung. Ein Warzenrapättschke hüpfte über Gertruds Beine. Beide, Gertrud wie Otto, lächelten darüber. Sie kannten sich hier aus. Fürchteten weder den gewaltigen Elch mit seinen großen Schaufeln, noch die harmlose Schlange. Schon gar nicht das Moor. Wahre Gruselgeschichten erzählte man sich von Moorelfen und Hutzelmännchen. Von sprechendem Altweibersommer und unheimlichen Irrlichtern, die jeden, der ihrem Ruf folgt, ins Moor lockt. Hier wohnte auch die Zauberfee mit dem Johannishändchen, die mandolinespielend über die Menschen wachte und sie vor Bösem schützte.

War es nun die gute Fee, der laue Sommerwind, der allerlei betörende Gerüche herüberwehte. Das leise glucksende Wasser in den ausgestochenen Torfgruben, oder war es Gertruds Lächeln, daß es Otto so plötzlich überkam. Er umarmte sie zärtlich. Eng aneinandergeschmiegt lagen sie im warmen Moos, vergaßen Angst und Zukunftssorgen. Geflüsterte Liebesworte und raschelndes Gras gesellten sich zu den abendlichen Tierlauten. Nur der Pogg glotzte mit seinen Glupschaugen und sah ihnen zu.

»So schön kann das Leben sein, das hätten wir öfter haben können«, flüsterte Otto. Er streckte sich behaglich, lag bäuchlings im weichen Moos und saugte den moorigen Geruch des Bodens ein.

»Ja, Otto, nächsten Sommer«, antwortete Gertrud

lächelnd, während sie ihr Haar aufsteckte und die Kleider ordnete.
Otto sprang auf. Die Wirklichkeit war wieder da. »Ja, Trudchen, nächsten Sommer. Ab morgen muß ich Soldat spielen. Da hilft nichts. Die haben schon dafür gesorgt, daß ich nicht zurückgestellt werde, weil ich verheiratet bin und drei Kinder habe.«
Gertrud lächelte nicht mehr. Schweigend verließen sie diesen Ort der guten Fee. Möge sie uns beschützen, dachte Gertrud.
Sie gingen nun durchs Dorf. Aus vielen Fenstern leuchteten Petroleumlampen.
Als sie zu Hause ankamen, wartete Jorge Romeike schon auf sie. Er lag auf der Chaiselongue und hörte Radiomusik. Der Fünfzehnjährige fragte: »Onkel Schimkat, mußt du auch zu den Soldaten wie unser Fritz?«
»Ja, mein Junge! Und du paßt gut auf Tante Schimkat und die Merjellchens auf, ja?«
»Das tue ich, Onkel, kannst dich ganz auf mich verlassen.« Jorge reichte Otto die Hand und sagte: »Schade, daß ich noch so jung bin. Sonst käme ich gern mit!«

Als Otto am nächsten Morgen, dem 10. August, die Vorhaustür aufstieß, schlug Molly an. Er jaulte und winselte. Otto streichelte das aufgeregte Tier und versuchte es zu beruhigen. Anschließend ging er in den Stall. Unruhig scharrten die Kühe im Streu. Sie wollten gemolken werden. Er sah die Hühner friedlich auf der Stange hocken. Im Streu schnarchten die Schweine.
Der Fuchs stand hellwach in seiner Box. Otto beklatschte sein blankes Fell und striegelte ihn mit der

flachen Hand: »Mach's gut, mein Schöner«, flüsterte er. Dann kümmerte er sich um Rosine. »Na, du altes Mädchen, döst noch vor dich hin.« Sie bekam einen freundschaftlichen Klaps.
Otto verhielt eine Weile, ehe er den Stall verließ und die Tür zusperrte. Unterdessen wartete Gertrud mit den Kindern an der Auffahrt.
Zusammen schlichen sie die kurze Wegstrecke zum Strom hinunter. Otto sah sich um und meinte: »Wieder is Schacktarp für den Deich. Ich habe das Gefühl, daß lange kein Spatenstich knirschen und keine Lok pfeifen wird. Nichts wird hier gehen. Nur das Wasser wird weiter über Felder und Wiesen kriechen, Verdammt noch mal.«
»Otto, nich fluchen. Es wird nich so schlimm werden. Noch is kein Krieg. Wir dürfen die Hoffnung nich aufgeben, daß alles gut wird.«
Er legte den Arm um ihre Schulter.
Sie folgten den Kindern. Gustav, der Fährmann, wartete schon auf sie.
Während Otto Gertrud und die Kinder umarmte, verstaute der Fährmann den Berlinkoffer neben der Kajüte. Otto sprang in den Kahn. Wortlos winkte er seinen Lieben zum Abschied. Nur das Klick-klack der eintauchenden Ruder störte die Stille. Gertrud und die Kinder hörten es noch, als der Kahn längst im Morgennebel verschwunden war.

Sie gingen nach Hause. Die Kinder fragten, ob Papi bald wiederkäme.
»Bestimmt bald«, antwortete sie.
Sie setzten sich in der warmen Küche um den Tisch.

Gertrud bat, in der nächsten Zeit nicht nur an Spielen zu denken; Kartoffeln schälen, abwaschen und die Dielen fegen seien nun ihre Aufgabe.

Schon in der Woche darauf mußten die Kinder voll anpacken. Auf dem Heimweg von der Schule begegnete ihnen der Kartoffelhändler. Zehn Zentner von den blauen hatte Gertrud verkauft. Der Nachmittag war hin.

Am Abend – die Kartoffeln schipperten schon durch den Großen Friedrichsgraben, um über die Deime, durch den Pregel nach Königsberg zu gelangen –, da fragte Oma, ob Otto geschrieben hätte. Gertrud reichte Oma den Brief. »Mein liebes Frauchen und Kinder«, begann er. Otto erzählte vom Soldatenleben beim Troß, speziell zum Hufbeschlag abkommandiert sei er. Er beschrieb ausführlich die herrliche masurische Landschaft, die er in seiner Freizeit durchstreifte. Am Ende meinte er allerdings, daß es nirgendwo so schön sei wie auf dem Großen Moosbruch.

Jeder wußte, was kommen würde. Jeder wußte von endlosen Marschkolonnen, die quer durch Ostpreußen marschierten. Geschütze und Pferde hinterher. Onkel Wittkuhn, der zähneknirschend am Grenzzaun stand, meinte: »Is bloß eine Frage der Zeit, wann die losballern, nich wahr.«

Jetzt, im September, hatten die Kartoffelbauern andere Sorgen. Die Ernte stand bevor. Im Moment war diese Tatsache wichtiger als alle Gerüchte und Schlagzeilen. Falls es starke Regenfälle gäbe, wäre hier am Anfang des Dorfes mit Überschwemmungen der Äcker zu rechnen.

Gertrud hatte alles vorbereitet. Zwölf Leute würden

kommen. Also konnte auf sechs Rücken gegraben werden. Das schaffte. Leber- und Blutwurstbrote wurden im Deckelkorb gut eingepackt. Zum Mittag sollte es gekochte Klopse geben, mit Speck eingebraten, die Soße süßsauer.

Natürlich backte Oma frischen Fladen. Körbe stapelten sich auf dem Wall und Säcke waren gewaschen und geflickt worden. Die Helfer kamen zeitig. Im Osten färbte sich der Himmel rot. Die Sonne strahlte durch die Bäume und wärmte die gebeugten Kartoffelgraber – als es geschah.

So gegen Kleinmittag stolperte Naujoks Minna prustend über den Pallnis. Dabei schwenkte sie einen Zettel und schrie: »Bekanntmachung! Wir haben mobil gemacht, wir haben mobil gemacht.« Die Naujoksche fuchtelte mit den Armen, lachte schrill und rief wieder: »Wir haben mobil gemacht.«

Gertrud, die von ihrer Arbeit aufsah, meinte kopfschüttelnd: »Die is wohl verrückt geworden!«

Die aufgeregte zettelschwingende Frau blieb stehen, sah einem nach dem anderen ins Gesicht und verkündete: »Heute früh is die deutsche Armee in die Polakei einmarschiert.«

Ganz verschieden reagierten die knienden, in Sackschürzen gekleideten Gestalten. Sie wühlten nicht mehr im Moorboden. Schweigend knieten sie neben den Körben. Ungläubig sahen die einen zum Himmel, andere stierten vor sich hin.

Adomeits Tante faltete die Hände und murmelte irgend etwas vom Jüngsten Gericht, das da kommen würde. »Wie schon in der Bibel geschrieben steht. Feuerspei-

ende Rosse werden vom Himmel stürzen und alles in Schutt und Asche legen.« Sie wußte viel, die Tante, noch vom letzten Krieg, und sie hatte Angst.
Im Gegensatz dazu glänzten die Augen der Daudertschen. Ihr Gesicht glühte vor Begeisterung, als sie sagte: »Endlich passiert was, endlich geht es los. Groß werden wir. Groß und mächtig. Ja, da staunst, was, Trude!« Dabei sah sie zu Gertrud herüber.
Die flüsterte leise: »Mein Gott, es is wirklich Krieg.« Sie dachte an ihren Otto, die Brüder und die Cousins. An Romeikes, Wittkuhns und Mädings Jungs.
Oma Schimkat breitete die blaukarierte Decke fürs Kleinmittagbrot aus. Während sie den Kornfrankkaffee einschenkte, sagte sie: »Was guckt ihr so verdattert oder zerreißt euch die Mäuler! Wenn Hitler sagt, es is Krieg, denn is Krieg. Wird schon wissen, was er tut, und was für uns gut is.« Sie reichte Gertrud eine Tasse Kaffee.
Die hatte keinen Hunger mehr auf Leberwurstbrot.
Schuljungen liefen auf der Straße. Sie schrien »Hurra, hurra« und schossen mit dem Katapult einen Polaken nach dem anderen ab.
Minna Naujok schwenkte weiter den Bekanntmachungszettel. Sie lief von Haus zu Haus und verbreitete die frohe Botschaft von der Mobilmachung.
Tausende Kommißstiefel marschierten zu Herms Niels zündender Musik. Die Mehrheit der Palleninker jubelte. Nun hatten sie ihren Krieg. Schon plärrte aus dem Gritznerradio, der den Volksempfänger ablöste, die eingehende Musik, die jede Sondermeldung ankündigte. Heldentaten der deutschen Wehrmacht wurden mehrmals täglich durchgegeben.

Der Gastwirt neben der Kirche in Friedrichsrode schloß laufend Akkus zum Auffüllen an eine Batterie. Das elektrische Licht hatte noch immer nicht den Weg zum Pallnis gefunden. Nun gab es Wichtigeres, als Leitungen in abgelegene Moosbruchdörfer zu verlegen.
Viel wurde geredet und spekuliert, wie lange die Schlachten toben, der Krieg dauern würde. »Polen, na, das wäre doch gelacht, kein Vierteljahr, dann is da alles in Klump. Dann mucksen die sich nich mehr«, so prahlten Kinder und Opas.
Ruhig wurde es, als man sich die Sache vom Bürgermeister erzählte. Daß er zum erstenmal seit Kriegsbeginn einer Familie die schlimmste Nachricht überbringen mußte. Er hatte sich auf sein Fahrrad schwingen müssen, um zu der jungen Frau und den Eltern zu radeln. Als hingen Bleigewichte an den Beinen, so schwer trat er die Pedale. Er überlegte, wie er es der Frau und den Alten sagen sollte! Einfach auf den Tisch legen, das Schreiben, ging nicht. Aber wie, wie sollte er es ihnen beibringen?
Weiß, schneeweiß wurden die Gesichter der Eltern, auch die Lippen. Die Frau begriff nicht gleich. Sie war noch so jung, die erste aus dem Dorf, die ihren Mann verloren hatte, der gefallen war, wie Franz, der Bürgermeister, sagte. Auf die Knie fiel sie, die junge Frau, und sie schrie vor Schmerz wie ein verwundetes Tier. Sie schrien den Schmerz noch hinaus, die Menschen hier im Osten.
Franz, der Bürgermeister, stand mit hängenden Schultern wortlos da. Nicht in Uniform, wie es Vorschrift war bei amtlichen Handlungen. Doch die runde Partei-

nadel steckte am Jackenrevers. Später, viel später, fand Franz, der Bürgermeister, Worte vom Sterben für Führer und Vaterland, für die Heimat und so. Daß sie in stolzer Trauer ihren Helden beweinen könnten. Das war zu der Zeit, als die Todesanzeigen wegen Platzmangel kleiner und kleiner gedruckt wurden und fast alle Frauen schwarzgekleidet herumliefen.
Und die deutsche Armee siegte. Zunächst nahmen sie ›im Handstreich‹, wie man sagte, die Polakei ein. Nicht in drei Monaten oder einem, nach achtzehn Tagen war alles vorbei. Viele Wehrmachtsangehörige wurden nach dem erfolgreichen Kampf nach Hause geschickt. Einige blieben als Besatzung im besiegten Polen. Ottos Kompanie wurde wieder in Masuren stationiert. Diesmal in Arys.

Jetzt, nach Ende des Polenfeldzugs, beweinte auch die große Familie Kallweit einen Gefallenen. Gertruds Cousin Gustav war in einer polnischen Scheune an einem Lungensteckschuß verblutet. Nun fehlte der Posaunist aus der Kallweitschen Kapelle. Die Brüder Emil, Willy, Gustav und Fritz hatten überall zum Tanz aufgespielt.
Meta, die Schwester, band eine kleine schwarze Schleife um die Posaune. Oma Kallweit wurde immer schweigsamer. In einsamen Nächten, wenn asthmatischer Husten sie quälte, dachte sie an ihre Söhne, und sie betete und betete.

Schlimme Zeiten

Mit den deutschen weinten auch polnische Familien um ihre Toten und Deportierten. Unendlich viele Kriegs- und Zivilgefangene wurden ins Reich geschleust, in Arbeitslagern, aber auch als Ersatz für Männer und Jungen, die Lücken zu schließen, die diese, als sie eingezogen wurden, hinterließen. So hatte sich auch Gertrud bemüht, einen Helfer zu bekommen.

Franz, der Bürgermeister, lehnte sein Fahrrad an das Brückengeländer und ging zu Gertrud, die am Stall die Hühner fütterte.
»Na, du bringst doch nich wieder Schlimmes?« empfing sie ihn.
Franz schüttelte den Kopf: »Hilfe is da«, antwortete er.
Gertrud wartete ab.
»Einen starken Mann könntest doch brauchen, Trudche.« Dabei grinste er verschmitzt.
»Ach du«, winkte Gertrud ab und meinte, er solle zur Sache kommen.
Franz erzählte, daß in Labiau junge Männer aus Polen eingetroffen seien. Kriegs- und Zivilgefangene.
»Na ja, wenn du meinst, Franz, denn schick mir einen. Aber bißchen deutsch müßt er schon können.«
Franz versprach es.

Ein Offizier der besiegten polnischen Armee, Eduard, sollte den Schimkatschen Hof auf Vordermann bringen. Schmal und zart waren seine Hände. Gewiß hatten sie noch nie einen Spaten gehalten, schon gar nicht eine beschlagene Schaufel oder eine vierzinkige Forke, wie sie hier im Moor benutzt wurden. Eduard gab sich Mühe. Doch Gertrud suchte nach einigen Tagen den Bürgermeister auf, um von seinem Mißgriff zu erzählen.
Gertrud war wieder allein.
Mit dem nächsten Transport ins Moosbruch trafen polnische Mädchen und Frauen ein. Gunda Daudert holte sich die vierzehnjährige Janina, die kein Wort Deutsch sprach. Das kleine Mädchen lehnte in eine Wolldecke gewickelt an der Wand und klapperte vor Angst und Kälte mit den Zähnen, obwohl die Sonne schien.
In der darauffolgenden Woche stellte sich ein flotter junger Mann bei Gertrud vor. »Ich heiße Michel. Komme mit dem kleinen Dampfer, sehr romantisch, aus, äh, aus...«, dabei zog er einen Zettel aus seiner Brusttasche, »...aus Labiau. Ich soll bei Ihnen arbeiten.«
Gertrud amüsierte die Unbefangenheit des Fremden.
»Wo kommen Sie her, wer schickt Sie?«
»Aus Lodz, Litzmannstadt, komme ich, aus Polen.«
»Pole! aber...?«
»Ach so«, antwortete Michel, »weil ich deutsch spreche! Ich bin Lehrer. Auch ein Deutschlehrer.«
»Mir schickt man einen Deutschlehrer! Ich brauche einen Arbeiter auf meinen Hof. Der mit Tieren umgehen kann.«
»Kann ich alles, Frau, mit Tier und Mensch.« Ständig

lächelte er und zeigte seinen Goldzahn. Gertrud wurde ganz unruhig.
Es stellte sich heraus, daß er mit seiner Bemerkung recht hatte. Der Michel konnte alles. Er war ein fleißiger, umsichtiger Arbeiter. Den Kindern half er bei den Schularbeiten. Auf dem Pallnis trieb er die Leute an. Er fuchste um jeden Pfennig, zu Gertruds Gunsten. Die stand oft grübelnd und sah ihm zu, wie er alles regelte. Sie war dann gar nicht mehr die überlegene, beherrschte Frau. Ihre Gedanken verirrten sich manches Mal, wenn sie Michel mit Frieda oder einem anderen Mädchen flirten sah. Oftmals spannte sie rasch den Fuchs vor den Marktwagen und jagte ihn durch die Straßen. An Schlaf war manchmal auch nicht zu denken.
Franz, der Bürgermeister, freute sich über den »guten Griff«, den er mit Michel getan hatte.
Gertrud ahnte nicht, daß der Lehrer aus Litzmannstadt seit seiner Zwangsverschleppung nur ein Ziel verfolgte. Still und unauffällig wollte er arbeiten und nicht auffallen. Dann fliehen. Er wartete auf eine gute Gelegenheit.
Diese kam im Oktober. Nachdem die Ernte eingebracht worden war, wollte Michel nach Labiau fahren, um sich auf dem zugeteilten Bezugschein Schuhe zu kaufen. Am späten Abend, Gertrud legte Wäsche, kam Michel noch in die Stube.
»Frau, seit der Deportation habe ich mich nirgendwo so wohl gefühlt. Fast möchte ich bleiben.«
»Das mußt du wohl noch.« Sie traute sich nicht zu sagen, daß sie sich freue, ihn hier zu haben.
Doch Michel hatte längst Gertruds Zuneigung zu ihm

bemerkt, und es gefiel ihm sehr. Es durfte nicht sein. Er wollte nach Polen. Im Untergrund warteten sie auf ihn. Lehrer wurden gebraucht. Seit Monaten waren die öffentlichen Schulen in Polen geschlossen, und sie sollten es bleiben. Er mußte in sein Land. Die Fluchthelfer warteten. »Was sagtest du, Frau? Ich war in Gedanken.«
»Ich fragte, ob ich dir morgen früh Kaffee kochen soll.«
Michel dachte an seine vollgestopfte Tasche. Sie würde auffallen. Er verneinte ihr Angebot. Er durfte nichts sagen, sie nicht belasten, mit dem, was er vorhatte. »Gute Nacht, Frau!«
Gertrud und Michel reichten sich die Hände wie jeden Abend. Doch heute abend hielt er ihre Hand länger, viel länger als üblich.
An seiner Stubentür drehte er sich um und sah sie an. Wortlos schloß er die Tür.

Gegen Abend lief die Fina ohne Michel das Bollwerk in Palleninken an. Gertrud wunderte sich. Der Satz »Fast möchte ich bleiben« fiel ihr ein. Ein Blick in Michels Stube bestätigte ihren Verdacht. Heute nicht melden, dein Vorsprung ist gering, schoß es ihr durch den Kopf.
Als die Kinder zu Bett gegangen waren, saß Gertrud am Fenster. Sie fühlte sich einsam. »Leb wohl, Michel. Es is gut so, aber bleib am Leben«, flüsterte sie.
Tags drauf radelte Gertrud zum Bürgermeisteramt, um die Bescherung zu melden. Gertrud hörte nicht, was Franz da palaverte. Sie wußte, wenn einer es schafft, zu seinen Leuten zu kommen, dann der Michel.

Nach Wochen traf eine Karte aus Litzmannstadt ein. Niemand ahnte, warum Gertrud sich über eine Karte freute, auf der nur »Es ist alles gut so« stand.

Nicht jeder hatte in jener Zeit so viel Glück wie Michel aus Lodz.
Da war ein junger Pole in der Nachbarschaft, der freundlich zu Janina, der Polin von Gunda Daudert, war. Nicht mehr, nur freundlich. Sie schleppte zwei Körbe voll Kartoffeln. Er bot seine Hilfe an.
Gunda, die mit Gertrud in der Nähe stand, rief: »He, du da, halt meine Janina nicht von der Arbeit ab.«
»Gunda, die jungen Menschen reden miteinander, laß sie doch.«
»Will ich aber nich«, keifte Gunda.
»Nu benimm dich un schrei hier nich so rum.«
»Trude, steh den Polaken nich bei, sonst muß ich einschreiten.«
»Je, je, du einschreiten, wo, für was. Bist wohl eifersüchtig. Der junge Mann gefällt dir sicher. Mensch, Gunda, was is bloß los mit dir. Stänkerst hier rum.«
Gertrud kam richtig in Fahrt. Sie sah Gundas haßvollen Blick nicht. »Stell dir vor, Gunda, deiner Rosi wäre so etwas passiert. Einfach eingefangen wie eine Katze, die den Weg überquert. Seid ihr überhaupt noch normal, ihr, ihr...« Gertrud tippte an ihre Stirn.
Die hundertprozentige Parteigenossin war einer Ohnmacht nahe. »Ich sage es dir zum letztenmal, laß meine Janina in Ruh, du Polenschwein.«
Der Pole war außer sich vor Zorn. »Wenn ich Polenschwein, dann du deutsches Schwein.« Er sagte es leise, doch nicht leise genug.

»Was hast du gesagt«, krächzte Gunda. »Ich melde dich, du verdammter Polak, wirst eine deutsche Kriegerfrau beleidigen. Du lebst nicht mehr lange, du Hund.«
Gertrud versuchte Gunda zu beruhigen. Es war unmöglich. Sie stieß auch Gertrud gegenüber wilde Drohungen aus.
Noch am selben Abend wurde der Pole abgeholt und ins Hohenbrucher Gefängnis gesperrt. Es wurde erzählt, daß Bluthunde ihn zerrissen hätten. Es sei kein Einzelfall gewesen.
Gertrud verbrachte eine schlaflose Nacht. Dieser Vorfall bewirkte, daß man sie unehrenhaft aus der NS-Frauenschaft auswies.
Ein Feldpostbrief von Otto freute sie sehr, aber aufgeheitert hat er sie nicht. Versteckte Andeutungen über Marschbefehle beunruhigten sie.

Im März 1940, kurz vor Hildchens zehntem Geburtstag, spannte Gertrud den Fuchs vor den Marktwagen. Die Pelzdecke wurde über die Beine gelegt. Es war noch empfindlich kalt hier im Osten.
In flottem Tempo trabte der Fuchs über die Schotterstraßen. Fünfzehn Kilometer zum Bahnhof. Freude ohnegleichen. Otto hatte drei Wochen Urlaub. Auf dem kleinen Hof richtete und hämmerte er nahezu den ganzen Tag. Die Abende gehörten den Kindern. Mit »Mensch ärgere dich nicht« und spannenden Erzählchen war er der beste Papi der Welt.
In zweisamen Nächten, in denen Lotti, Hilde und klein Annemarie nicht wie sonst in die Schlafstube durften, erzählte Otto zwischen heißen Umarmungen von den

Erlebnissen im besiegten Polen. Nicht alle Berichte waren für fremde Ohren bestimmt. Wenn Gertrud ungläubig den Kopf schüttelte, meinte er: »Ja, Trudchen, so benehmen sich Sieger.«
Empört war Gertrud, als sie erfuhr, wie Otto zu dem tellergroßen Kristallascher gekommen war. »Ließ ich mitgehen«, meinte er lachend.
Unter Gertruds traurigem Blick wurde Otto sehr verlegen. »Schmeiß ihn weg«, sagte er.
»Na weißt du, was kann der schöne Ascher dafür, daß so viel Unrecht geschieht«, antwortete Gertrud.
Otto erkundigte sich, wie es um den Deichbau bestellt sei. Gertrud erzählte, daß die Reichsarbeitsdienstabteilungen verkleinert worden seien und am Strom noch Gefangene arbeiteten und es immer noch unerträglich sei, was da passiere.
Am nächsten Morgen stand sie früh auf. Es gab viel zu tun. An Hildes Geburtstag würden die Verwandten aus Timber zum Kaffee kommen. Butterkremtorte und den vielgelobten »einestundegerührten« Sandkuchen wollte sie auftischen. Dazu Kroffen backen und Pirak, ohne den es keine Kaffeestunde gab.
Otto wollte den Kindern eine Gruselgeschichte erzählen, und singen wollten sie. Ohne Singen keine Feier.
Am 28. März sangen Mutti, Papi und Lotti schon am frühen Morgen »Zum Geburtstag viel Glück«. Papi gratulierte. »Von mir auch, Dicksche«, rief Gertrud. Lotti schenkte buntgehäkelte Pampusen. Oma eine Teufelsmütze, dunkelblau mit roten Streifen. Gerda eine Tüte Goldnüsse und Tante Gustchen sogar Schokolade. Am Ende des Tisches lagen ein schwarzes Dreiecktuch

und ein hellbrauner Lederknoten. »Danke, Mutti, jetzt komme ich in die Hitlerjugend«, freute sich Hilde.
Mit der Gruselgeschichte von dunklen Wäldern, in denen riesengroße Eulen »Uhu, uhu, tuck trululu« riefen, und rotäugigen Männern, denen statt Bärten Schilf und Seegras wuchsen, wurde die Feier unter großem Applaus beendet.
Hilde hörte, daß Gerda zu ihrer Cousine sagte: »Glaubst du, daß das Gespenster waren?«
Sie mischte sich ein: »Gerda«, sagte sie, »wenn Papi sagt, es waren Gespenster, denn waren es welche. Mein Papi kann nich nur alles, er weiß auch alles, Punkt.«

Gertrud mußte Otto vor Ablauf seines Urlaubs zum Bahnhof fahren. Er mußte zurück nach Arys. Das Radio meldete, daß die Deutschen Dänemark besetzt und in Norwegen »Fuß gefaßt« hätten.
Otto schrieb, sie seien nach Westen unterwegs. Hitlers Soldaten machten vor Belgien und Holland nicht halt und nicht vor der französischen Grenze. So lernte Otto unfreiwillig halb Europa kennen.
Hildchen sammelte Feldpostbriefe aus allen Ländern. Sie schrieb Papi, daß sie einen belgischen Kriegsgefangenen zur Hilfe bekamen. Er war Mechaniker und verließ sie gleich wieder, um in einer Rüstungsfabrik zu arbeiten. Da wäre er mehr von Nutzen, sagte Onkel Franz, der Bürgermeister.
Gertrud nähte einen dunkelblauen Rock und eine weiße Bluse, die bei den Jungmädchen am Rock geknöpft wurden. Später trugen die Mädchen Lederriemen. Lotti zeigt Hilde, wie das aufgerollte Tuch durch den Lederknoten gesteckt wurde.

Jeden Donnerstagabend liefen die Mädchen in die Schule zum »Dienst«. Hilde erfuhr alles über Adolf Hitler. Wann und wo er geboren wurde. Wann er verhaftet und eingesperrt worden war und sein Buch »Mein Kampf« geschrieben hatte. Hildegard Schimkat war eine gelehrige Schülerin. Ihr Ziel, BDM-Führerin zu werden, strebte sie mit Fleiß an. Sie wußte, daß es noch dauerte, und spielte gerne mit Lotti »Lisbeth und Herta« oder »Vater-Mutter-Kind«.

Eines Morgens in der Schule, als Hilde an der Reihe war, das morgendliche Gedicht vorzutragen, schmetterte sie mit klarer Stimme: »Ich bin ein deutsches Mädchen, eröre mir kein anderes Land zum Vaterland als Deutschland.«
Lehrer Kischke ging zu dem kleinen Mädchen und lobte: »Na, wer sagt's denn, es wird noch was aus dir. Weiter so, Schimkat.«
In der zweiten Schulwohnung wechselten ständig die Lehrer. Fräulein Annoff und Fräulein Ribbeck, die beide aus Berlin kamen und ins Moosbruch versetzt wurden, waren bei den Kindern sehr beliebt. Doch ab und zu mußten auch sie den Rohrstock neben sich legen.

Daniel, der Franzose

Auch im Westen stürmten die Deutschen voran, machten Kriegsbeute und Gefangene. Einer dieser französischen Kriegsgefangenen mußte den weiten Weg bis ins äußerste Ostpreußen zurücklegen.
Diesmal klopfte ein deutscher Soldat an die Tür. Gertrud sah einen sehr langen Menschen neben dem Bewacher stehen. »Ich bringe Ihnen Ihren neuen Helfer. Er ist Franzose. Jeden Abend pünktlich um 19 Uhr schließe ich das Lager, in dem die wohnen.« Er machte auf dem Absatz kehrt und marschierte vom Hof.
Daniel hieß der Neue. Nach einigen Tagen hatte er sich eingelebt. Ohne Scheu begegneten ihm die Kinder. Der hilfsbereite, freundliche und kinderliebe Daniel war Gärtner von Beruf. Er führte eine eigene Gärtnerei in Paris. Den ganzen Tag pfiff oder sang er irgendeine Melodie.
Lotti und Hilde fanden es schon komisch, daß Daniel jeden Abend ins Lager gesperrt wurde. Unter Strafe war verboten, mit Gefangenen an einem Tisch zu essen. »Wer mit mir arbeitet, ißt auch an meinem Tisch«, war alles, was Gertrud dazu sagte. Jetzt, Ende September, wurde es schon kalt. Da saßen sowieso alle in der warmen Stube. Gertrud webte, und die Kinder schnitten wieder Streifen. Daniel flickte Säcke. Er saß in der Küche, und er machte auch diese Arbeit sehr gut.

Diesmal brauchte Gertrud nicht zum Bahnhof zu fahren, um Otto abzuholen. Er hatte eine günstige Mitfahrgelegenheit und überraschte seine Lieben mit einem Sechstageurlaub. Sechs Tage Urlaub für alle. Auch Daniel sollte, außer die Tiere zu versorgen, eine Woche zur eigenen Verfügung haben. Er ging öfter ins Lager und las oder schlief. Den Wachmann vertröstete Gertrud damit, daß der Daniel sich nicht wohl fühle.

Um Weihnachten bekam Otto einen Feldpostbrief von Gertrud, daß nun, beim viertenmal, hoffentlich ein Junge unterwegs sei.
Am Heiligen Abend, als sie um den Tisch saßen, auch Oma Schimkat, Lena, der kleine Gerhard und Daniel, teilte Gertrud allen mit, daß im Juni ein Baby kommen würde.
Bei den Mädchen kam keine Begeisterung auf.
Daniel nickte lachend. »Gut, gut, Baby kommen is gut. Isch leider kein Kinder. Mein Frau viel krank.«
Gertrud sagte, daß es ihr leid täte.
Nach dem Essen ließ Daniel die Familie unter sich. Die Nachbarn hörten, daß auch im Lager die Kameraden zusammensaßen und sangen.

Jetzt, im März 1941 – was war nicht alles passiert. Frankreich war schon lange besiegt. England bombardiert und viele Schiffe versenkt. In Griechenland saßen unsere Verbündeten, die Italiener. Sogar in Nordafrika. Und da, da mischten nun auch die Deutschen mit. Sie wühlten sich durch den Sand Afrikas. »Warum bloß«, fragte nicht nur Gertrud.

Trotz der großen Weltereignisse kam der Frühling nach Palleninken, und die Kühe kalbten.
Der gute Daniel war um Gertruds beste Milchkuh, die auch kalben sollte, besorgt. Er zupfte Heu, suchte ein kleines Körbchen und polsterte es.
Am Henkel befestigte er ein Seil und zog es durch einen Deckenbalken. Auf Gertruds Frage, wofür das warme Nest sei, antwortete er: »Für Kind von Olga.« Gertruds und der Kinder Lachen verstand er, als Lotti dem eben geborenen Bullenkalb die Finger hinhielt und dieses gierig daran saugte. »Interessant, interessant«, murmelte er, tätschelte das Kalb und schüttelte immer wieder den Kopf.

Hilde, die gern flunkerte, Mitschüler zum Staunen brachte, legte sich eine neue »Geschichte« zurecht. Oft hatte Gertrud sie fürs Übertreiben bestraft, was leider nichts nützte. Opa Kallweit fand Hildes Märchenerzählerei lustig. »Nich nur die breiten Backenknochen sind typisch ostpreußisch, sondern auch ihr Verstand. Immer flink un luchtern.«
In der Schule fabulierte sie. Daniel hätte für Olgas Kalb eine Zigarrenkiste gepolstert. Jorge, der alles gehört hatte, drohte: »Wenn das nich läßt, zahlst wieder.« Einen Apfel, ein Stück Kuchen kostete es Hilde manchmal oder auch einen Groschen. Sie tat es ungern, war aber froh, daß Jorge ihre Spinnereien nicht aufdeckte.
Ein anderes Mal tischte sie eine wahre Geschichte so übertrieben auf, daß es sogar Jorge zuviel wurde.
»Der Daniel«, begann sie, »gräbt einen neuen Brunnen auf unserem Hof. Im alten ist das Wasser brakig.«

Einige Schüler blinzelten mißtrauisch herüber.
»Das stimmt«, rief Jorge und kam langsam näher. Grinsend blieb er in einiger Entfernung stehen.
»Gestern stand Daniel auf einem Brett, das quer über dem Brunnenschacht lag. Eimer für Eimer zog er den Modder nach oben. Das Brett krachte entzwei.«
Mäuschenstill wurde es um sie herum.
Sie dachte, jetzt von Schrammen erzählen is zu wenig. Also ließ sie ihrer Phantasie freien Lauf. »Daniel saust runter. Erst hörte man von unten nur Gurgeln. Dann aber schrie Daniel wie am Spieß. Er hatte sich an dem zerbrochenen Brett regelrecht aufgespießt.«
»Nei«, schrien die Umstehenden.
Jetzt hab ich sie wieder. Was is dabei, wenn ich bißchen mehr mache, runtergeflogen is er ja immerhin drei Meter. »Leo, der Franzose von Daudert, kletterte runter. Von unten, so um die zwanzig Meter, schleppte er den Blutüberströmten auf den Schultern nach oben.«
Die Zuhörer preßten die Hände zusammen.
»Mutti dachte, der is hin. Sie klingelte schnell den Doktor her. Als der kam, quiemte unser Daniel wie ein Berschke auf dem Trocknen.«
Plötzlich sah Hilde Jorge mit dem Finger drohen.
»Er wird durchkommen«, rief sie und lief schnell davon. Mitten im Lauf hielt Jorge sie am Ärmel. »Her mit einem Dittchen!«
»Nich schon wieder, Jorge«, flehte Hilde. Seine ausgestreckte Hand rührte sich nicht. Sie mußte zahlen.
»Hit du Gauner«, flüsterte sie voller Abscheu.
»Das war zu doll, Hilde. Nächstes Mal zahlst zwei Dittchen. Also, hör auf damit.«
»Ich huste dir was«, rief Hilde ihm hinterher. Schließ-

lich hatte sie die Aufschneiderei von ihm gelernt. Wenn Jorge mit seinen Eltern aus dem Torfmoor kam, waren aus Wassertümpeln bärtige Ungeheuer aufgetaucht, die gelben Pupplauschkes bestanden aus Königsberger Marzipan, ostereierlegende Schlangen begegneten ihm, und die gute Fee hatte er schon leibhaftig gesehen.

Erst mal hatte Jorge Hildes Räuberpistolen satt. So fragte er Lotti, ob sie mit ihm in die Walderdbeeren wolle. Lotti nickte und holte schnell eine Kanne aus der Kammer, Hildes Fahrrad, den Flitzepee, aus dem Schauer und wollte aufsteigen. Der Besuch aus Königsberg, der oft zu Adomeits kam, fragte, wo sie mit der Kanne hin wolle. »Erdbeern lesen. Übrigens, Tante, das is keine Kanne, sondern ein Plachanske.«

»Soso, Beeren liest man nicht, die werden gesammelt. Bücher liest man.«

»Jaja, Tantche, is ja gut. Vielleicht in Königsberg. Hier sammeln wir auch, aber fürs Winterhilfswerk. So, nu weißt es, und ich fahre mit Jorge Walderdbeern lesen.«

Der wartete an der Brücke. Sie setzten auf und fuhren los.

»Is schön hier, nich, Lottche«, sagte Jorge, als sie in Friedrichsrode vor der Kirche in den Weg zum Wald einbogen. Wie goldene Fäden fielen die Sonnenstrahlen durch die Bäume.

»Sieh mal, Jorge«, sie zeigte auf die Strahlen. »Der liebe Gott geht durch den Wald.«

»Was geht, Lottche?«

Lotti sagte: »Der liebe Gott geht da!«

Jorge sah sich um. Fr sah nur die fast reifen kleinen

Walderdbeeren und sagte: »Lottche, wo du den lieben Gott siehst, seh ich nuscht. Nu komm, versteck dich erst mal, weil gleich der Förster kommt.«
»Na, laß ihn doch«, meinte Lotti.
»Ich soll ihn lassen, hast einen Beerenschein? Siehst, nu schüttelst mit dem Kopf. Also runter, inne Büsche.«
Lotti meckerte, aber sie machte sich klein. Sie war nicht zu sehen. Ebenso kein Förster.
Nur Jorge werkelte und sammelte die Beeren vom Strauch. Sein Plachanske voll, rief er. »Kannst hochkommen, Lottke, der Grünrock is weg.«
Lotti kroch aus dem Versteck und entdeckte sofort den Betrug. »Ich bin aber böse, Jorge. Warte, wenn die Kreken reif sind, dann verpetze ich dich.«
Wenn die Kreken reif waren, war Jorge der Rädelsführer. Er stieg mit mehreren Jungs über Zäune, um blaue und gelbe Kreken zu klauen. Sogar im Dienstkleid, dem Kleid des Führers, wie Kischke sagte. Er erwischte Jorge im Führerkleid. Mit geschwollener Brust stand er da, die bei näherem Hinsehen aus den kleinen geklauten Plaumen bestand.

Obwohl Schule, Pallnis und Beerenlesen, alles wunderbar war, ging im Moment nichts über Wilhelmsbruch. Gertrud oder die Mädchen besuchten Oma und Opa Kallweit zirka alle vierzehn Tage. In dem neuen Dorf lagen die Höfe weit verstreut zwischen grünen Wiesen und beackerten Feldern, Waldgürtel mit dichtem Unterholz oder ausgerichteten hohen Tannen. Auch angelegte Vogelschutzgebiete trennten die Höfe voneinander.

Drei Stunden dauerte die Fahrt mit einem kleinen Fahrrad, Brot und Pinkelpause eingerechnet. Hinter Hohenbruch begann die einsame Strecke. An der Domäne vorbei fuhren sie nur durch Wälder. Gegen aufkommende Angst vor Wildschweinen und Elchen befolgten sie Papis Rat – sie sangen laut ein- oder zweistimmig.

Ehe die Mädchen Opas Hof erreichten, kehrten sie bei Onkel Ede Kallweit ein. Sie stiegen schon weit vor der Auffahrt von den Rädern. Der Hof lag wie ausgestorben da. Nach Gustav waren der älteste Sohn Willy und der Schwiegersohn gefallen. Meta hatte auch an die Trompete eine Schleife gebunden, Willy hatte sie gespielt.

»Kommt, Kinderchens, kommt«, rief die liebenswürdige dicke Tante von der Haustür. Wie immer umarmte sie die Kinder herzlich. Es schien, als drücke sie die Mädchen heute fester an sich. Sie backte Hildes Flinsen, und Lotti freute sich auf fette Spirgeln.

Onkel Ede kam. Seine Späße waren heute dürftig. Er fragte nach Mutti und Papi, und ob er bald in Urlaub käme.

Nach vielen Antworten verabschiedeten sich Lotti und Hilde, und sie radelten durch den Waldweg zu Oma und Opa.

Ihr Hof lag einerseits an einer Vogelschutzzone, und andrerseits am dichten Tannenwald. Das neue Haus war fertig. Die Inneneinrichtung war schnell geregelt. Zwei Betten, ein Läufer quer durch die Stube. Das Vertiko über Eck und Opas Schmuckstück. Es beherrschte die Stirnwand. Jedes Auge erfaßte sofort das glänzende Gehäuse mit dem Zierwerk und dem Ziffer-

blatt. Seine alte Wanduhr. Auch hier, in dem neuen Haus, war sie der Mittelpunkt ihres Lebens. Zwölf Schläge riefen zum Mittagessen. Beim nächsten Schlag mußte das jeweils gebrauchte Werkzeug geschultert werden, und die Arbeit begann. Den Feierabend regelte die Sonne.
Jeden Abend vor dem Schlafengehen stellte Opa das Schlagwerk ab. Das hieß, Türen schließen, Licht ausblasen und guten Schlaf.
Beim ersten Grau des nächsten Tages zog er die Kette mit den Gewichten, und er stellte das Schlagwerk an. Fünf Schläge erfüllten das Haus mit Leben. Auch Lotti und Hilde mußten sich dem Rhythmus angleichen.
Die Großeltern freuten sich über den Besuch. Opa erzählte, daß Onkel August zur Kriegsmarine und Onkel Hermann zur Artillerie einberufen wurden.
»Onkel Albert liegt im gröbsten Dreck bei der Infanterie«, jammerte Oma.
Onkel Franz, der vor dem Krieg beim Zoll diente, wurde gefragt, ob er einer Spezialabteilung angehören wolle. Er wollte und kam zur Waffen-SS. Franz Kallweit konnte nicht ahnen, was es hieß, einer Sonderabteilung anzugehören. Er hätte sicherlich ein Gebrechen simuliert. Während Franz mithalf, in Polen »Ordnung« zu machen und unter den »Untermenschen« aufzuräumen, bewirtschafteten Opa und Oma den neuen Hof mit den polnischen Zivilgefangenen Bronnek und Halina. Den Hof, den Franz nach dem »Endsieg« als Ältester erben würde.

Opa verteilte Schokolade.
»Hermannche hat uns ein Päckchen aus Frankreich ge-

schickt«, erzählte Oma. »Zwei große Blechschachteln mit Scho-ka-kola.« Oma saß auf der Haustreppe und wiegte sich wie immer.
Aber auch hier blühte es, und die Hühner gackerten. Nur der Geruch! Die Mädchen sogen den Tannenduft ein. »So riecht es nicht auf dem Moosbruch, Oma, auch sonst habt ihr es leichter. Saatkartoffeln einfach hinwerfen, ein Pflug deckt sie zu. Die Pferde brauchen keine Holzklumpen an den Hufen. Un erdeschaufelnde Menschen sieht man hier auch nich.«
Opa kraulte Lottis dichtes Haar. »Ja, Lottche un Hildike, hier is es schön.«
Niemand widersprach Opa. Sie beobachteten die schnatternden Enten. Opa stapfte über den Hof und pumpte Wasser in den Steintrog. Der Brunnen mitten auf dem Hofplatz sorgte für Wasser. In Stall und Haus wurden Handpumpen installiert. Außerdem war der Brunnen die Kühlanlage. Eine Leine hielt den mächtigen Eimer voll Lebensmittel. Butter, Wurst, Käse, und sogar die Götterspeise wurde da unten steif.
Den Dorfbarbier spielen war Opa Davids einträgliche Nebenbeschäftigung. Sein Einheitsschnitt kam bei älteren Herren direkt in Mode. Nach Feierabend radelten die »Kunden« an und palaverten bei einem Schnäpschen, bis sie an der Reihe waren. Ihre Strategien, wie man Krieg führt – da wären Generäle vor Neid erblaßt.
Omas wöchentliche Besucher saßen im Zimmer und lauschten ihrer Stimme. Ihre Abendandacht fand dankbare Zuhörer. Lotti verstand alles, aber Hilde langweilte sich. Oma las in litauischer Sprache. Ihre Predigt- und Gesangbücher waren Kostbarkeiten. Alle mit

Silberbeschlag. Einige konnte sie abschließen. Der Größe nach standen sie auf dem blankpolierten Vertiko. Schöne Kleider, Hüte und Schmuck besaß Oma nicht. Unnützes Zeug war das ihrer Meinung nach. Fleißig und fromm war sie. Nacht für Nacht quälten sie Hustenanfälle. Am Morgen kniete sie vor einer Bank und betete für alle Menschen dieser Welt um Frieden.

Am Frühstückstisch erzählte Oma, daß seit vielen Nächten endlose Marschkolonnen ostwärts marschierten.

Leidvolle Erfahrungen

In den Baracken am Strom wechselten die Bewohner ständig. Im Moment hauste ein Haufen ausgemergelter Gestalten in den stickigen Bretterbuden.
Lotti und Hilde schlichen täglich zum Anleger und warfen in unbeobachteten Augenblicken Brotpakete über den hohen Stacheldrahtzaun. Die meisten Dorfbewohner sahen weg. Natürlich hörten auch sie die Schreie der Mißhandelten, doch die Jubelrufe über siegreiche Schlachten übertönten alles Unangenehme. Einige waren überzeugt davon, daß nur Kriminelle ins Lager gesperrt wurden. Sie glaubten nicht daran, daß Menschen aus Glaubensgründen oder weil sie anderer Meinung waren hinter Gitter landeten.
Gunda Daudert war mit den Geschehnissen am Strom ebenfalls nicht einverstanden. Vor aller Augen müsse nicht geprügelt werden. Im Wald sollte man die Baracken aufschlagen. Die linientreue Parteigenossin ermahnte Gertrud immer öfter, unüberlegte Äußerungen zu unterlassen.
Selbstverständlich war Gertrud vorsichtig. Doch bei Ungerechtigkeiten wegzusehen war unmöglich. Besonders die Gefangenen am Strom bereiteten Gertrud schlaflose Nächte. Was brachte es schon, daß die Kinder ab und zu Brote über den Zaun warfen. Gertrud überlegte, und sie hatte eine Idee. Eine gute Idee, wie

sie meinte. Im siebten Monat war sie schwanger. Da fiel es nicht auf, daß sie täglich Kartoffeln, Brot, Speck und Wurst unter der Schürze versteckte. Täglich besuchte Gertrud Schipporeits, oder sie schlenderte mit den Mädchen zum Fluß. Ausreden fielen ihr genügend ein, falls jemand Fragen stellte. Gertrud war dankbar, daß sie nicht ganz untätig zusehen mußte und die große Not hinter dem Drahtzaun ein wenig lindern konnte. Leider nur für kurze Zeit.
Neuerdings schippten die Gefangenen am Deich, der unmittelbar vor Schipporeits Anwesen endete.
Hilde Schimkat stand in der Küche, als die Tür aufflog. Herein stürmte ein Gefangener. Erschrocken sah Hilde in tiefliegende Augen, die sie aus knochigem Gesicht ängstlich anstarrten. »Gibst du mir bitte Brot?« fragte der Mann mit dem kahlgeschorenen Schädel.
»Ja«, flüsterte Hilde.
»Schnell, schnell, ich bin weggelaufen. Die dürfen es nicht merken.«
»Ja, ich beeile mich.« Während Hilde antwortete, hatte sie schon einige Kampen abgeschnitten, die der Mann unter seinen Leinenkittel steckte.
In dem Moment hörte Hilde ein Geräusch, und Gunda Daudert stand in der Küchentür. »Was is hier los?« fragte sie.
»Lauf«, flüsterte Hilde.
Mit langen Schritten stürmte der Gefangene über den Hof.
»Hilde, wo kam der Verbrecher her?«
Hilde sah Gunda hilflos an und zuckte mit den Schultern.

»Hast ihm was gegeben?«
»Nein«, log Hilde.
»Na wart mal, das lasse ich nich durchgehen, das melde ich. Du hast ihm bestimmt was Eßbares zugesteckt. Immer hältst du es mit den Polaken un sonstigem Gesocks.«
»Nu hör auf, Tante Gunda, schließlich bin ich ein deutsches Mädchen, ein Jungmädchen. Ich trage das Kleid des Führers, da werde ich solch einem doch kein Brot oder sonst was geben«, log Hilde weiter.
Gundas Wut hatte sich gelegt, als sie sagte: »Na du, untersteh dich auch.« Doch sie war fest entschlossen, auf Schimkats zu achten. Darum entging es ihr nicht, daß die Mädchen und Gertrud sich öfter als nötig in der Nähe des Lagers aufhielten. Den Grund dafür hatte Gunda schnell entdeckt ...
Die Vorladung zur Kreisleitung erhielt Gertrud einige Tage später. Von dieser Vernehmung kam Gertrud nicht wieder nach Hause. Fragte man Lena oder die Mädchen, wo Gertrud sei, antworteten sie: »In Königsberg, am Butterberg, in der Augenklinik.«
Eine vererbte Augenkrankheit mußte Gertrud ab und zu stationär behandeln lassen. So war der Grund ihrer Abwesenheit glaubhaft.

Bei den Befragungen wurden nicht nur die Brotpakete vorgeschoben. Das strenge Verbot, mit Feinden an einem Tisch zu sitzen, hätte Gertrud mißachtet. Die Flucht des Polen hätte sie zu spät gemeldet und dem anderen Polen, der eine Parteigenossin aufs ärgste beleidigte, beigestanden ... überhaupt, ihre allgemeine

Freundlichkeit den Gefangenen gegenüber. Ganz zu schweigen dieses Paktieren damals mit den Juden, unseren Erzfeinden.

Gertruds Bitte, eine Vertraute der Familie zu benachrichtigen, daß es ihr gut gehe, wurde zugestimmt. »In Anbetracht dessen, daß Ihr Mann an der Front steht, gewähren wir Ihnen die Bitte.« Gertrud nickte dankbar.

Lena, die gegen Abend zu Schipporeits kommen sollte, wurde telefonisch davon unterrichtet, daß man mit Gertruds Heimkehr so bald nicht rechnen könne. Lena durfte kurz mit Gertrud sprechen. »Tante Trude«, sagte sie, »deine Stimme is gut. Wir warten alle, un mach dir keine Sorgen.«

Vierzehn Tage nach Lenas Telefongespräch kam Gertrud plötzlich zur Tür herein.

Erschöpft ließ sie sich auf einen Stuhl fallen, und Unglaubliches passierte. Die Kinder sahen ihre Mutter zum erstenmal weinen.

Zwei Tage später wurde Ingrid geboren. Lotti mußte nach Elchwerder radeln und ein Telegramm an Papi aufgeben, das werweißwohin reisen mußte. Durch die Feldpostnummer würde es ihn schon finden.

Ingrid war ein gesundes Baby. Die großen Schwestern liebten die kleine Puppi von ganzem Herzen.

Gertrud und die Kinder waren sehr überrascht, als ein Päckchen aus Paris den Weg zu ihnen fand. Daniel, der Kriegsgefangene, hatte seiner Frau ebenfalls von der Geburt des kleinen blonden Mädchens berichtet. Obwohl deutsche Truppen Frankreich besetzten, schickte Daniels Frau Konfitüre, Kaffee, Pralinen und Schokolade. Außerdem lagen in einer mit weißer Seide gefütterten Schachtel kleine Schuhe und ein Lätzchen, auf dem »Ingrid« gestickt war.

Kurz darauf hörte man Daniel zetern und schimpfen.

»Verflucht, verflucht!«

»Was hat der nur?« fragte Lotti.

Hilde zuckte mit den Schultern.

Lena wußte, warum Daniel so böse war. Gertrud hatte Lena und ihn gebeten, gut auf die Kinder aufzupassen, weil sie noch einmal in die »Augenklinik« müsse.

»Lenachen, mehr darf ich euch nich erzählen«, flüsterte Gertrud. Sie war nur nach Hause gekommen, um ihr Kind zur Welt zu bringen. »Habt keine Angst um mich, ich schaffe es schon. Sitze in der Schneiderstube, es is warm, un einigermaßen gut behandelt werde ich auch.«

Lena wollte einfach nicht glauben, daß Tante Schimkat wegen einiger Kartoffeln und etwas Brot wieder »irgendwohin« mußte.

»Paßt gut auf die Kinder auf, das ist mir am wichtigsten«, bat Gertrud immer wieder.

Auch in jener Zeit geschahen noch Wunder. Nach vier Wochen kam Gertrud wieder. Der Ortsgruppenleiter hatte sich für sie eingesetzt.

»Nun bin und bleibe ich hier«, sagte sie zu den Kindern. Es war wie ein Versprechen. Gertrud redete nicht über die verlorenen Wochen, über den Nachhilfeunterricht im Nationalsozialismus und über beleidigende Bemerkungen. Sie wußte nun, daß der Führer nicht nur recht hatte, nein, er war das Recht. Täglich klangen aus einem scheppernden Lautsprecher Parolen wie »Gott schenkte uns den Führer und die herrliche SA«.

Alle Geschäfte der Juden wurden kurz und klein geschlagen. Sie plünderte und prügelte, die herrliche SA.
Bevor Gertrud den Zettel mit den Parolen zerriß, las sie: »Nun, Volk, steh auf und kämpfe. Wer nicht kämpfen will in dieser Zeit des ewigen Ringens, verdient das Leben nicht.«
Gertrud bemühte sich, alles auswendig zu lernen. Nein, sie war keine Heldin, sie wollte nur mit ihrer Familie in Frieden leben.

Nur nicht auffallen, ging es Gertrud täglich durch den Kopf. Sie bügelte die Dienstkleidung der Mädchen noch sorgfältiger, grüßte jeden mit Deutschem Gruß »Heil Hitler« und bat Daniel, am Nebentisch zu essen, falls jemand aus der Nachbarschaft über den Hof käme.
Gertrud hatte Angst. Sie spazierte gern allein über die Felder. So auch heute. Die Sonne kroch schon früh über Lauquarien aus den Bäumen und wärmte die dampfende Erde. Der Tag würde heiß werden. Gertrud freute sich über den herrlichen Stand der Kartoffeln. Klein Ingrid im Arm, schlenderte sie zum Lehmdamm. Daniel, der in der Nähe einen Zaun reparierte, winkte ihr zu. Sie ging zu ihm.
»O Frau, Frau, Itler nix gut, nix gut.«
»Leise, Daniel«, warnte Gertrud.
»Ier draußen keine Ohren zu lauschen. Frau, isch gehe gern, später, wenn Sommer zu Ende, nak Labiau. Isch gern in Gärten, nein«, er suchte nach Worten, »wo viele Blumen.«
»Du willst in einer Gärtnerei arbeiten, Daniel. Schade,

ich verliere dich ungern, aber ich habe Verständnis für deinen Wunsch.« Sie versprach ihm, behilflich zu sein und mit dem Bauernführer zu reden.
»Wieder einen Neuen«, murmelte Gertrud. Er war ein echter Freund gewesen, der Daniel.

Gertrud schreckte aus ihren trüben Gedanken auf, als sie die Mädchen hörte. »Hallo, Mutti, wir gehen zum Strom, wollen schwimmen!«
Gertrud winkte ihnen zu und rief: »Gut, Kinder, viel Spaß!«
Lotti und Hilde hatten die Badeanzüge schon an, sie rannten durch den warmen Sand des Fußweges. Romeikes Jorge ließ wieder seinen Spruch vom »vollgeschöpften Plumke« los. Die Mädchen winkten verächtlich und liefen weiter.
»Die Abkürzung!« rief Lotti.
Sie wateten durch den Kanal, der eigentlich nur ein Poggengraben war. Hilde rutschte mitten in das Entenflott. Mühevoll und schimpfend krabbelte sie an der glitschigen Kante wieder hoch.
»Sei leise, Hilde, wir werden das Lager beobachten.«
»Warum, Lotti? Gestern, als ich mit Tante Gunda Daudert mittags ihre Stärke gemolken habe, hörten wir den Lagerchef schreien. ›Auf, hinlegen!‹ Durch das hohe Gras trieb er einen Gefangenen und schlug ständig auf dessen Rücken. Sogar Tante Gunda hielt die Hände vors Gesicht, um den aufgeschlagenen Rücken nicht sehen zu müssen. Ich sag dir, Lotti, ich schreibe an Adolf Hitler. Er soll wissen, was einige seiner Soldaten tun.«
»Ach, red nich so geschwollen un komm. Übrigens is

es nun zu spät wegzulaufen. Runter mit dem Kopf«, zischte Lotti.
Die Mädchen warfen sich ins Gras und hörten Kommandos und Eßgeschirr klappern. Ein schlanker Mann mit blonden, in Wellen gelegten Haaren trat aus der Barackentür. Er schritt zackig über den Vorplatz und stellte sich breitbeinig, die Daumen im Koppel eingehängt, unweit des Stacheldrahtzaunes auf.
»Das is der Schläger von gestern«, flüsterte Hilde. Lotti hielt ihr den Mund zu.
»Raustreten!« brüllte der Offizier.
»Eins, zwei, drei«, zählte Lotti, doch es strömte und strömte. Nacheinander zwängten sich kahlköpfige Gestalten, die sich in Dreierreihen vor dem Ondulierten aufstellten, aus der Baracke.
»Um Himmels willen, wo wohnen und schlafen die Menschen in dem kleinen Holzschauer?« entsetzte sich Hilde.
Lotti antwortete nicht. Woher sollte sie zu der Zeit wissen, daß die Gefangenen sich zu dritt auf einer schmalen Holzpritsche aneinanderpreßten. Der kahle Fußboden diente ebenfalls als Schlaflager.
»Sind das Deutsche?« fragte Hilde.
»Du stellst aber dämliche Fragen, woher soll ich das wissen?« entgegnete Lotti.
»Vielleicht sind das Juden?«
»Mensch, Hilde, hier bei uns gibt es keine Juden mehr. Sind alle weggelaufen, wie Ballschevskis.«
»Psst«, Lotti drückte den Finger auf den Mund.
Beide hörten die Frage des SS-Mannes: »Wer hat die Kartoffelschalen geklaut?« Niemand antwortete. »Ich höre nichts, ihr Unpersonen!«

Als die Antwort abermals ausblieb, sagte er mit schneidender Stimme: »Gut, ich werde ein Exempel statuieren. Du da!« winkte er nach einem kleinen, jungenhaft aussehenden Gefangenen. Anschließend flüsterte er mit vier anderen Gefangenen, denen die gestreiften Hosen um die Beine schlotterten. Nach der Unterredung postierten sie sich an allen vier Ecken des Platzes.
Der Ondulierte beschrieb mit dem Finger kreisende Bewegungen, wobei er dem ersten Gefangenen »Lauf« zurief.
»Was wird nun wohl passieren?« fragte Hilde ängstlich.
Der kleine Mann setzte sich in Trab. An der Ecke versetzte sein Kamerad ihm einen Fußtritt ins Hinterteil. Schon hatte er die nächste Ecke erreicht, Fußtritt, nächste Ecke, Fußtritt...
»Ich kann das nich mehr sehen«, stammelte Hildchen. »Den Scheißkerl zeigen wir an.«
»Wen willst anzeigen, Hilde, der Kerl tut nichts! Seine Kameraden treten den Hilflosen, nicht der Lackaffe.«
Hilde hielt sich die Augen zu. Der Kleine lag auf dem Boden und wurde von allen Seiten getreten.
»Aufhören, zur Seite«, schrie der SS-Mann mit den blitzenden Tressen. Er zog den Liegenden hoch, trat einige Schritte zurück und nahm Anlauf. Als sein genagelter Schuh die Brust des nun Knienden traf, überschlug der sich rücklings und blieb im gelben Sand des Platzes reglos liegen.
Die Sonne versteckte sich hinter den Bäumen. Um die Flußkrümmung dampfte die Fina. Ihr blechernes Pfeif-

signal hallte wie ein Schrei über die Flußwiesen. Es schreckte die Kinder hoch. Geduckt liefen sie den Weg zurück zum Hof und ließen sich zitternd auf einen Heuhaufen fallen.

Nach dem Abendessen ging Daniel wie jeden Abend ins Franzosenlager, wo er wie seine Kameraden eingeschlossen wurde. Jette Adomeit lag mit ihrem Hannes, den schnurrenden Kater im Schoß, vor dem Stall im Heu. Romeikes saßen auf ihrer Veranda. Marta Romeike strickte wie immer. Gertrud sprach mit Lena und den Kindern über Daniels Wunsch, nach Labiau in eine Gärtnerei zu gehen, als ein langgezogener Schrei vom Strom herüberdrang.
»Das war wohl eine Katze«, meinte Gertrud. Während sie an den Knöpfen des Radios drehte, hörte sie wieder einen Schrei. Sie schickte Hilde nach draußen, um nachzusehen, was es sei.
Nach kurzer Zeit stand Hilde mit angstgeweiteten Augen in der Tür. »Mutti, der Schrei kommt vom Lager am Strom.«
»Komm sofort herein«, befahl Gertrud.
Lotti erzählte nun, was sie am Nachmittag gesehen hatten.
Gertrud sah aus dem Fenster. Weder Romeikes noch Adomeits saßen draußen. »Au, au, meine Hände, meine Hände«, hörte Gertrud es schreien. Voller Verzweiflung setzte sie sich an den Tisch, stützte den Kopf in beide Hände.
Die Kinder saßen schweigend auf der Chaiselongue.
»Komm, Mutti, wir sehen nach, warum jemand so schreit.«

Gertrud zögerte, doch es war fast dunkel, so folgte sie den Kinder wie durch eine Nebelwand. Sie schlichen über die Wiesen zu den Baracken. An einen Pfahl gebunden ein Junge, mit einem Drahtseil seine Hände über Kreuz verzurrt. Abgestorben, schwarz. Still hing er da. Vornübergebeugt.
Zu Hause krochen Lotti und Hilde schnell unter die Bettdecken. Gertrud löschte die Lampe und starrte in die Dunkelheit.
Die guten Jahre, wo waren die guten Jahre, in denen alles stimmte, wortlos alles seine Richtigkeit hatte. Gertrud wußte, was zu eng gefaßt ist, muß zu Ende gehn.

Am anderen Morgen fühlte sie sich wie erschlagen. Das Rheuma plagte sie sogar im Sommer. Die Stimmung, nicht nur bei Schimkats, war sehr gedrückt.
In den Schulen ging es schlimm zu. Keine Lehrer. Täglich zwei Stunden Unterricht. Um so mehr übten auch die Kinder den Alltag im Nationalsozialismus. Sammeln fürs Winterhilfswerk und für die Erholungsheime »Kraft durch Freude«. Sie lernten Lieder von den Fanfaren, die vorwärts schmetterten, und vom Marschieren, auch wenn alles in Scherben fällt. Heute gehört uns Deutschland und morgen die ganze Welt.
»Was singst du da?« fragte Oma, als Hilde sie wieder einmal besuchte.
»Wir singen von der neuen Zeit, Oma. Was ich dir von dem Scheußlichen am Strom erzählte, davon weiß unser Führer nichts. Das sage ich dir, der würde mit den Peinigern aufräumen. Er kann sich auf uns verlassen, Oma. Auf die deutsche Jugend kommt es an, die

trägt die neue Bewegung. Aber davon hast du keine Ahnung, Oma.«
»Nu is aber genug, dumme Merjell. Denn beweg dich man un stopf die Löcher in deinen Strümpfen un mit Halina Rüben für die Schweine holen, aber bißchen flott. Ich keine Ahnung von Bewegung haben«, schimpfte Oma und humpelte ins Haus. Wie sie diesen hergelaufenen Hitler haßte!
Halina Wachowna aus einem kleinen polnischen Dorf war Omas und Opas neue Hilfe. Sie war freundlich und fleißig, die rothaarige Halina. Einen Geliebten hatte sie auch. Neugierig beobachtete Hilde, wenn sie am Abend im Obstgarten an einem Baum lehnten und sich küßten. Oftmals hörte Hilde den Stanislaus leise, aber eindringlich flüstern. Doch Halina sagte immer: »Njet!« Leider war Hildes polnischer Sprachschatz noch sehr klein. Das wollte sie schnellstens ändern, um zu verstehen, was Halina absolut nicht wollte. Hilde beschloß, alles weiter im Auge zu behalten.
Im Moment freute sie sich auf die Fahrt mit Opa nach Kreuzingen. Der spannte den Schimmel und den Rappen an. Sie sollten einkaufen und zur Post, die kleinen Fünfziggrammpäckchen an die Front abschicken. Onkel Albert und Hermann sollten geräucherte Gänsebrust essen. Besonders Onkel Hermann war Hildchens Liebster. Seine Spiele und sein Lachen vermißte sie sehr. Sogar die Lena hatte sich in ihn verknallt. Das tat sie öfter. Hildchen freute sich diebisch, daß Lena nicht sein Typ war.
Sie solle anderweitig ihre Angel auswerfen, schrieb er. Lena tat es. Doch das sollte sehr schlimm ausgehen.

Nachdem Daniel Palleninken verlassen hatte und in Labiau zwischen seinen geliebten Blumen wirken konnte, bemühte sich Gertrud um einen neuen Helfer.
Als die Benachrichtigung eintraf, fuhr Lotti nach Labiau, um den neuen Franzosen abzuholen. Sie tippelte zum Arbeitsamt und trug ihr Anliegen vor. Die Beamtin rief: »René Fortin!« Ein schöner Mann mit schwarzem Haar, braunen Augen und strahlend weißen Zähnen antwortete: »Ier!« Die Frau sagte zu Lotti: »Das ist euer Franzose.«
Lotti lächelte René an, sie ergriff seine Hand und meinte: »Na, denn komm man, René. Ich heiße Lotti. Es wird dir bei uns gefallen, nur arbeiten, das mußt du schon.«
René lächelte, nickte mit dem Kopf und sagte nur: »Oui, oui.«
Gepäck hatte er nicht viel, nur einen Lederbeutel, wie alle Kriegsgefangenen.
Lustig, dachte Lotti, nun fährt der René mit mir, und heute abend schließt der Wachmann die Stube mit den schlafenden Franzosen ab.
Daß René ein schöner Mann war, hatte natürlich auch Lena bemerkt. Neuerdings lief sie mit rotgeschminkten Lippen herum. In Palleninken was ganz Neues. Nur Fremde malten sich an. Die Augenbrauen rasierte Lena schmal, und ihre Wimpern schienen dunkler. Doch die Menschen hatten ihre eigenen Sorgen. Nicht einmal Gertrud nahm Notiz davon. Sie war der Meinung, daß niemand eines der strengsten Verbote, sich mit Ausländern einzulassen, mißachten würde.
Obwohl sie in der Nacht, wenn alles schlief, die Fenster verdunkelte und die Türen fest verriegelte, Ge-

fängnis, Zuchthaus, ja sogar die Todesstrafe riskierte, um Radio London zu hören – das Verbotsschild hing seit Beginn des Krieges drohend an jedem Radioapparat. Jedes Wort glaubte Gertrud, sie mußte es glauben. Kanonenfutter nannten die Engländer deutsche Soldaten. Sorgsam stellte Gertrud mit zitternden Fingern die Skalenanzeige auf den Reichssender Königsberg zurück.
Leise schlich sie aus der Stube und legte sich ins Bett. Der Schlaf wollte nicht kommen. Kanonenfutter, ja, Kanonenfutter, dachte sie.
Palleninken und andere Dörfer waren männerlos. Nur Alte, Kranke und halbe Kinder hielten die sogenannte Heimatfront hoch. Romeikes Jorge, der nun siebzehn Jahre alt war, wurde zum Reichsarbeitsdienst eingezogen. Dieser vormilitärischen Ausbildung entging kein Junge in dem Alter.
Nach einem halben Jahr, der »Spateneinsatz« war beendet, kam Jorge nach Hause. Er schien erwachsen zu sein. Keine neckischen Spielchen, keine kleinen Frotzeleien.
»Na du«, sagte er zu Hilde.
»Na du«, antwortete sie.
Dabei schielte er verlegen nach Hildchens kleinen Brüsten, die sich zart unter dem dünnen Hemd abhoben.
Drei Tage später verließ der sommersprossige Junge, ohne Abschied von den Nachbarn, Palleninken. Mit zitternder Stimme berichtete Marta Romeike, daß Jorge sich freiwillig gemeldet hätte. Er sei sofort ins besetzte Polen zur Partisanenbekämpfung abkommandiert worden.

Ebenso bedrückt waren Gertrud und die Mädchen. Ihr »Spielführer« war Soldat, das mußten sie begreifen.
In der Schule übten sie Aufmärsche und Volkstänze für die Sonnenwendfeier. Alle schleppten trockenes Brennholz zum Sportplatz. Ansprache des Ortsgruppenleiters, des Jugendführers und der BDM-Führerin.
Vielstimmig erklangen im Schein des Feuers: »Flamme empor«, die vom Gebirge bis zum Rhein loderte, Deutschland heiliges Wort und über alles.

Rheinländer kommen ins Dorf

In den Dörfern blühte es in allen Gärten. Doch in den versteinerten Gesichtern unzähliger schwarzgekleideter Frauen spiegelte sich davon nichts wider. Viele, sehr viele trauerten um ihre Angehörigen. Endlose Marschkolonnen auf allen Straßen, die nach Osten führten, verbreiteten Angst.
Im letzten Feldpostbrief schrieb Otto, daß er sich über Ingrids Geburt freue. »Doch Hans wäre mir lieber gewesen«, schrieb er dazu.
Gertrud zeigte keine Enttäuschung, sie wußte, wie sehr Otto sich einen Jungen wünschte. Von ihren Erlebnissen erfuhr er nichts. Es war ja verboten, darüber zu berichten.

Pfingsten war vorüber. An den Türen hingen noch Birkenzweige. Ingrid sollte getauft werden. »Macht es ohne mich, an Urlaub is nich zu denken«, schrieb Otto. Festtagskleider waren gestärkt und gebügelt, der Spazierwagen gewaschen und die Beschläge fein poliert worden.
In Schimkats Haus sangen sie »So nimm denn meine Hände«, und in der Kirche wurde Ottos Jüngste mit Weihwasser besprengt.
Mitten in diese feierliche Zeit platzte die Nachricht wie eine Granate: Hitler hatte Rußland den Krieg erklärt.

Obwohl es jeder ahnte, traf es die Menschen wie ein Fausthieb. Wieder marschierten die Deutschen und überrannten ein Land. Einen Riesen.

Auch hier zu Hause passierte ständig Neues. Marta Romeike berichtete, daß Evakuierte aus dem Rheinland ins Dorf gefahren wurden. »Viele sind Verwandte von Palleninkern.« Hilde und Lotti schlossen Freundschaft mit den Gleichaltrigen. Mit Edelgard verband Hilde vom ersten Augenblick mehr. Sie waren unzertrennlich, in der Schule und danach. Ebenso Karl-Heinz.

Hilde fand ihn prima. »Das bißchen Lispeln un die dünnen Beine werden schon noch«, meinte sie lachend. Genau wie Hilde war er mit Begeisterung in der Hitlerjugend und trug mit Vorliebe die Pimpfkleidung. Am meisten imponierte Hilde sein Verstand.

Lotti ärgerte Hildes Getue. »Mensch, Hilde, du bescheißt dich noch mit dem mageren Rheinländerboofke.«

»Bist bloß neidisch. Deine Freunde sind dagegen doof wie Bohnenstroh«, keifte Hilde zurück.

Er war der absolut Beste in der Klasse, hatten sie doch in den Städten für jedes Fach einen extra Lehrer. In Rechnen war er unschlagbar.

Donnerstag, letzte Stunde Rechenwettbewerb. Hildegard Schimkat durfte für einige Minuten eine Sternstunde erleben.

Die Kleinen unterrichten war schon was. Stellvertretende Jungmädchenführerin auch. Aber alles war nichts gegen diese Minuten. Obwohl sie mit Karl-Heinz in der gleichen Lösungsreihe stand, hatte sie ihn heute geschlagen.

Stolz stand Hilde vor der Klasse, bis jemand »Schummel« sagte. Es wurde mäuschenstill in der Klasse.
»Nein!« schrie Hilde. Sie hätte es besser nicht gesagt. Wieder hörte sie, jetzt lauter: »Schummel.« Nur Hilde wußte, daß sie ohne Hilfe die Beste des heutigen Rechenwettbewerbs geworden war. Von allen beneidet, stand sie immer noch vorn. Bis Karl-Heinz »Wiederholen« sagte.
Hilde sah ihn an. Sie wußte, daß es ihr nicht noch einmal gelingen würde, ihn zu besiegen. Die gierige Meute brüllte: »Wiederholen!«
Hilde schlich auf ihren Platz, ließ den Kopf hängen und weinte. Die meisten, die allermeisten wußten nicht, was es heißt, vorn zu stehen und beklatscht zu werden.
Die Rechnerei begann. Hilde machte nicht mit. Natürlich siegte Karl-Heinz. Fest sah Hilde in sein Gesicht.
Später fragte er, was sie gedacht hatte.
»Das will ich dir sagen. Du rechnest besser und einiges mehr. Aber ich werd's euch schon zeigen. Ich bleibe keine graue Maus. Ich will was werden, was sein. Wie mein Papi. Der is alles, weiß alles un kann alles. Und dann war es gemein von dir, ›Wiederholen‹ zu rufen«, murmelte Hilde.
»Gut, Hildche, sei nicht böse, ich bin doch dein Freund, kann dich gut leiden. Bist ja bißchen dick, aber kann ja noch kommen, gute Figur und so.«
Hilde wehrte ab: »Hör auf mit dem Gesülze.«
»Ich hab mich nun mal in dich verliebt«, antwortete er und faßte nach Hildes Hand. »Gehst mit mir in den Pferdestall?« fragte er.

Hilde wußte, daß Karl-Heinz nicht Pferde sehen wollte, und antwortete: »Mit Jungs, nee!«
»Wie, denn mit Mädchen?«
»Ja, wir haben uns im Pferdestall alles beguckt.«
»Was beguckt?« fragte er neugierig.
»Nuscht für kleine Bengels.«
»Red nicht rum, Hildche, und komm mit. Es tut nicht weh, wirst sehn.«
»Nee, ich kann dich auch leiden, aber so nich.«
»Du bist genauso doof wie Lehmanns Edelgard, die wollte auch nich mitkommen.«
»Wie, die hast du auch gefragt, deine Cousine?«
»Na ja, mit irgendwem muß ich doch anfangen.«
Hilde lachte, daß Karl-Heinz sich die Ohren zuhielt.
Am Abend schenkte er ihr ein selbstgezimmertes Kästchen, in dem zwei weiße Kaninchen hockten. Das hatte Jorge nie getan, dachte Hilde. Sie dankte Karl-Heinz und küßte vor Freude seine Wange.
Am nächsten Morgen wollte Hilde nur noch sterben. Ratten hatten beide Kaninchen totgebissen.

Tage später faßte sie Mut und erzählte ihm von der Tragödie. Nach kurzem Maulen war Karl-Heinz wieder freundlich und Hilde glücklich.
Sie saßen auf der Milchbank vor Schimkats Haus und sangen mit anderen Jugendlichen von der Heide, die dunkelte, und von der Zeche, die bei Dortmund stand. Der Renner war »Lili Marleen«...
Karl-Heinz erzählte von der großen Stadt, die nach dem Endsieg bestimmt schöner und größer aufgebaut würde. »Dann kommst du mich besuchen, ja?«

Hilde wollte abwarten, bis Jorge nach Hause kam. Sie mußte erst wissen, wen sie lieber mochte.
»He, du, du hörst gar nicht hin!«
»Doch, doch, was sagtest du, mich mitnehmen? Ich war noch nie in einer großen Stadt. Einmal Königsberg, mit den Eltern. Wir kommen an, ich verbiester mich, wir suchen und finden uns abends. Schnell zum Zug und aus.«
»Da setzte es bestimmt was?«
»Nee, die waren froh, daß ich wieder auftauchte.« Hilde lachte. »Siehste, Heiniche, so was kann in Palleninken nich passieren. Nu aber muß ich rein. Bringst mich noch?«
Karl-Heinz lauschte. »Da schreit doch wer?«
»Nee, bloß Grillen un Kuhketten.«
Als Hilde ebenfalls einen Schrei hörte, faßten sie sich an den Händen und liefen zu Schimkats. Beide stürmten in die Küche.
Lotti und Adomeits Gerda standen am Herd, Tante Gustchen, die Kochmamsell, saß auf der Fußbank.
»Is was, Lotti? Irgendwer hat geschrien.«
»Sag du es ihr, Lotti. Ich muß los.« Gerda schlug die Tür zu und rannte nach Hause.
»Was is los?« fragte Karl-Heinz.
»Ganz was Schlimmes is passiert, bei Romeikes. Tante Romeike weint und jammert so laut.« Lotti sprach nicht weiter und zog die Nase hoch.
»Nu schnurrgel nich un sprich. Is was mit dem Onkel oder mit den Tieren?«
»Nichts von allem, aber mit Jorge. Jorge is gefallen.« Lotti stand am Herd, sie sah von Karl-Heinz zu Hilde.
»Vor kurzem war der Bürgermeister da.«

»Das glaube ich nich«, zischte Hilde. Sie ging gefährlich langsam auf Lotti zu, umfaßte ihre Arme und schüttelte sie. »Sag, daß das nich wahr is, sag es ganz schnell.«
Lotti blieb kopfnickend stehen.
Karl-Heinz sagte: »Beruhige dich, Hilde.«
»Ach, hau ab. Was machst du hier überhaupt? Verschwinde! Du stehst hier, un Jorge soll tot sein«, flüsterte Hilde. Sie setzte sich auf die Küchenbank und wiegte sich, wie die Omamas, wenn sie Kummer hatten.
Hilde hätte es nie für möglich gehalten, daß einer, wenn er so jung is und viel Späße machte, so da liegen könnte. Wie die Alten im Sarg. Eiskalt un still. So unheimlich still. Un seine Sommersprossen, ob die auch weiß sind jetzt? Niemand würde im Sommer den Spruch sagen, wenn sie zum Strom lief. Un Blaubeern lesen un Ballspielen.
Sie ging zum Waschständer, wusch sich das Gesicht und sagte: »Ich geh rüber.«
»Willst das?« fragte Lotti.
»Ja, ich will. Kommst mit?«
Lotti wollte nicht, und Tante Gustchen sagte: »Geh, Kindche, geh.«

Kuno, Romeikes Hund, lag in seiner Bude. Im Küchenherd war das Feuer ausgegangen.
Zaghaft klopfte Hilde an der Stubentür. Niemand antwortete, sie trat ein. Es war schummrig, die Möbel kaum zu erkennen. Die Tante lag quer übers Bett und jammerte in die Kissen. Daß Hilde ihren Arm berührte, merkte sie nicht.

An dem kleinen Tisch, am Fenster, saß der Onkel. Beide Hände stützten seinen Kopf. Sein grauer Bart war naß geworden. Der derbe Mann streichelte vorsichtig über Hildes Haar. »Mein Schwiegertochterche«, sagte er leise.
Hilde lachte heute nicht wie sonst, wenn er sie so nannte. Er reichte ihr den Brief, der vor ihm lag.
»Für Führer und Vaterland gefallen«, las sie und daß Georg Romeike, für Tapferkeit vor dem Feind, das Eiserne Kreuz verliehen worden war. Auch zum Gefreiten hatten sie ihn befördert. Die Eltern könnten stolz sein, daß ihr Sohn sein Leben auf dem Felde der Ehre geopfert hätte.
»Partisanen haben ihn hinterrücks erschossen, Hildche, un stolze Eltern sind wir auch nich.«
Jorge Romeike wurde achtzehn Jahre alt.

Verratene Liebe

Irgendwie war es beruhigend, daß der Tod auch bei Zivilisten anklopfte und befahl, alles ruhen zu lassen und sich für die große Reise bereitzumachen.
Oma Schimkat war in letzter Zeit recht hinfällig geworden. Sie war der Meinung, daß jetzt ihr großer Wunsch erfüllt werden sollte. Reihum wollte sie ihre Kinder besuchen. Mehrere Wochen sollte die Besuchstour dauern. Sie begann in Elchwerder bei Tochter Auguste.
Kurze Zeit später legte Oma sich ins Bett. Nach einigen Wochen Krankenlager konnte auch Gustchens gute Pflege nicht helfen. Oma starb.
Ihr Wunsch, von Schimkats aus beerdigt zu werden, ging in Erfüllung. Nun lag sie da, weißgekleidet im Spitzenhemd und sehr faltig. Tief gruben sie sich in die welke Haut, die achtzigjährigen Falten. Das stille Gesicht umrahmt von eisgrauem Haar mit Mittelscheitel. Ein Holzkreuz am Kopfende und die Bibel auf einem kleinen Tisch. Eine schöne Leiche war die kleine Oma.
Die Petroleumfunzel leuchtete die ganze Nacht. Ihr Blaken warf Omas Nase hüpfend an die Wand.
Der Spiegel zugehängt, wie es Sitte war an Omas letztem Abend, dem Wachabend.
Die Nachbarn kamen und setzten sich um den offenen

Sarg. Vorn saßen ihre Kinder und die Enkel. Alle falteten die Hände. Zwischen den Lippen das Vaterunser und »Wo findet die Seele die Heimat, die Ruh«.
Später nebenan gedeckte Tische. Fladen und Streusel, Kaffee und lautes Reden. Um Tisch, Vertiko und Stühle ging es und grünes Krimmertuch – wer es mal bekommen sollte. Was für ein Spektakel.
Oma blieb derweil still und feierlich.
Am nächsten Tag aussingen und beten. Dickes Tuch als Stütze um den Kopf der Oma.
Deckel drauf, die Pferde zogen den hergerichteten Helwagen mit befestigtem Sarg wie auf einer Lafette vom Hof zum Fähranleger.
Die Fähre, fein säuberlich gefegt, mit Wasser abgesprengt und von Gustav, würdevoll in dunklem Hemd und mit sorgfältig gezogenem Scheitel, über den Strom gezogen.
Auf dem Kirchhof in Langendorf, an der Kuhle, Deckel ab, das schützende Tuch entfernt und mit Stimme weinen. Vielfaches »Mutterke, Mutterke, Mutterke«.
Die Enkel wollten auch. Knieten hinter bunten Kränzen, klagten und jammerten. Doch die Tränen blieben in ihren Säckchen.
Feierliches Zuschaufeln. Die verklumpte, feuchte Erde polterte auf die Sargbretter.
Erschrick nicht, liebe Oma. Und ruhe sanft von der Mühsal deiner vielen Lebensjahre, und »Ruhe sanft« mit schwarzer Tinte gemalt auf Papierschleifen.
Später jammerte Lena: »Was tue ich jetzt? Lieber Gott, was hast du mir angetan. Du weißt nicht, was du mir genommen hast. Mir und meinem Kind.«

Sie lebte weiter in Omas Wohnung – die Möbel ließen die Erben drin stehen. Auch sonst half jeder, wo er konnte.
Sehr viel Trost und Hilfe kam von Gertrud. Gerhardche und Lena gehörten zur Familie. Lena werkelte den ganzen Tag in Haus und Hof.
René kümmerte sich rührend um die unglückliche junge Frau. Tante Adomeit machte Gertrud darauf aufmerksam. »Bißche oft stehen beide zusammen. Paß bloß auf, Trudche, sonst hast wieder Ärger.«
»Gut, Jette, daß du es mir sagst. Machen kann ich nuscht, aber warnen will ich sie. Jetzt, nach Mutters Tod, is sie so allein, da passiert viel.«
Schon am nächsten Tag traf es sich, daß sie Lena mit René ziemlich vertraut zusammenstehen sah. Sie wartete, bis er ging, und rief Lena beiseite. »Lenchen, mir is da was aufgefallen«, sagte sie mit ernster Miene, »un nich nur mir. Hast du etwas mit René?«
»Tante Schimkat!« empörte sich Lena. »Wie kannst du so etwas denken? Hörst du kein Radio, liest du keine Zeitung?«
»Was soll das, Lena, Radio, Zeitung? Ich sehe nur, was ich sehe, und ich möchte dich warnen.«
»Tante, es is doch strengstens verboten mit Gefangenen, na du weißt schon! Un denn auch noch Franzosen, diese Weichlinge un Faulenzer. Unzuverlässig sollen sie sein. Nei, Tante, das wäre doch die reinste Blutschande.«
»Na, na, Lenche, werf den René man nich so weit weg. Daß er gut aussieht, auch ein sehr netter, liebenswürdiger Mensch ist, hast doch wohl gleich bemerkt. Es ist nur streng verboten, weil die Franzosen im Moment

unsere Feinde sind. Lena, ich habe einfach Angst, du weißt, wie man auf uns achtet. Ich möchte den René nicht verlieren, auch von dir möchte ich Schaden abwenden.«
Gertrud sah, was sie sah, und sie hatte mitten ins Schwarze getroffen. René und Lena waren seit seiner Ankunft in Palleninken ein Liebespaar. Verbote, auch wenn sie noch so streng waren, störten sie nicht. Wiederholt verabredeten sie sich zu heimlichen Rendezvous, bei denen sie glücklich waren und den Wahnsinn, Verbote, Krieg und Gefangenschaft vergaßen.
Sie sollten es teuer bezahlen, das heimlich gestohlene Glück im Hitlerdeutschland.

Ein lauer Frühlingsabend. Lena hatte sich, trotz der Trauer um die geliebte Oma, besonders hübsch gemacht. Lippen rot geschminkt und die Augenbrauen mit abgebrannten Streichhölzern nachgezogen. Viel Zeit war verstrichen, bis sie mit ihrem Werk zufrieden war. Die kleine Wohnung blitzte. Es duftete nach Uralt-Lavendel und Bohnenkaffee.
Den Luxus konnte sich nicht jeder leisten. Gern hätte Lena Tante Schimkat etwas abgegeben, nur, wo sollte sie ihn herhaben? Daß René sie mit einigen Luxusartikeln versorgte, mußte streng geheim bleiben.
Nun wartete sie. Leise, ganz leise hörte sie das verabredete Klopfzeichen. Lena drehte den Lampendocht herunter und öffnete.
Ein kaum wahrnehmbarer Schatten huschte ins Haus. Sorgfältig verriegelte Lena die Tür und flog ihrem Geliebten in die Arme.
»Daß du da bist, René. Ich habe mich so sehr nach dir

gesehnt. Ich liebe dich. Nur, wir müssen sehr vorsichtig sein.«
René hielt sie von sich. Er drehte die Flamme der Lampe etwas höher, sah sie an und sagte: »Bist du schön, Lena.«
»Ich habe sehr viel Zeit gebraucht. Richtige Schminkartikel gibt es bei uns nicht.«
»Warum nischt?«
»Erstens haben wir einige Jahre Krieg, un zweitens is das alles Firlefanz. Drittens hat eine deutsche Frau so etwas nicht nötig«, äffte sie den Tonfall der Arbeitsmaidenführerin nach.
René küßte ihre Augenlider und die roten Lippen. Er verzog das Gesicht. Lenas Herzmund schmeckte bitter, nach Seidenpapier.
René lächelte Lena gleich wieder liebevoll an. Zärtlich streichelte er über ihr Haar. Er empfand eine so tiefe Liebe für Lena, die ihn erschreckte.
Nach dem Kaffeegenuß pustete Lena die Lampe aus. Obwohl die Fenster sorgfältig verdunkelt waren.
In leidenschaftlicher Umarmung lagen beide in Lenas breitem Eichenbett. Sie verstand die geflüsterten Worte nicht, doch sie spürte, daß er von Liebe sprach.
»Französisch lieben is schön, ja, Lena.«
»Ja, René, ja«, flüsterte sie, und sie gab sich ihm immer wieder hin.
Manchmal schämte Lena sich, daß sie trotz des Elends und der großen Sorgen der Mütter, Frauen und Bräute so glücklich sein durfte. Denn ohne den Krieg gäbe es für sie keinen René und keine Nächte wie diese.
Erschöpft kuschelte sie sich an ihn. Lena genoß die

Stunden mit René. Möge es nie zu Ende gehen, dachte sie.
Still lagen sie nebeneinander. Der Rausch war vorbei. Sie genossen das gute Gefühl danach.
»René, wenn der Krieg zu Ende is, fährst du dann einfach weg?«
»Erst isch allein, später du kommst nach.«
Ungläubig fragte sie ihn, ob er sie wirklich haben wollte.
»Lena, isch lieben disch. Du später mein Frau, basta.«
Sie war überglücklich, als sie die Worte hörte, sozusagen einen Heiratsantrag bekam.
Wieder schmiegten sie sich aneinander, als sie ein Geräusch hörten. Unverkennbar, es klopfte jemand an die Haustür.
Eisiger Schreck durchfuhr sie. Angst kroch in ihnen hoch. Beide sprangen voller Entsetzen aus dem Bett, unfähig zu sprechen.
Das Klopfen wiederholte sich, nun laut und forsch.
»Fräulein Bendix, bitte öffnen Sie!«
»René!« schrie die zitternde Lena. Er hielt ihr den Mund zu. Sie hatte die Stimme des Dorfpolizisten erkannt. In Panik suchte René einen Ausweg, dieser Falle zu entkommen. Nirgendwo ein zweiter Ausgang. Das Fenster, ja, das Fenster.
Da rief der Polizist, als könne er Gedanken lesen: »Die Fenster sind bewacht, bitte öffnen Sie schnell!«
Renés Angst war verflogen. Nun mußte er sich selber helfen. Sich und seiner Liebsten. Angestrengt dachte er nach. Während Lena wie in einem Schock mit abwesendem Blick auf der Bettkante saß, zog René sich in

aller Eile an. »Nischt aufmachen«, flüsterte er, während er den Lampendocht anzündete.
Es nützte alles nichts. Die schweren Knobelbecher traten gegen die Tür. Das morsche Holz der Türfüllung gab nach und flog in die kleine Küche. Die Staatsgewalt trat ins Zimmer. Lena saß auf der Bettkante und jammerte. René holte der Polizist unterm Tisch hervor. Bis auf den Pullover hatte er sich angezogen.
Lena durfte in ihrer Wohnung bleiben. Gertrud bürgte für sie.
René wurde abgeführt. Die Wirklichkeit war eingekehrt, der Liebeszauber verflogen. Wo sie konnte, half Gertrud. Und sie schimpfte mit Lena über diesen Leichtsinn.
»Tante«, sagte Lena, die weinend vor ihr stand, »was nun kommt, weiß ich nich. Ebenso weiß ich nich, was mit René geschieht.« Wir wußten beide, daß das Eis dünn ist. Irgendwo las ich den Satz, an den ich jetzt immer denken muß: »Sie sind in Liebe gefallen.«
Gertrud umarmte Lena und verließ die Stube.

In den folgenden Wochen vergaß sie alle Vorsätze, sich um nichts zu kümmern. Sie schrieb Briefe an René, die dessen Freund Leo übersetzte, damit die Aussagen der beiden »Entgleisten«, wie Tante Wittkuhn René und Lena nannte, gleich waren.
Lotti und Hilde radelten nach Elchwerder, um die Kassiber heimlich ins »Spritzenhaus«, wo René vorläufig eingesperrt worden war, zu schmuggeln.
Einige Tage danach wurde Lena Bendix verhaftet. Selbst Gertruds Einsatz nützte nichts. Lena wurde zu einer Gefängnisstrafe von einem Jahr verurteilt. Sie

mußte die Strafe sofort in der Königsberger Strafanstalt antreten: Allmorgendlich im Gleichschritt mit Gesang in eine Rüstungsfabrik.
Gerhard wurde bei einer Verwandten der Bendix untergebracht.

Neun Monate später kehrte Lena nach Palleninken zurück. Bis zum heutigen Tag spürt Hilde die Verlassenheit und die tiefe Trauer, die Lena umgaben, als sie ihr zum erstenmal nach dem Kalusaufenthalt begegnete. In den schwarzen Kleidern mit Hut stach das bleiche Gesicht hervor. Die kleine Frau preßte ihren Körper gegen die Wand, als wolle er sagen: Bitte, tut mir nichts.
Sie verließ mit ihrem Kind das Dorf und ging als Hausmädchen zu einer betagten Dame nach Labiau.
René, so berichtete sein Freund Leo, sei aus Angst, in ein Arbeitslager eingewiesen zu werden, geflohen.

Veränderungen

Weder Rußlands Ströme noch die unübersehbaren Sümpfe konnten den Siegesmarsch aufhalten. Am Jahresende standen die deutschen Soldaten vor Moskau. 1942 stürmten sie weiter, bis in den Kaukasus und nach Stalingrad. Auch in Afrika ging's voran.
Die meisten waren hell begeistert. Was machte es, wenn von Rationierung geredet wurde, Lebensmittelkarten ausgegeben werden sollten. »Für unser größer und größer werdendes Deutschland lohnt es sich, den Gürtel enger zu schnallen«, plapperten sie. Auf dem Lande hungerte niemand.
Die Sondermeldungen überschlugen sich. Marschmusik dröhnte aus dem Radio, daß der Sperrholzkasten zu platzen drohte.
Hilde trug stolz ihre Kluft durch Palleninkens Straßen. Gerade gehen, dachte sie. Brust raus, Bauch rein.
»Wenn du dich sehen würdest«, rief Lotti, »wackelst mit dem Arsch wie ein Achtzigtalerpferd.«
Hilde verschlug es die Stimme. Zunge rausstrecken war die einzig wahre Antwort. Sie grüßte jeden mit erhobenem Arm »Heil Hitler«. Einige antworteten mit einer Andeutung des Deutschen Grußes, andere sagten: »Is gut, is gut, Hildche.« Die lernten es nie.
Bei den Schulausflügen sammelten die Schüler »Kräu-

ter der Heimat«, wie der Lehrer sagte. Schafgarbe, Kamille, Sonnentau und so sollten die Wunden der Frontsoldaten heilen. Und Handschuhe, Berge von Handschuhen stapelten sich in Schimkats kleiner Stube. Der Leinensack mit der Aufschrift »Ein Volk hilft sich selbst« würde nicht ausreichen, um sie alle unterzubringen. Faust- und Fingerhandschuhe, ebenso die bewährten Karschinis wurden in Rußlands Weiten dringend gebraucht. »Wünsche für siegreiche Schlachten und gesunde Heimkehr sind zwischen den Maschen eingestrickt worden«, salbaderte eine von der Frauenschaft.

Hilde heimste große Belobigungen ein, wenn sie die wertvollen Säcke auf dem Bann in Labiau ablieferte. Gertrud sah dem allen mit Mißtrauen zu.

Neuerdings erzählte Hilde, daß sie von der BDM-Leiterin zu einem Führerin-Lehrgang vorgeschlagen wurde. »Mutti, ich habe das Zeug dazu, meinte die von den Großen.«

Als Hilde Gertruds abweisendes Gesicht sah, beeilte sie sich zu sagen: »Beginnt später, der Kursus, Mutti, viel später.«

Bis dahin würde sie Mutti schon rumkriegen.

Wochenlang waren Schimkats ohne Nachricht von Otto. Die Schlaumeier im Dorf wußten zu berichten, daß es im Moment der Siege unmöglich sei, Briefe zu befördern oder Urlaub zu bekommen. Vielleicht wollten sie nur vertrösten.

Jedenfalls zitterten Gertruds Hände wie Espenlaub, als sie das Telegramm aufriß. »Kinder, kommt schnell! In einer Stunde holen wir Papi ab.«

Allen Unken zum Trotz kam Otto nach Hause. Gertrud spannte an. Hilfe hatte sie im Moment keine.
Pünktlich lief der Zug ein. Sie hatte ihren Rußlandkämpfer wieder. Über ein Jahr hatten sie auf diesen Augenblick gewartet. Es gab viel zu erzählen, aber sie schwiegen.
Zu Hause angekommen, zeigte Gertrud auf Ottos Rockkragen, den die silberne Tresse eines Unteroffiziers zierte. »Gratuliere!«
Otto machte eine abwertende Handbewegung und sagte nur: »Ah geh, unwichtig.«
Gertrud staunte. Dieses Mal kam er ohne Kriegsbeute. Er reichte ihr zwei handgeschnitzte bemalte Holzlöffel. »Die hat mir ein alter Mann geschenkt, der sich freute, daß ich mit ihm russisch sprach un dafür sorgte, daß Kameraden nicht seine letzten Hühner abschlachteten«, sagte Otto.
Nichts war von der Begeisterung übriggeblieben, als er aus Frankreich auf Urlaub kam. Müde, unglaublich müde war der Unteroffizier der siegreichen deutschen Wehrmacht.
Gertrud freute sich, nach all der Angst, besonders auf diesen Urlaub. Seit langem verwahrte sie eine Flasche guten Cognac und eine mit selbstgebrauten Meschkinis. War nicht einfach, an hochprozentigen Alkohol zu kommen.
Ein zartes rosafarbenes Charmeusenachthemd lag auf dem weißbezogenen Bett. »Himmel, is das schön zu Hause.«
Gertrud schenkte die Gläser voll. Sie prosteten sich zu. Otto verlangte noch eines und noch eines.
»Nich so hastig, Otto«, bat sie.

Er aber setzte die Flasche an den Hals und trank gierig.
»Nu besäufst du dich, un ich hatte es mir so schön gedacht«, flüsterte Gertrud.
»Is das einzige, um das auszuhalten, sich besaufen.«
Wieder trank Otto einen Schluck. »Wenn du das damals von Berlin nich erzählt hättest, wüßte ich nich, was mit den Kindern passiert.«
»Von welchen Kindern redest du, bist wohl schon ganz blau!«
»Wenn ich das man wäre. Keine Ahnung, wo die Kinder herkamen? Polen, Juden, Zigeuner, auch deutsche oder russische Kinder. Ich weiß es nich. Wie Schlachtkälber. Ganze Waggons voll. Waren höchstens sechs, sieben Jahre alt. Konntest nich schätzen die greisenhaften Gesichter mit riesigen Augen. Verhungert, verdreckt.«
»Wo, Otto, wo hast du sie gesehen?«
»Gestern, unterwegs auf irgendeinem Bahnhof stand der Zug auf einem Abstellgleis.«
Gertrud fand keine Worte. Otto schluchzte in das spitzenbesetzte Paradekissen. Sie ahnte nicht, wie krank Otto war, er und seine Seele. Die Toten in Polen, Frankreich, Rußland und jetzt der Anblick der hungernden Kinder hatten Otto verändert, zugeschüttet, alles versiegen lassen. Freude, Liebe und Gefühle. Er war fix und fertig, schon lange. Der Cognac und Gertruds Wärme ließen ihn ruhig werden. Er schlief ein.
Nach zwölf Stunden erwachte Otto wie aus einem bösen Traum. Er versprach Gertrud, in den nächsten vierzehn Tagen nur sie und die Kinder in den Mittelpunkt zu stellen. Außerdem war er glücklich über sein wunderschö-

nes Baby Ingrid, das inzwischen schon krabbeln konnte und ihn nach zwei Tagen anlachte.

Sein erster Weg war die Schmiede, in der, wie er feststellte, immer weniger Werkzeuge zu finden waren.

Wo war die Freude über den Bau geblieben? Der Stolz auf das, was sie geschaffen hatten. Für die Verhältnisse auf dem Moosbruch waren sie wohlhabende Leute gewesen. In Gedanken sah er die Brücke sich über den Timberfluß spannen. Den hohen Deich gegen das Wasser. »Doch er macht weiter Krieg.« Otto sah keinen Sinn für den Wahnsinn in Rußland. Er fürchtete das Ende, hoffte aber, daß Hitler unterging.

Ein Besuch bei Nachbar Wittkuhn machte ihn noch nachdenklicher. »Otto, es wird fürchterlich sein, das Ende. Einen Winter habt ihr ausgehalten, aber laß man diesen kommen, nich wahr.«

»Nich so laut mit deinen Äußerungen, wirst gleich standrechtlich erschossen, wenn das einer hört, August.«

»Ach, is doch wahr. Keiner sagt einen Mucks vor Angst. Was is das für ein Leben. Deine Trude kennst kaum wieder, so in sich gekehrt is die.«

»Du hast gut reden, August, hast dich immer totgestellt. Bist auch zu alt, aber deine Jungs, der Heinz un Kurt, wenn die aus dem Schlamassel heil rauskommen, was werden sie tun? Mitmachen? Oder immer Angst haben, jeden Morgen, wenn es an die Tür klopft? Deine und meine Partei, die rühren sich nich mehr, alles wählt Liste 1, die NSDAP.«

Wittkuhn flüsterte: »Das is bald vorbei. Wir verlieren den Krieg, und die Hitlerherrlichkeit is zu Ende, nich wahr.«

Damit sollte Onkel Wittkuhn recht behalten. Aber er ahnte nicht, daß er seine Söhne nie wiedersehen sollte. Er verhungerte und wurde auf einer Wiese bei Gumbinnen verscharrt.

Otto Schimkat nahm schweren Herzens Abschied von seinen Lieben. Er sollte sie nach Jahren in fremder Umgebung wiederfinden.

Und der Krieg geht weiter

Lotti und Hilde Schimkat schlossen mit sämtlichen Nationalitäten in Wilhelmsbruch und Palleninken Freundschaft. Janina und Siegmund, Bronek und Halina waren ebenso ihre Freunde wie die französischen Kriegsgefangenen. Der Litauer Stanek, der jetzt nach René bei Schimkats nach dem Rechten sah, verstand es mit seiner väterlichen Art, das Vertrauen der Kinder zu gewinnen. Nur dieses Litauern mit Mutti, das wollten sie den beiden noch abgewöhnen. Die Polen warnten sie, wenn der Gendarm durchs Dorf schlich, wegen der Sperrstunde. Die Franzmänner versorgten sie mit Tiegeln und Töpfen, wenn sie sich was Französisches kochen wollten. Nach den Froschschenkeln durften sie die Geräte behalten. Danach darin anständiges Essen kochen – unmöglich.
Auch wenn die Gefangenen Feinde sind, müssen wir sie menschlich behandeln, war ihre Meinung. Trotzdem war Hilde mit Leib und Seele in der Hitlerjugend.
Neuerdings ging es Gertrud, trotz böser Nachrichten, wieder besser. Das kleine Lager am Strom war geräumt worden. Ob die Unglücklichen sich wohler fühlten, frei waren? Hier, vor ihren Augen, wurde nicht mehr geschlagen.

Die Kinder waren gesund. Ingrid, die kleine Puppi, gedieh prächtig. Doch im Moment drehte sich alles um Lotti. Die sollte eingesegnet werden.
Bei Schimkats wurde »So nimm denn meine Hände« gesungen. In der Kirche knieten die Konfirmanden. Lotti in Dunkelblau mit gesmokter Passe und schwarzen Schleifen in den dicken Zöpfen. Die Gemeinde erhob sich und nahm den Mund voll: »Großer Gott wir loben Dich.«
Die heimfahrenden Spazierwagen glichen einer Prozession. Zu Hause Gratulationen fürs »Freilein« und reichlich Geschenke. Aber noch mehr gab es zu essen. Auch für wärmende Getränke hatte Gertrud – wer weiß woher – gesorgt.
Zwei Tage dauerte die heitere Einsegnungsstimmung, hielt das trügerische Gefühl, als sei Frieden.
Um die Vesperzeit stürmte Gunda Daudert in Schimkats Küche. Wie ein Stein fiel sie auf die Bank vor dem Fenster. »Dieser Verbrecher will alle vernichten. Alle, keiner wird nach Hause kommen. Trude, mein kleiner Bruder is tot, er is gefallen. Nun auch der. Mutter wird noch verrückt. Nun alle beide«, schrie sie.
»Gunda, komm zu dir. Bitte nich so laut, denk an deine Kinder.«
Keine Spur von stolzer Trauer bei Gunda.
»Trude, wie soll ich damit leben, daß durch meine Schuld der Pole bestraft wurde. Vielleicht is er auch tot. Wofür?«
Gertrud war hilflos. Sie kannte Gunda bisher nur kraftvoll und beherrscht. Der Glaube an die Partei, ihren Führer und an den Endsieg machte sie stark. Nun saß die Frau da, total aufgelöst: »Er läßt sie alle abschlach-

ten. Ich glaube nun auch nich mehr an das große Reich, ich gehe aus der Partei.«
»Das wird nich leicht sein, bestimmt nich leicht. Hast soviel mitgemacht mit denen, nu mußt sicherlich weiter. Die lassen dich nich gehen, Kind.«
Gertrud wußte, wenn der große Schmerz vorüber ist, schreit Gunda »Heil!«.

Bedrückt verließ Gunda Gertrud. Die knipste das Radio an und drehte an den Knöpfen. Gespannt hörte sie das Don-don-don, don-don-don von Radio London. »Achtung, deutsche Frauen!« Von sinnlosem Blutvergießen und daß Deutschland ein einziges Massengrab sein werde, war die Rede.
»Mutti, glaubst du das Gefasel?« Hilde stand in der Stube.
Gertrud suchte nach Worten: »Ich wollte noch Musik hören. Aus Versehen geriet ich an den Feindsender.«
»Ich weiß, ich weiß, Mutti. Gute Nacht.«
Wie ein ertapptes Kind drehte Gertrud den Knopf auf den Reichssender Königsberg und Landessender Danzig.
Unlängst hatte sich bewahrheitet, was London meldete. Die 6. Armee war im Stalingrader Kessel vernichtet worden. Tausende junger Menschen abgeschlachtet und erfroren, verhungert und verfault.
Lange bevor sie es zugaben, wußte Gertrud, daß Stalingrad verloren war, daß Angehörige sinnlos warteten. So wie Tante Schipporeit auf ihre beiden Söhne.
Goebbels brüllte seine Durchhalteparolen in die Mikrophone: »Nun, Volk, steh auf, Sturm, brich los« oder »Wenn auch Mauern brechen, unsere Herzen nicht!«

Als ob es nicht von allen Seiten stürmte und brach.
Nach allem Übel an diesem Abend fühlte Gertrud sich
wie gerädert. Spät pustete sie die Lampe aus. Tags
drauf wollte sie zu den Eltern fahren.
Nachdem in Stall und Haus alles beschickt worden war,
spannte Stanek den Fuchs an. Es war noch kalt, aber
die Sonne machte schon Versprechungen. Gegen Mittag, Klärchen hielt Wort, stoppte der Braune schweißnaß vor Opas Haustür.
Opa und Oma waren beides zugleich, glücklich und
traurig. Albert hatte, auch zu Gertruds und Hildchens
Freude, eine Woche Fronturlaub.
Aber sie bangten um Emil, der natürlich auch in irgendeinem Schützengraben herumkroch und versuchte, am
Leben zu bleiben. Sein Akkordeon brauchte nie eine
schwarze Schleife.
Gertrud und Hilde erfuhren, daß der Bürgermeister
durch die Waldabkürzung wieder zu Onkel Ede geradelt war. Nach Gustavche, Willy und Schwiegersohn
Hans war dicke Tantes Fritzche neunzehnjährig den
Heldentod gestorben.
Gertrud rannte aus der Stube, Albert folgte ihr.
Hilde weinte. »Omama, das kann nicht wahr sein!«
Die nickte nur und kämpfte mit einem Asthmaanfall.
Später, am Mittagstisch, sagte Albert: »Trude, eins sag
ich euch, schlachtet und räuchert. Fangt früh damit an.
Es geht nur noch rückwärts.«
»Meinst, wir müßten flüchten?« Zum erstenmal fiel
das schlimme Wort.
»Was sagst du, Onkel Albert! Und die Wunderwaffe,
die kommt bestimmt!«

»Hildchen, is gut. Wer kennt den Gott, der Eisen wachsen ließ? Ich nich. Und mit Knüppel können wir den Iwan weder aufhalten noch zurückschlagen.«
»Du, du, sei bloß still. Bist als Garnisonssoldat immer noch Obergefreiter, warum nich wenigstens Unteroffizier oder mehr? Wo is dein Mut?«
»Ja, meine Kleine, darum lebe ich noch. Weil mein Mut längst hin is, wie fast alle mutigen Kameraden. Jeder Stein, jeder kleinste Hügel ist meine Deckung. Meine Krankheit genügt mir. Jahrelang feuchte Kleider, oft nichts zum Beißen, das konnte meine Leber nicht vertragen. Auch meine ständigen Ischiasschmerzen retteten mich nicht vor den vordersten Linien. So beschloß ich zu überleben. Solche werden nicht befördert, nur Helden. Ich bin keiner.«
Hilde traute sich nicht dagegenzureden.

Zwei Tage blieben Gertrud und Hilde bei Oma und Opa. Zum Abschied umarmten sich die Geschwister wortlos. Zu Hilde sagte Onkel Albert:
»Weißt ja, Kaschulle, ich bin nur ein armer Wandergesell.« Leise sangen beide »Gute Nacht, liebes Mädel, gut Nacht.«
Von der Auffahrt rief Hilde: »Komm wieder, Onkel Albert!«
Albert Kallweit kam wieder mit gelber Haut und kranker Leber. Die gab ihren Dienst auf, als er fünfundvierzig Jahre alt war.
Auf dem Heimweg kehrte Gertrud bei Onkel Ede ein. Weder Gertrud noch Hilde wurden wie sonst empfangen. Im Küchenherd war die Asche kalt. Tagelang kein warmes Essen. Heute kochte Gertrud. Alfred, Onkel

Edes Jüngster, langte zu. Widerwillig stocherten die Frauen in dem Eintopf herum. Onkel Ede starrte auf den leeren Teller.
Es war, als wären die Uhren auf dem Kallweitschen Hof stehengeblieben. Nachbarn fütterten die Tiere und melkten die Kühe.
Hilde wollte bleiben. Gertrud erlaubte es und fuhr allein nach Palleninken.
Hilde machte Frühstück und putzte, wusch das Geschirr und die Milchkannen. Onkel Ede lobte, auch Meta. Nur dicke Tante schlich mit zusammengepreßten Lippen durch das leere neue Haus.
Am nächsten Vormittag hielt Opas Fuhrwerk vor Onkel Edes Haus. Hilde freute sich und tätschelte den Rappen und den Schimmel. Sie gingen schweigend ins Haus. Die Brüder sprachen kein Wort, reichten sich nur die Hände.
»Schwägerin«, fing Opa an, »Mine läßt grüßen, wir wissen nichts zu sagen. Fritzche auch!« Er schüttelte den Kopf. »Aber nu, nu auch bei uns. Ein Brief mit der Post. Aber auch schlimm. Hermann. Geschrieben stand, Hermannche is von einem Spähtrupp nich zurückgekehrt. Vermißt.«
In die Stille sagte Onkel Ede: »Denn is er auch hin, Bruder.«
Dicke Tante preßte die Lippen noch fester. Meta griff mit leerem Augenausdruck nach Onkel Davids Hand.
Hilde lief schon, was ihre kurzen Beine hergaben, durch den Waldweg, der kein Ende nehmen wollte. »Onkel Hermann vermißt. Onkel Hermann tot!« rief sie in den Wald. Nur das Echo antwortete. Hilde

drückte die Hände auf die Ohren und rannte über den Hof, schmiß sich gegen die Haustür.
Oma kniete vor ihrer Bank und betete. Schwerfällig richtete sie sich auf. Ihre Lippen bebten. Sie sagte nichts und verkroch sich in ihre Schlafstube. Oma hustete, und es hörte sich wie Schreien an.
Halina kam über den Hof gelaufen. »Ich weiß, Oma viel Schmerz wegen Chermann. Arme Oma, is so gute Frau.«
»Ich bleib hier, bis Mutti mich holt. Ich will bei euch sein, Halina. Onkel Ede wird es verstehen.«
Halina schälte Kartoffeln und sagte: »Ich koche gutes Essen, dann alles bißche besser.«
Es war Hilde peinlich zuzugeben, daß sie trotz allem Hunger hatte.

Am Nachmittag saßen Halina und Hilde hinterm Haus im Garten. Opa werkelte bei den Tieren, und Oma saß mit gefalteten Händen auf der Bank. Ein Wachmann führte einen Trupp Gefangener wie oft so auch heute an Opas Hof vorbei. In dem kleinen Lager hinterm Wald wurde nicht geprügelt. Der Wachmann grüßte Opa: »Tachje, Nachbar, gibt es schon Pilze?«
»Bißche früh«, rief Opa zurück.
»Wollten unseren Küchenplan aufbessern.« Er zeigte auf den Haufen kahlgeschorener Männer, deren Sträflingsanzüge nur so schlotterten.
Während die Männer noch redeten, sahen die Mädchen zu den Gefangenen. »Das sind Polen, Halina.« Hilde hatte das »P« an den Jacken entdeckt.
Halina richtete sich auf. Sie sah zu den kahlen Köpfen

herüber. Plötzlich weiteten sich ihre Augen. Wie immer, wenn sie aufgeregt war, redete sie polnisch. Sie zeigte auf einen, der in der letzten Reihe stand. »Childe, da, mein Bruder, richtiger Bruder«, und sie lief zur Straße, daß ihre roten Haare wie eine Lohe flatterten. Ein junger Mann, dessen Augen in tiefen Höhlen lagen, löste sich von dem Trupp. Er hatte seine Schwester erkannt. Von Stund an hungerte Halinas Bruder nicht mehr, solange er in Wilhelmsbruch war.

Kurz bevor die Ferien zu Ende gingen, fuhr Gertrud mit Fuchs und Marktwagen über Opas Hof und hielt vor der Scheune. Hildes Freude war groß. Sie lief Gertrud entgegen.
»Na, Hildike, wie geht es dir?«
»Gut, Mutti, aber von Onkel Hermann is keine Nachricht gekommen. Oma un Opa warten jeden Tag.«
Gertrud ging schweigend ins Haus. Die Freude der Alten über Gertruds Besuch war groß, obwohl die Sorgen um Hermann sie fast erdrückten. Während sie alle schweigend um den Tisch saßen, erzählte Gertrud: »In Tilsit im Lazarett liegt Nachbars Arthurche. Beide Beine abgeschossen.«
Opa legte den Löffel auf den Tisch. »Lieber soll Hermannche tot sein, als irgendwo ohne Beine oder Arme liegen«, meinte er, stand auf und verließ die Küche. Mit schleppenden Schritten schlich er über den Hof zu seinen Tieren.
Tags drauf packte Hilde ihre Kleider in ihren kleinen Reisekoffer. Gertrud und Hilde kletterten auf den Marktwagen und wickelten sich in Wolldecken.
Opa hatte den Fuchs angespannt.

Lange fuhren sie schweigsam über die feste Schotterstraße. Alles war ruhig und still. So als gäbe es keinen Krieg, keine Bomben und keine Toten.
»Wir fahren heute noch bei Tante Meta Nasner und Lore vorbei, Hildche.«
»Gut, Mutti, erst mal mußt halten. Ich muß mal.«
Hilde lief in den Wald. Auch Gertrud kletterte vom Wagen.
Nach der kleinen Pause ging's dann weiter. Der Fuchs trabte los. Die Sonne stand schon ziemlich tief, als sie um die Kaffeezeit vor Nasners Haustür hielten. Meta und Lore empfingen den Besuch mit großem Hallo. Nach kurzer Zeit duftete der Kaffee, und die schnell angeteigten Kroffen wurden auf dem Backbrett größer und größer. In Schmalz gebacken schmeckten sie köstlich.
»Ich bin schon wieder so müde«, sagte Lore beim Essen.
»Faul bist du. Sieh bloß die flinke Hilde an. Ruck zuck hat die den Fuchs abgeschirrt und den Tisch gedeckt. Und du, nur lesen und müde sein.«
»Meta«, sagte Gertrud, »vielleicht is sie krank.«
»Faulkrank wohl. Aber das hört auf. Wir fahren noch heute abend zum Doktor.«
Hilde stand in der Tür und rief: »Kommst raus, Lore?«
Sie gingen beide zu Rollos Bude, banden ihn los und liefen über die Wiesen zur Laukne. Nur Lores Husten störte manchmal. Heute wollte er gar nicht aufhören.
Die Mädchen mußten zurück ins Haus, wo Lore gleich einen Löffel Hustensaft schluckte.

Danach wurde angespannt. Gertrud begleitete Meta und Lore zum Doktor. Hilde wusch die Tassen ab.
Einige Zeit später flog die Tür auf. Lachend stürmte Lore in die Küche: »Schwester Hilde, würden Sie mir mein Bett richten. Ich muß mich hinlegen, hat der Doktor gesagt.«
Lore lachte spitzbübisch, weil sie ins Bett durfte. »Endlich so viel lesen, wie ich will.«
Gertrud fuhr allein nach Palleninken. Hilde blieb eine Woche bei Nasners. Sie war eine gute Krankenschwester.
Lore Nasner hat das Bett nie mehr verlassen. Auch Sanatorienaufenthalte waren nutzlos. Am Ende holte Tante Meta sie nach Hause. Lore starb am 10. Mai an Lungentuberkulose.
Mit großem Brimborium und Tamtam nahm die Hitlerjugend von Hannelore Nasner Abschied.
An den Auffahrten von der Straße zum Hof und zum Friedhof bildeten Mädchen und Jungen der Hitlerjugend Spalier. Die Mädchen mit Blumensträußen in den Händen. Jeder Junge hielt eine brennende Kerze.
Als der Sarg geschlossen wurde, erlitt Tante Meta einen Schwächeanfall. Onkel Oskar, der zwei Tage Beerdigungsurlaub bekommen hatte, stützte sie.
Anni, Hanneloreas Cousine, flüsterte Hilde ins Ohr: »So würde es bestimmt auch meiner Mutti ergehen, wenn ich kaputtginge.«
Anni überlebte Hannelore um vierzehn Tage. Sie verbrannte bei einem Bombenangriff auf Königsberg. Jeden Sonntag fuhr ihre Mutter in die Stadt. Sie betete an einem Massengrab, in dem auch die Überreste ihrer Tochter Anni begraben worden waren.

Theaterspiel und Tote

Tage, Wochen und Monate flogen dahin. Was Gertrud über Radio London hörte, war nicht in Einklang mit den Sondermeldungen vom Deutschlandsender zu bringen. In Italien war die Front aufgerieben. Schwere Verluste am Monte Cassino. Die Heeresgruppe Mitte in Rußland sei zusammengebrochen, und in Frankreich landeten die Amerikaner. Tage später meldeten auch die Deutschen den Zusammenbruch, »aber der Sieg wird unser sein. Nach der V1 kommt die V2. Dann werden sich manche wundern.«

Von Otto seit fast acht Monaten keine Nachricht. »Beim Troß passiert schon nichts«, war die allgemeine Rede. Von Hermann nichts. Albert lag jetzt irgendwo in einem Graben nahe der deutschen Grenze. Von allen Seiten stürmten Feinde.

In Nordostpreußen hatten die Menschen vor dem Russen Angst. Obwohl hier und da ganz Vorsichtige aus dem litauischen Grenzgebiet mit ihren Planwagen schon unterwegs waren, blieben die Moosbrüchler ruhig. Ernsthaft dachte niemand ans Packen. Jette Adomeit wußte, daß die Deutschen wieder einen Brückenkopf aufgeben mußten. »Na, wenigstens is die Front verkürzt worden«, beendete sie ihre Sondermeldung. Bevor sie ging, fragte sie, ob Gertrud noch an den Endsieg glaube.

Die zuckte mit den Schultern, konnte der alten Nachbarin nicht sagen, daß sie nichts mehr als den Endsieg fürchtete. Daß sie auch Angst hatte, wenn der Krieg verloren ginge. Fliehen, hierbleiben, was tun?
Hildche mußte noch eingesegnet werden. Wie bei Lotti lief die Feierlichkeit ab. Na, bißchen leiser, wegen Hermannche und den Jungs von Onkel Ede. Otto konnte wieder nicht dabeisein. Aber ein Kleid hatte er geschickt: Georgette, zart und durchsichtig, mit Plissee am Kragen und untenherum. Jeder befühlte das Pariser Modell in Schwarz.
Aus Friedrichsrode kam Bescheid wegen der Fahnenweihe. Das wollte nicht einmal Hildchen.
Cousine Elfi wurde ebenfalls eingesegnet. In Timber feierte man mit großem Tamtam. Jeder Platz in der Stube war besetzt. Hilde und Lotti durften nach allgemeinem Schmausen ein Singspiel aufführen, und ein Onkel sang die Ballade von der Uhr. Hilde ärgerte sich, daß ihr Zeugnis schlechter als Elfis war. Und die Götterspeise rollte zur Belustigung aller quer durch die Stube. Der liebe Onkel Gustav war nun gar nicht mehr so lieb.

Gleich am Anfang der neuen Woche begannen die Vorbereitungen für den bevorstehenden Dorfgemeinschaftsabend. Hilde freute sich über die große Aufgabe. Ebenso auf den Lehrgang in Labiau.
Etwas dauerte der noch, und Gertrud war dagegen. Sie hatte eine neue Kluft genäht, die sollte am kommenden Sonnabend eingeweiht werden. Jedes Jahr bemühten sich Jungen und Mädchen, den Abend interessant zu gestalten.

Festlich wurde der Saal geschmückt. Die kleine Bühne mit Vorhang und Hitlerbild lag an der Stirnseite des Raumes. Das Bild wurde mit Hingabe bekränzt.
Am bewußten Tag rollte Hilde zeitig die Lockenwickler aus. Sie mußte wegen der Proben etwas früher da sein.
Gertrud und Lena, die zu Besuch gekommen war, machten sich ausgehfein. Lena fragte, wer nun auf dem Hof arbeite. Gertrud erzählte von Stanek und daß er Litauer sei. »Dann hast bald halb Europa gehabt.«
In die Unterhaltung platzte Lotti herein. »Heitler, Lena. Du, Mutti, ganz was Schlimmes is passiert.«
Gewohnheitsmäßig fragte Gertrud: »Wer is gefallen?«
Lena war aufgebracht. »Es muß doch nich jemand gefallen sein.«
Lotti kam Gertrud zur Hilfe: »Doch, Lena, bei uns immer. Keine Woche vergeht ohne. Aber heute, Mutti – Wittkuhns Kurtchen.«
Gertruds Augen weiteten sich. Als hätte sie der Schlag getroffen, lag sie auf den Dielenbrettern. Nach kaltem Wasser auf Lippen und Stirn erholte sie sich wieder.
Lotti unterrichtete sie, daß es niemand wissen sollte, wegen des Dorfgemeinschaftsabends. Tante Wittkuhn sei mit dem Vorschlag des Bürgermeisters einverstanden gewesen. »Mutti, der armen Seele war alles egal. Sie weinte bitterlich. Am schlimmsten der Onkel, mit lauter Stimme.«
Gertrud war außer sich vor Zorn – Kurtchens Tod einige Stunden wegen Dorffeiern verschweigen! Das is ein Pack. Jahrelang treiben die unsere Männer durch

die Weltgeschichte. Im Dorf nur Kinder und Greise, und dann auch noch »in stolzer Trauer«, wo eine Todesnachricht die andere jagt.
Müde verließ Gertrud die Stube, und Lotti zog die Kluft an. »Ich muß auch in den Krug«, rief Lottchen und lief davon. Gertrud war froh, daß die Kleinen sie in Anspruch nahmen.
Bei Schipporeits erstrahlte der geschmückte Saal. Fleißig war gearbeitet worden. Die AIDA-Petroleumlampen summten und beleuchteten die Szenerie bis in die letzten Winkel. Auf der Bühne eine Stellprobe und Ansingen. Durch ein Guckloch beobachtete Hilde das Gedränge im Saal. Da saßen Rippkes und Colips, Kolitschus und Perkuhns. Kaufmann Schmidt war mit seiner Frau da, zweite Reihe von vorn. »Aufstellen«, kommandierte Erna, die Führerin, deren grüne Kokarde leuchtend von ihrer weißen Bluse abstach.
Es ging los. Einer in SA-Uniform redete von wertvoller Heimatfront, von tapferen Soldatenfrauen und heldenhaften Kriegerwitwen. Dann sprach er von taktischer Frontverkürzung und daß die Vorsehung bis zum Endsieg alles lenken würde.
Gesichter voller Ergriffenheit, auch höhnisch Lächelnde und Wissende. Gertrud stierte auf die persilgeglätteten Dielen. Dann »Sieg Heil«, »Deutschland über alles« und »Die Fahne hoch«.
Die Führerin stellte sich vor die angetretenen Jungmädchen. Sie hob die Arme, Achtung-atmen-singen, befahlen ihre Hände. »Nur der Freiheit gehört unser Leheben.«
Lotti flüsterte: »Kannst mich hören, Hilde?« – *Laßt die Fahnen dem Wind* – »Ja!« – *Einer stehe dem andern da-*

neheben – »Wittkuhns Kurtchen is gefallen.« – *Aufgeboten wir sind* – Hildegard Schimkat sang nicht mehr. Strafende Blicke von Erna. – *Freiheit ist das Feuer, ist der helle Schein* – »Kurtchen is tot, Kurtchen is tot.« Hilde konnte nicht singen, sie mußte aber. – *Solang sie noch lohodert, ist die Welt nicht klein.* Applaus. Erna nickte Hilde zu. Ach so – *Ich bin ein deutsches*..., dann kam das von dem Erkören zum Vaterland. Erst war Hildes Stimme zaghaft, wurde aber klar und deutlich, und Erna hob erneut die Arme: »Jugend kennt keine Gefahren – – – Ja, die Fahne führt uns in die Ewihigkeit, ja, die Fahne ist mehr als der Tod.«

»Was singen wir nur? So hab ich den Text noch nie verstanden. ›Mehr als der Tod.‹ Menschen müssen doch leben, und Kurtchen is tot.«

Sie sangen noch mehr Fahnenlieder. Die Jungen hoben die Hand zum heiligen Eid, daß sie, trotz ihrer Jugend, zum Kampf bereit sind.

Hilde zog sich um. Ihr Theaterstück war dran. Sie hatte es sich ausgedacht, aufgeschrieben und eingeübt. Hilde war der liebe Augustin. Ein junger Mann, um den sich die Mädchen scharten. Hoffentlich geht alles gut. Und Kurtchen is tot.

Drei Mädchen bemühten sich um August. Er wollte alle – und bekam keine. Letzte Szene: August steht an der Rampe. Er sieht mit traurigen Augen ins Publikum. Nich heulen, nur nich heulen, denkt August. Da laufen die Tränen auch schon über Augusts Gesicht und tropfen in das karierte Hemd.

Tosendes Beifallklatschen für Hildes Leistung. Die tritt ab und weint weiter um Kurtchen.

»Ich bin richtig stolz auf dich, Hildike«, lobt Gertrud. »Hast es gut gemacht.«
»Würde so was noch besser können, wenn ich zu der Schulung fahren dürfte.« Gertrud wollte aufbrausen, aber Hildchen umarmte sie. »Sieh mal, Mutti, wir fahren erst am Ende der großen Ferien. Etwas dauert's noch. Vorher helfe ich noch bei allem.«
Gertrud ahnte schon, daß sie letztendlich doch ja sagen würde.
So kam es. Zeitig packte Hilde den Koffer für den Kursus, um eine gute Führerin zu werden.
Hilde war sehr fleißig. Ob Haus oder Stall, Pallnis oder Garten, sie regelte alles rundherum. Stanek arbeitete, als würde der kleine Hof ihm gehören.
Es wurde Zeit. Hilde packte den kleinen Koffer. Dienstkleidung, Bücher, Hefte und einiges mehr.
Am Vorabend sprang sie über den Grenzgraben, um sich zu verabschieden. »Heitler, Tante. Morgen fahre ich. Endlich geschafft. Nu geht's vorwärts.« Tante Adomeit sah Hilde vielsagend an. »Gut, gut, Tante. Sag nuscht. Behalt deine Weisheiten bloß für dich.«
»Ich weiß, wirst was Großes. Aber schnurrgeln darfst denn nich mehr, wenn Führerin bist. Das Beten nich vergessen. Der liebe Gott is auch in Labiau.«
Hilde rannte zurück. Wird auch immer wunderlicher, die Adomeitsche. Schnurrgeln, wer schnurrgelt und schlürft? Ich nich.
Sie verabschiedete sich von Romeikes und Wittkuhns. Der Onkel fragte, was es da so gäbe.
»Nur Gutes und Schönes erleben wir. Un lernen Menschenführung.«

Am nächsten Morgen frühstückte Gertrud sehr früh mit Hilde.
»Nu bist nich mehr böse, Mutti?«
»Nein, mein Kind. Hol man dein Kofferche, die Lotte wartet nich.«
Am Bollwerk standen Jungs und Mädchen aus Hildes ehemaliger Klasse. »Heitler, komm heil wieder«, rief Gisela. »Bring die rotweiße Kordel mit«, verlangte Heinz. Und Herbert schnarrte durch seine Polypen: »Wenn se dir da zuviel zergen, bixt einfach aus un wischt hierher. Weißt ja, ich nehm dich auch so, brauchst keine Führerbraut sein.« Er freute sich am meisten über seine Abschiedsrede.
»Einsteigen«, rief ein Matrose. Händeschütteln und gute Wünsche. Die Lotte legte ab. Sie drehte zur Mitte und nahm Fahrt auf.
Wie schon bei etlichen Fahrten zog das gleiche an Hildchen vorbei. Aber heute war alles anders. Kribbeln in Magen und Bauch war noch harmlos. Doch ständig aufs Klo!
Eine Frau fragte und fragte. Wohin, warum, zu wem? Zum Schluß meinte sie: »Verreise man, bald is vorbei, denn heiratst, un Kinderchens kommen ganz von allein.« Sie beugte sich vor und flüsterte: »Ich red viel, aber – habe Kummer. Mein Ältester, vor vierzehn Tagen gefallen, in Rußland. Ganz nah, fast zu Hause.«
Hilde sagte nichts. Was sollte sie sagen, starben doch täglich.

Sie stieg als erste aus dem Dampfer. Ohne Mühe fand sie die Jugendherberge. Wie alle flachen Gebäude,

kleine Fenster ohne Gardinen und Blumen. Sehr sauber. Ein Kiesweg und zwei Fahnenstangen. Im Korridor mit stinkendem Firnis geölte Bretterdielen.
An einer der aufgereihten Türen klopfte Hilde und öffnete sie. Sie riß den Arm hoch und sagte: »Heil Hitler, Hildegard Schimkat aus Palleninken meldet sich zum Führerinlehrgang.«
»Nun halt die Luft an, Mädchen«, sagte die vom BDM hinter dem großen Schreibtisch. Sie trug Dienstkleidung. Über dem riesigen Busen – reinste Angeberei! – spannte sich die grüne Kokarde der JM-Gruppenführerin. »Wie heißt du?« fragte sie.
Hilde wiederholte ihren Spruch.
»Alle Anwärterinnen sind in der Frühe eingetroffen. Geht nicht«, antwortete die Vollbusige. Bei jedem Atemzug fürchtete Hilde um ihre Blusenknöpfe.
Aber nun hatte sie andere Sorgen. Sie glaubte, nicht richtig gehört zu haben.
»Dein Name steht nicht auf der Liste!«
»Erna, unsere Führerin, hat mich angemeldet. Schon vor Monaten!«
Aus der Ecke kam, daß kein Bett frei, der Proviant berechnet sei und und und.
Hilde wurde mutig. Sie sagte, daß sie nie und nimmer zurückfahren würde, sich nicht lächerlich machen wolle. »Ich bleibe hier. Un wenn ich zum Bann laufe un mich beschwere. Wie soll ich Menschen führen ohne Schulung? Kannst du's mir sagen?«
»Setz dich und zügel dein Temperament«, beruhigte die andere. Nachdem sie die Telefonkurbel gedreht und kurz gesprochen hatte, stand sie auf. Hilde sollte ihr folgen.

Durch die nächste Tür traten sie ein. Mit einem Blick taxierte Hilde: zwei – sechs – zehn Stockbetten. Blauweißkarierte Bezüge und graue Wolldecken. Sehen aus wie Pferdewoilache. Kratzen aasig.
»Alles belegt! Wir schieben die ersten Betten zusammen. Hier ein leerer Spind. Räume deine Sachen ein, ich komme wieder.«
Hilde stand am Fenster mit grauen, kratzigen Woilachen in dem ungemütlichen Barackenraum. Auch hier stanken die Dielenbretter nach billigem Öl. Schönes Zuhause! Kein Nachtschrank, kein eigenes Bett und vergitterte Fenster. Mutti, Mutti, wie wir hier hausen! Da is unser Holzschauer schöner.
Mürrisch zwängte Hilde ihre Kleider in den Blechschrank und setzte sich auf einen Schemel. Da jagte der Schmerz zum erstenmal durch ihren Kopf. Die mit der grünen Schnur ließ sich nicht mehr sehen. Eine Weile saß Hilde da. Plötzlich wurde die Tür aufgerissen, und eine Schar Mädchen stürmte herein. Jede zielstrebig auf ihr Bett.
Als sie Hilde entdeckten, wurde es augenblicklich still.
»Wer bist du?« fragte eine Dunkelhaarige.
Hilde erzählte, wer sie sei, wo sie herkomme und daß sie Platz machen müßten. Sie spürte die Ablehnung. Niemand sprach mit ihr. Eine sagte: »Vom Pallnis kommt die.«
Hilde suchte die Schreibtante. Im Handumdrehen regelte die alles. Zwei Betten zusammen, zwei graue Decken und ein Kopfkissen. Die Ritze war fortan Hildes Bett.
Die Seitenbretter drückten, die Decken kratzten. Hilde fror in der ersten Nacht entsetzlich.

Mitternacht, alles schlief, raste der Schmerz zum zweitenmal durch ihren Kopf. Sie hatte nicht den Mut, es zu melden. Wie war das noch: »Der Schmerz ist der Prüfstein des Charakters.«
Hilde wollte charakterfest sein. Auch als die Schmerzen sich verschlimmerten, sie nachts nicht mehr fror, sondern glühendheiß war. Die Nachbarinnen quakten von unerträglicher Unruhe. Sie redeten über Hilde hinweg von den »dicken Titten« im Büro. Wie kann man nur, entrüstete sich Hilde innerlich, die dummen Gänse.

Morgens Fahnenparade mit schlotternden Gliedern. Jetzt rasten die Schmerzen auch im Bauch rundherum. Der langersehnte Lehrgang glitt vorbei. Nichts konnte sie sich merken, nichts machte Freude. Weder die schöne Fahrt mit Raddampfer »Herbert« noch der Aufenthalt auf der Kurischen Nehrung. Bernstein wurde gesammelt, Lagerfeuer und Singen in den Wanderdünen.
Hilde lag abseits im warmen Sand. Sie mußte nun immer wieder hinter einen Busch. Es stank erbärmlich.
»Du bist vielleicht 'ne Transuse, nich mal schmengern willst«, lispelte es neben ihr. Loni aus Labiau hielt ihr eingeweckte Himbeeren unter die Nase, die Hilde ablehnte.

Am Ende, das Hilde ersehnt hatte, mußte sie ohne rotweiße Kordel heimfahren. Dafür war sie nicht würdig! Wenn die wüßten, was ich alles mache. In Hildes Augen sollten die führenden Damen Kurse belegen.
Niemand hatte erkannt, wie krank Hilde Schimkat war.

Ihr Doktor sah es mit einem Blick. »Typhus«, sagte er. Er verschrieb Medikamente. Die Geschwister wurden von der Kranken ferngehalten.
Tante Adomeit war in dieser Zeit Hildes guter Engel. Täglich kam sie mehrmals über den Grenzgraben.
»Erbarmung, Kindchen, was wirst dünn!«
»Bei dieser Scheißerei, Tantche! Ich glaube, ich lauf aus. Steck dich bloß nich an!«
Tante Adomeit war nicht ängstlich. Sie brachte Pudding mit Himbeeren und Flinsen mit Zucker, die Gute.
»Mußt doch was zum Passesuriken haben«, meinte sie. Täglich erzählte sie Geschichten.
Langsam, sehr langsam erholte sich Hilde. Sie staunte, es war auch ohne sie weitergegangen, und der Sommer war so warm. Im Strom durfte sie in diesem Jahr nicht baden. »Macht nusscht, im nächsten Jahr is auch ein Sommer.« Hildchen ahnte nicht, daß der nächste Sommer ganz anders sein sollte als die bisherigen.
Als dieser Sommer zu Ende ging, fühlte Hilde sich stark. Nur die Haare auf dem Kopfkissen machten Sorgen. Als der Doktor Gertrud darüber aufklärte, daß es eine Folgeerscheinung der Krankheit sei und die Haare nachwachsen würden, waren alle zufrieden.
Später erfuhren sie auch, daß fast alle Mädchen erkrankt waren und die Herberge geschlossen wurde.
Die rotweiße Kordel kam per Post. Die schwere Krankheit und die Erlebnisse in Labiau, diese Gleichgültigkeit, machten Hilde nachdenklicher. Aber sie trug stolz die Kluft, neuerdings mit Kokarde. Die erste Stufe war erreicht. Später, wenn sie ganz oben war, sollte niemand leiden. Alle Menschen würden glücklich

sein. Niemand hungert und friert. Schon gar nicht einfach einsperren und prügeln oder gar töten.
Leuten wie dem SS-Mann aus dem Lager würde die Lust am Schlagen vergehen. Die hätten in ihrem gerechten Deutschland keinen Platz.
Wohnen und leben könnte jeder, wo er wollte. Niemand brauchte zu fliehen wie damals Ballschevskis.

Zauber der ersten Liebe

Dafür, daß Lotti während Hildes monatelanger Krankheit viel hatte arbeiten müssen, belohnte Gertrud sie mit einer Reise nach Berlin. Wohl dachte Gertrud an die Gefahr ständiger Bombenangriffe. Tante Maria war zuversichtlich und hoffte, daß nichts passieren würde.
Ende September, nach der Grummetaust und dem Kartoffelgraben, brachten die übrigen Schimkats Lotti zum Dampfer.
Im ersten Brief schrieb sie, daß die Stadt ein Trümmerhaufen sei, daß es aber trotzdem schön bei Tante Maria sei. Im Antwortbrief berichtete Hilde, daß der Hof voller Flüchtlingswagen sei. »Memelland und der Kreis Elchniederung strömen ins Moosbruch. Wir warten auf Opa. Die Front wird wieder einmal verkürzt, schreibt die Labiauer Kreiszeitung. Wer weiß, was Opa machen wird.«
»Mutti«, rief Hilde, »kannst du dir vorstellen, daß Opa seinen Hof verläßt?«
»Wenn der Räumungsbefehl kommt, werden auch er und Oma gehen.«
Hilde war zuversichtlich. »Is nur für kurze Zeit, die Unsrigen sammeln sich, und der Feind wird zurückgetrieben.«
»Quatsch nich rum, dumme Merjell. Die Memelländer

kamen, weil sie nicht in die Schußlinie geraten wollten. Im Ersten Weltkrieg waren die Russen nich so schlimm, warum denn jetzt? Ich denke, die werden unterscheiden un herausfinden, wer was auf dem Kerbholz hat. Beeil dich, un hoch mit dem Dups, is viel zu tun. Wegen der Erbsensuppe.«

Hilde drückte die Nase fast auf den Tisch und murmelte: »Was soll ich nu? Pischen, kacken un Spenerlesen geht nich.« Sie beendete den Brief und holte einige Tüten grüne Erbsen. Gertrud hatte die ganze »Hofgemeinde« zum Essen eingeladen.

Auf den Treckwagen wurde es lebendig. Mit vollen Schüsseln, Töpfen und Plachanskes trotteten die Menschen in ihre rollenden Häuser. Sie sahen zufrieden aus.

»Sieh mal, Mutti, wenn der Bauch voll is ... Jeder zwei große Schleef von deiner Erbsensuppe, schön gewürzt mit Meiran un Eingebratenem, das hilft immer.«

In der großen Stube hatte Gertrud drei kranke Frauen untergebracht.

Am nächsten Tag fuhren Oma und Opa mit ihrem Leiterwagen über die Brücke. Schweigend half Gertrud Oma vom Wagen. Bronnek war in Wilhelmsbruch bei seinen Freunden geblieben. Sie wollten auf die russische Armee warten.

»Wann kam der Bescheid?« fragte Gertrud den Vater.

»Ein Mann in SA-Uniform ging von Haus zu Haus. Ich spannte an, und hier sind wir, Kindche.« Opa drehte sich um und schnäuzte.

Gertrud strich über seinen Rücken.

»Trudchen, die Kühe ließen wir einfach im Stall.«

Sie erzählte Opa, daß überall Vieh aus den Grenzabschnitten herumstreunt. »Einige können gemolken werden. Viele haben Milchbrandfieber. Sie brüllen Tag un Nacht. Die reinste Viehwanderung. Arme Kreaturen.«
Oma und Opa wurden im »anderen Ende« untergebracht. Jeder Winkel voller Menschen.
Trotzdem fragte ein junger Mann um Quartier. »Wir sind OT-Leute, von der Organisation Todt, wenn Sie davon gehört haben sollten.«
»Egal, wo ihr herkommt, bei uns kann keine Maus unterschlüpfen, so voll is das Haus.«
»Scheune, Stall, Boden, alles ist uns recht.«
»Auf dem Heuboden wohnt noch keiner, kriecht rauf, Jungs.«
»Ich heiße Robert, komme aus dem Saarland.«
Gertrud reichte ihm die Hand.
»Wir sollen Unterstände ausschippen! Sind die letzte Barriere.«
Gertrud hörte, daß jemand polnisch sprach. »Is ein Pole dabei?«
»Einer? Die halbe Mannschaft besteht aus zwangsverpflichteten Polen.«
Gertrud wunderte sich, daß die mitmachten. Sie dachte an Michel. Nee, den hatten sie dazu nich zwingen können.
Hilde, die über den Hofplatz kam, musterte den zusammengewürfelten Haufen Polen, Litauer und Deutsche. Im Vorbeigehen lächelte ein Hübscher sie an. Sie nickte leicht mit dem Kopf und ging ins Haus. »Heil Hitler«, sagte sie zu dem, der Robert hieß und auf einem Stuhl in der Küche saß.

»Guten Tag, schönes Mädchen«, antwortete der in einer kackbraunen komischen Uniform.
»Ich bin kein schönes Mädchen«, meinte Hilde schnippisch.
»Du hast schöne Augen, blondes Haar, und wenn du diese Uniform in ein geblümtes Kleid eintauschst, würde sich jeder junge Mann nach dir umdrehen.«
»Vielleicht nach meiner Schwester, nach mir nich.«
»Hast du nicht gemerkt, wie Laschek lächelte?«
Hilde sah auf ihre Schuhe.
Dann ging sie in die kleine Stube, die ihnen für alle fünf geblieben war. Dort holte sie ihr Blaugeblümtes aus dem Schrank, überlegte und fand es blöd. Nur weil der Fremde – nee, ich ziehe Rock und Bluse an, so.
Robert kletterte mit seinen Leuten, einundzwanzig waren es, auf den Heuboden.
Wenn Laschek auf Lottis Handharmonika spielte, drückte Hilde sich auf dem Hof herum.
Robert fragte Gertrud, ob sie in der Küche tanzen dürften.
»Tanzen is im Krieg verboten«, keifte Hilde.
Robert war der Meinung, daß durch ein bißchen Tanzerei niemand beleidigt würde.
»Du hast im Krieg wohl niemand verloren, aber wir. Ganz viele.«
Robert holte eine Photographie aus der Brieftasche.
»Schau her, Mädchen, das ist mein Bruder.«
»Ein schicker Mann«, mußte Hilde zugeben.
»War, er war ein schöner Mann, Hilde. In irgendeinem Lager haben die Deutschen ihn umgebracht.«
»Dann war er ein Verbrecher!« verteidigte sich Hilde.
»Er wollte lieber Franzose sein. Als das Saarland zum

Reich geholt wurde, hat mein Bruder protestiert, etwas gesagt, was den Herren nicht paßte. Das genügte. Dürfen wir nun eine Stunde fröhlich sein, Frau Schimkat?«
Gertrud erlaubte es, und Laschek spielte auf der Quetsche Polka, Tango und Walzer. Hilde hatte auf Nachbarschaft bekanntgemacht, daß in ihrer Küche ein kleiner Tanzabend stattfinden sollte. Sie kamen alle und waren ausgelassen wie lange nicht mehr.
Gertrud beobachtete ihre Hilde. Sie sprach mit Robert, daß ihre Tochter nur nach dem jungen Mann sähe.
»Sie träumt ein bißchen. Lassen Sie ihr den Spaß. Mehr ist es nicht.«

Die älteren Mädchen hatten in dem bewußten Lager am Strom einen Tanzabend angesagt. Laschek spielte auf einem geliehenen Akkordeon. Die schönen Melodien klangen weit über den Fluß, und die Russen klopften beinahe schon an. Gertrud erlaubte, eine Stunde dabeizusein.
Über Robert wünschte Hilde sich »Lili Marleen«. Als Laschek es spielte, winkte sie zu ihm herüber und gab einem anderen Jungen einen Korb.
In der Tanzpause sah Hilde auf die Uhr, auch Robert gab ihr ein Zeichen. Hilde holte ihre Jacke und ging zur Tür. Draußen stand Gerda. »Nu tanzen wir hier, Gerda, un vor nicht langer Zeit wurde geprügelt, bis der Atem ausging.«
»Hast recht, aber tanzen is so schön, Hilde.«
Gerda ging mit einem jungen Mann in den »Saal« zurück, und Hilde sah Laschek kommen. Sie vergaß Verbote, Hitler und daß sie ein deutsches Mädchen...

Sie sah nur Laschek. Er lächelte, faßte nach ihren Händen und zog sie zu sich. Sein Gesicht kam näher, aber auch Robert. Der sprach mit Laschek.
»Kochana Childe, doswidanie!« Laschek küßte zärtlich ihre Lippen und Wangen, ehe er ging. Kurz danach hörte sie »Lili Marleen«.
»Was is passiert, Robert?«
»Du hast dich verliebt.«
»Robert, ich bin von früh bis spät mit Jungs zusammen, konnte Karl-Heinz un« – leise sprach sie weiter – »Jorge gut leiden. Aber jetzt... Ich muß nur an Laschek denken.«
»Er auch an dich. Morgen müssen wir weiter.«
Hilde fragte ihn, warum. Sie wollte Laschek nicht treffen und Mutti Sorgen machen. Nur dasein sollte er.
»Gute Nacht, Hilde, geh heim.«
Hilde schlich am Kanal entlang nach Hause. Sie hat in dieser Nacht nicht geschlafen.
Anderntags stand sie früh am Fenster. Als die OT-Leute abzogen, sah Laschek sich lange nach ihr um. Zaghaft winkte Hilde ihm hinterher.

»Träum nich den ganzen Tag«, herrschte Gertrud Hilde am nächsten Tag an.
Hilde konnte mit dem neuen Gefühl nicht umgehen. So war es ihr recht, mit Opa nach Wilhelmsbruch zu fahren. Gertrud und Oma redeten dagegen. Doch Opa schirrte schon seine Pferde an. »Ich muß sehen, was mit meinen Tieren los is«, ereiferte er sich.
»Ihr wollt doch nich nach Wilhelmsbruch?« meinte der Fährmann.
»Versuchen will ich es«, antwortete David Kallweit.

Schweigend fuhren sie durch altbekannte Dörfer. Hilde wurde müde. Sie wachte auf, als sie Hohenbruch und die Domäne weit hinter sich gelassen hatten. »Ich muß mal«, meldete sie sich.
Opa verhielt die Pferde, und Hilde lief in den Wald. Steifbeinig stakste sie zum Wagen zurück. Plötzlich knackte es im Unterholz. Elche? Wildschweine? Um diese Zeit beides schlimm. Dann lachte sie befreit: »Opapa, komm, hier sind überall Kühe!«
Opa war sprachlos. »Die Schweinieter haben die Kühe losgebunden, sind wohl des Deiwels. Die armen Tiere kommen hier um, Hildchen.«
Opa hatte es jetzt eilig. Schimmel und Rappe stoben im Galopp davon, weil sie von unzähligen blutsaugenden Bremsen gepiesackt wurden. Ihre Zägel waren zu kurz, um alle wegzuschichern.
In Wilhelmsbruch angekommen, liefen sie zum ersten Stall. Gähnende Leere. Schon ging's weiter.
David Kallweit fand seine Tiere an ihrem Platz. Sie wurden munter. Kühe brüllten, Schweine grunzten und schrien mit offenem Maul. Die Hühner wurden fast verrückt. Sie gackerten und balgten sich, daß die Federn flogen.
Opa und Hilde sorgten dafür, daß im Stall bald Ruhe herrschte. Später mußten sie melken. Vor Schmerzen schlugen die gepeinigten Tiere mit den Füßen nach ihnen. Die beiden aber kannten sich aus und füllten bald Eimer und Kannen. Opa setzte die Zentrifuge zusammen, die Sahne wurde von der Milch getrennt. Zum Abendessen kochte Hilde Klunkermus aus Mehlflocken und Milch. Gertruds Brote dazu, ein gutes Nachtmahl.

Nach dem Essen wollte Opa schlafen gehen. »War ein anstrengender Tag.«
»Opa, meinst nich, daß wir beten sollten, auch weil uns nichts passiert is?«
»Wenn meinst, denn mach!«
Vor Omas Bank knieten sie, und Hilde betete: »Großer Gott, wir loben dich, Herr wir preisen deine Stärke.« Als Hilde »Alle, die mir sind verwandt« sagte, betete Opa mit. »Herr, laß ruhn in deiner Hand.« Die letzte Strophe sprach Opa allein. Als er »Laß den Mond am Himmel stehn und die stille Welt besehn. Amen« sagte, war es draußen gar nicht still.
»Flieger«, flüsterte Hilde.
»Licht aus«, schrie Opa.
Sie horchten dem Flugzeuglärm nach.
Kurz darauf fielen Bomben auf Tilsit, und am Himmel zauberte die brennende Stadt das schönste Abendrot. Hilde wickelte sich in eine Decke. Opa hatte sich angezogen.
»Wie schön das aussieht«, sagte Hilde. Sie zeigte auf die »Tannenbäume«, die den Nachthimmel taghell werden ließen.
»Die suchen nicht mehr Ziele, darum frage ich mich, warum sie noch Leuchtraketen setzen. Die bombardieren doch alles, was da kommt. Wissen wir doch von Maria. Ich begreif nich, daß Mutter Lotti nach Berlin fahren ließ.«
»Unsere haben auch bombardiert, Opa, stimmt's?«
Sie gingen ins Haus. Die Müdigkeit trieb sie ins Bett. Hilde dachte an Laschek. Den Rückflug der Bomber hörte sie nicht mehr.

Im Morgengrauen weckte Opa Hilde recht unsanft.
»Aufstehn, beeil dich. Hör mal, Kindchen!«
Hildchen sprang aus dem Bett. »Das sind keine Bomben!« entgegnete Hilde.
Opa schüttelte den Kopf. »Das is er leibhaftig. Schwere Geschütze«, stellte Opa fest.
»Vielleicht schießen unsere!«
»Na, wer rennt, der Russe oder wir? Nein, Kind, die kommen mit Macht. Beeilen wir uns, der Weg is weit.«
Nach dem Füttern und Melken sagte Opa: »Was nun, alle Tiere im Stall lassen oder raustreiben? Beides is der Tod.«
Plötzlich hörten sie Motorenlärm. Ein Militärfahrzeug bog in den Hof ein. Drei Soldaten sprangen aus dem Fahrzeug. Sie hatten hier keine Menschen vermutet. Einer tippte an seinen Stahlhelm und sagte: »Wir müssen das Vieh losbinden und wegtreiben!«
David Kallweit stand mit gespreizten Beinen in der Stalltür: »Hände weg von meinen Tieren«, zischte er gefährlich leise.
»Zur Seite, Alter«, befahl einer. Plötzlich hatte er einen Revolver in der Hand.
Hilde faßte nach Opas Hand und versuchte, die Stalltür freizumachen. David wollte sie abschütteln. Der schießt, ging es ihr durch den Kopf. Der is zu allem entschlossen.
»Dies is mein Hof, sind meine Tiere. Ich bestimme hier, was passiert.«
»Irrtum, Alter. Alles, aber auch alles ist Volkseigentum. Wenn du nicht auf der Stelle verschwindest, brenne ich dir eins auf den Pelz, verstanden!«

»Komm, Opa, bitte, komm.« Hilde geriet in Panik und schubste ihn mit ganzer Kraft beiseite. David Kallweit fiel auf den Misthaufen. »Wollt ich nich, wollt ich nich, Opa. Hast dir weh getan?« erkundigte sich Hilde.
»Nein, nein, Kindchen, der Schiet is ja weich.«
Die Soldaten verschwanden im Stall. Ketten klirrten. Mit hüh und hott trieben die Männer eine Kuh nach der anderen heraus. Als die Tiere vom Hof waren, sprangen die drei in ihren Geländewagen. »In einer Stunde seid ihr hier verschwunden. Wenn nicht, werdet ihr bis in alle Ewigkeit hierbleiben«, drohte der Ältere. Sie gaben Gas. Das Vieh verstreute sich im Wald.
David Kallweit starrte ihnen aus traurigen Augen hinterher. »Schweiniter, elende, folgsame Kettenhunde. Meine Rosi un Tinka. Die gute Amanda, mein Muttertier. Un alles echtes Herdbuch. Alle eingetragen un prämiert.«
»Opa, laß uns aufladen un abhauen. Die kommen wieder, die machen ihre Drohung wahr. Die sind so wie jener im Lager am Strom.«
Opa ging mit schleppenden Beinen in den ausgeräuberten Stall. Hilde setzte sich auf den Brunnenrand. Heute führte keine Leine nach unten. Opa verließ den Stall, und Hilde sah, daß er geweint hatte.
»Nu müssen wir. Laß uns anspannen, nu kommt ER näher un is bald hier. Un danke, Kaschulle.«
Wenn ER gesagt wurde, schlich Angst durch alle Ritzen bis unter die Haut. ER, das waren gesichtslose Ungeheuer in Wattejacken, die vergewaltigend und mordend ins Land stürmten. Und ER war ganz nah. Fast

konnte man ihn riechen. Besonders in den Abendstunden. Dann erinnerten sich die Mütter und Frauen an das Schlimme in Memmersdorf und zitterten um ihre Kinder.

»Pack zusammen, Hildike.«

Hilde schleppte Milchkannen voll Sahne und Bücher, die sie fand. »Darf ich ein Stück den Ausweg entlanggehen, Opa?«

Er nickte.

Hilde lief über den Hof zum vertrauten Weg mit Vogelschutzzone am breiten Graben. Oft hatte sie in seinem klaren Wasser nackt gebadet. Sich im Schutzgebiet gesonnt, wenn Hunderte von Vögeln zwitscherten, verbotene Liebesromane gelesen. Opa, Halina und Bronnek waren hier mit geschulterten Werkzeugen aufs Feld gegangen. Oma humpelte mit Vesperbrotkorb hinterher. Erntewagen schaukelten den Sandweg entlang zur Scheune. Hilde war, als schiene in Wilhelmsbruch immer die Sonne.

»Los, los, auf den Wagen.« Opa wartete bereits. Auch Hilde wickelte einen Woilach um die Beine. Opa schnalzte, die Pferde trabten an.

Vier Stunden später – heute dauerte es wegen der streunenden Kühe länger – kamen sie in Palleninken an. Gertrud und Oma atmeten auf. Sie hatten sich große Sorgen gemacht.

Auf dem Hofplatz sah es geräumiger aus. Die Flüchtlinge waren weitergefahren. Als der Frost einsetzte, holte Gertrud auch die letzten ins Haus.

»Es is so eng hier, daß nich mal ein Furz durchwehen kann«, meckerte Stanek, wenn er sich durch die jetzt enge Küche zwängte.

Das Weihnachtsfest kam näher. Opa war der Tannenbaumholer. Selbst in diesem Jahr roch es trotz aller Enge und Bomberflugzeuge, die ihre grausame Last über Königsberg ausklinkten, nach Pfefferkuchen und Bratäpfeln. Am Heiligen Abend wurden bei Schimkats, auch ohne Otto und Lotti, alle Weihnachtslieder rauf und runter gesungen.
In die Kirche ging niemand. Die blieb dunkel und kalt.
Und es gab viele Trauernde in der Gemeinde Friedrichsrode auf dem Großen Moosbruch.
Im hintersten Teil Ostpreußens – wie überall.

Fluchtbefehl und Abfahrt

Am 19. Januar 1945 knetete Gertrud schon um sechs Uhr den säuerlich riechenden Brotteig. Handverlesen, geschält, gewaschen und jedes Auge säuberlich ausgestochen – so hatte Gertrud am Abend zuvor die Kartoffeln behandelt, die dafür sorgten, daß das Brot weich und locker war. Nach dem Garen und Abseihen hatte Gertrud sie in den Holztrog geschüttet und breiig gestampft. Etwas Mehl und Sauerteig untergemischt, durfte die Maische zugedeckt eine Nacht gären und rumoren.
Bevor Gertrud mit dem Kneten begann, mengte sie Gewürze, wie Salz, Kümmel, Anis oder gemahlenen Koriander, je nach Geschmack, unter den aufgeblähten Teig. Mehl dazu und kneten, kneten, kneten.
Es war mühevoll, doch bei Schimkats wurde wöchentlich zwei- bis dreimal Brot gebacken. Gertrud ahnte nicht, daß es in diesem Haus das letzte Mal sein würde.
Aus dem Backofen strömte Wärme. Mit nassen Lappen wurde er ausgewischt und die Brotlaibe in seinen Bauch geschoben. Dann schepperte an Hildes Bett der Wecker. Kaffeekochen und Tisch decken war ihre Arbeit. Aus der Tür vom »andern Ende« schlurften Oma und Opa herein, und Halina band ihren roten Haarschopf zusammen. Sie rüstete sich zum Melken.

Stanek kam von draußen und brachte eisige Kälte mit.
»Mensch, is das scheißkalt«, zeterte er. »Brunnenloch zugefroren. Nich mal die Stalltür ging auf. Alles friert einem ab, verricktnochmal.«
Hilde goß den heißen Kaffee in die Tassen. Stanek umfaßte sie mit beiden Händen und schlürfte mit Stimme.
»Stanek, bißchen leiser«, tadelte Gertrud.
Er grinste, wies auf Opa und Oma, und alle drei schlürften munter weiter.
Hilde schmierte Schmalzbrote und reichte sie reihum.
»Opa«, sagte sie mitten in die Eß- und Trinkgeräusche, »nu sind die Kühe wohl schon hin!«
Opa nickte traurig.
Gertrud drehte das Radio an. Nachrichten. Auf Berlin fielen Bomben, und Lotti war mittendrin.

Annemariechen saß auf Omas Schoß und trank warme Milch. Während Opa mit Ingrid »Hoppe Reiter« spielte, wurde die Küchentür aufgestoßen. Gerda Adomeit reichte Gertrud einen Zettel. »Lies bloß, Tante, o Gott, lies bloß schnell. Tante, du mußt die Bekanntmachung sofort weitergeben«, rief sie und verschwand.
Gertrud starrte auf den Zettel. Opa fragte: »Was is?«
Stanek flüsterte: »Bestimmt Schlimmes!«
Gertruds Gesicht hatte jegliche Farbe verloren. Langsam las sie:
»Sämtliche Bewohner des Dorfes Palleninken haben noch heute, den neunzehnten Januar, bis achtzehn Uhr ihre Häuser und Höfe zu verlassen. Wir bitten Ruhe zu bewahren, da es sich lediglich um eine Vorsichtsmaß-

nahme zwecks Verkürzung der Front handelt. Der Bürgermeister. Mit Stempel.«
Opa fand als erster seine Sprache wieder. Er legte den Arm um Omas Schulter und sagte: »Wir müssen weiterziehen, Mutter. Ich wußte es, sonst hätte ich meine Tiere nich freigelassen.«
Mit versteinerten Gesichtern verließen sie die Frühstücksrunde.
»Ich würde so gern hierbleiben«, jammerte Gertrud. »Wir haben geschuftet un geschuftet, Otto, uns nich viel gegönnt, nur immer angeschafft. Sogar dein Maschinenpark is Wirklichkeit geworden. Wenn du wüßtest, Otto, daß wir packen. Alles im Stich lassen un weglaufen. Unsere Tiere werden verhungern. Deine Schmiede wird verkommen. Alle reden von baldiger Heimkehr! Ich glaube es nich, Otto! Un wo bist du, mein lieber Mann? Ob wir uns alle je wiedersehen? Aber was wird dann sein?« Sie hatte einen Moment ihre Umgebung vergessen.
Nun meldete sich Stanek: »Frau, jetzt müssen wir rennen, so schnell wir können. Die walzen alles nieder in ihrem Haß. Also hört alles auf mein Kommando, ich hab das schon einmal gemacht.«
Kisten und Kartons, Wannen und Wäschekörbe wurden aus den Okeln geholt. Stanek sortierte das Wichtigste aus und packte. Gertrud wollte mehr mitnehmen. »Frau, denk an die Pferde, sind keine Maschinen.« Sie ließ ihn machen und tat, was er anordnete.
Die Kinder schlichen durch die Stuben, packten ein und wieder aus. Viel Zeit hatten sie nicht. Einschlagende Granaten mahnten, und Annemariechen wickelte ihr

Puppenbaby. Die Angst schlich durch sämtliche Dielenritzen.
In dieses Durcheinander wetterte Stanek: »Schluß mit dem Gelaber. Hilde, komm mit, wir schlachten noch ein Läuferschwein.« Ruck zuck, hatte er das kleine Tier abgestochen und ausbluten lassen. Schinken und Schultern abgetrennt, in eine Wanne gelegt und zu den anderen Pacheidels vor den Wagen gestellt. Der war schon vor Tagen verlängert worden, obwohl noch niemand so recht an Flucht dachte.
Hilde lief noch zu Schipporeits, um einiges einzukaufen. »Hol eine Karre«, forderte Tante Schipporeit sie auf.
Schnell holte Hilde das einrädrige Gefährt. Sie und die Tante luden einen Sack auf.
»Farin«, flüsterte die Tante. Keiner wußte zu dieser Zeit, wie lebensnotwendig der Sack mit dem weißen Inhalt noch werden sollte.
Mit letzten Kräften schob Hilde die beladene Karre in den Hof, als Tante Adomeit weinend über den Grenzgraben gelaufen kam. »Trudche, nimmst du uns mit? Wie sollen wir sonst wegkommen!«
Gertrud tröstete und versprach, es zu tun. »Aber nich so viel Klamotten«, sagte sie bestimmt.
Da war Tante Gustchen, die Vornehme, auch schon an der Tür und bat, mitgenommen zu werden.
Gertrud sagte ja.
»Nur alte Weiber im Wagen«, schimpfte Stanek. »Un Kinder. Un wir bei der Kälte! Nein, Frau, sag doch endlich mal nein.«
Gertrud zuckte mit den Schultern. Frieda Adomeit

schleppte schon einen Krepsch nach den anderen zum Wagen. Vieles blieb später zurück.
Auch Tante Gustchen mußte sich mit wenigem begnügen. Onkel Adomeit und Gerda fuhren mit Romeikes. Die 96jährige asthmakranke Oma der Adomeits war das größte Problem. Sie wollte und konnte nicht mit. Die alte Oma blieb allein zurück. Später erzählte man, sie sei, nachdem ihre Kinder weggefahren waren, gestorben und am Lehmdamm im Schnee verscharrt worden.

»Opa, hier noch einen Beutel Handschuhe für die Front in Rußland.«
»Nee, Kindche, die Front is nich mehr in Rußland, die is nu hier bei uns. In Rußland is alles zu Jrutsch geschlagen, nu toben sie in Deutschland. Gar nich weit. Also quassel nich un laßt uns man beeilen.«
»Opa, wir fahren bis Labiau. Dann kommen die Wunderwaffen, un der Feind is in nullkommanuscht aufgerieben.«

Um fünfzehn Uhr, als es schummrig wurde, verließen Schimkats und Kallweits den Hof in Palleninken. Sie reihten sich in den Treck, der bis zum Ende des Dorfes reichte. Gertruds bunte Flickerdecken auf dem Wagen wirkten wie ein Farbklecks zwischen den mit grauer Plane bespannten Fuhren. Außen angebundene Töpfe und Pfannen schepperten und gaben dem Ganzen etwas Komisches. Viele Fahrräder lagen auf den Wagendächern.
Kurz hinter dem Lehmdamm wurde es finster. Die Kinder schlidderten auf dem zugefrorenen Straßengraben.

Gertrud kam zu Hilde und sagte, daß sie das Holzkästchen mit dem Bernsteinschmuck vergessen hätten. Mutig, wenn auch vor Kälte schlotternd, bot Hilde sich an, es zu holen. Frieda Adomeit wollte mitgehen. »Wir holen euch schnell wieder ein, Mutti.«
Frieda und Hilde stapften durch den Schnee zurück und standen vor Schimkats Haus. Rauch stieg aus dem Schornstein. In der Küche saßen Fremde um den Tisch und aßen. Hilde sagte, wer sie sei und warum sie zurückkomme.
»Wir sind Litauer, wollen nicht mehr laufen, egal was kommt. Ich habe die Kühe gemolken und Suppe gekocht. Komm essen.«
Hilde setzte sich an den Tisch. Inzwischen war Frieda gekommen. Auf ihre Bitte versprach die Litauerin, nach Oma zu sehen, solange sie hier wohnen würden.
Dann machten die Mädchen sich auf den Weg. Noch immer zog Wagen an Wagen über den Lehmdamm nach Elchwerder. Blieb nur der zugefrorene Straßengraben, um rutschend weiterzukommen. Quer über den Großen Friedrichsgraben, und noch kein bunter Wagen in Sicht.
Vor der Post hielten sie. Mitternacht war längst vorbei. Erschöpft ließen sie sich ins Stroh fallen. Schwere Schritte auf den Holzdielen weckten sie. Deutsche Soldaten mit Sturmgepäck schoben sich in den kleinen Raum. Fielen um und schnarchten. Nach zehn Minuten der Befehl zum Weitermarsch. »Ihr auch, wir sind die letzten«, sagte einer.
Hilde und Frieda vermummten ihre Gesichter und torkelten in die beißende Kälte. Ein Chaos auf den

Straßen. Militär hatte Vorrang. Rücksichtslos schoben sie Flüchtlingswagen von der Straße. Aussichtslos steckten die in den Gräben fest. Habseligkeiten lagen auf dem Eis. Gottlob, der bunte Wagen war nicht dabei.

Den entdeckte Frieda beim Sonnenaufgang auf der Krängelbrücke kurz vor Labiau. Halina sah Hilde und Frieda zuerst. »Childe, gut daß ihr kommt!«

Gertrud war überglücklich. In die Aufregung rief eine Nachbarin: »Trude, hallo, Trude! Ich habe deine Lotti gesehen.«

»Du meinst Hildchen. Ja, die is Gott sei Dank wieder da.«

»Nein, ich meine Lottchen, die in Berlin war. Ich habe sie am Bahnhof gesehen.«

Ungläubig sah Gertrud die Frau an. »Nu red schon, du machst keinen...« Mitten im Satz sprach sie nicht weiter. Sie traute ihren Augen kaum. Keine Frage, es war Lotti, die da winkte. Der schwarzweiß karierte Mantel, der rote Koffer, es war Lotti.

Umarmungen, Lachen und Weinen. Fragen über Fragen. »Tante Maria wollte es nich mehr verantworten. Bombardierungen Tag und Nacht. Aber daß der Russe hier is, das wußten wir nich. Stellt euch vor, ich wäre mit dem nächsten Zug gekommen.«

Betretenes Schweigen. Aber nur kurz. Wie ein Irrwisch kam Annemariechen unter den Federbetten hervorgeschossen, als sie Lottis Stimme erkannte. Die verteilte Schokolade. »Is das wirklich Schokolade?« Annemarie roch daran, schloß die Augen und kaute. Zu aller Erleichterung setzte sich auch der Treck in Bewegung und zog in Richtung Labiau.

Die kleine Kreisstadt an der Deime hatte solch einen Menschenauflauf noch nie erlebt. Wehrmachtskolonnen, Treckwagen, vermummte Menschen, die Handwagen zogen und Kinderwagen schoben, hoch bepackte Fahrräder. Und auch solche, die ihre Bündel auf dem Rücken schleppten.
Opa Kallweit hielt auf dem Marktplatz. Auf einem Spirituskocher wärmte Gertrud die mitgebrachte Milch. Jeder ein Blechtoppche voll, so etwas hatte nicht jeder!
»Ich laufe schnell zum Bann un liefere die Handschuhe für die Ostfront ab.« Gertrud schimpfte, doch Hilde mußte ihre Pflicht erfüllen. Auf dem Weg dahin dachte sie, nun muß die Wunderwaffe aber kommen. Dann würden die Wattejacken aus Sibirien staunen und laufen.
Vor dem Haus, in dem der Bann untergebracht war, mußte sie verpusten. Sie freute sich auf die Belobigung, wie damals. Hilde klingelte. Niemand öffnete. Sie drückte die Klinke, und die Tür ging auf. Hilde stand wie erstarrt vor sperrangelweiten Schranktüren, durchwühlten Schubladen und einem schief hängenden Hitler. »Heil Hitler, is da jemand?« Sie begriff, daß die Bannmädelführerin mit ihrem Gefolge das sinkende Schiff verlassen hatte. Ihr geliebter Führer hing mutterseelenallein zwischen diesem Durcheinander. Sie wollte das Bild abhängen. Es war zu schwer, und sie überließ es seinem Schicksal.
Der Beutel mit den Handschuhen fand Platz auf dem Wagen. Opa versprach behilflich zu sein, wenn Hilde später, nach dem Endsieg, alle zur Rechenschaft ziehen würde.

Stanek, der neben Gertrud stand, sagte: »Was haben die nur aus Hilde gemacht. Hör, wie die redet. Un das is keine dumme Merjell.«
Gertrud sah nach Oma. »Na, Mutter, hast bißche geschlafen?«
Oma Kallweit schüttelte den Kopf. »Nei, Trudchen, was wird bloß werden. Dieses Wegrennen is sinnlos. Ich hörte die ganze Nacht Kanonendonner. Wir kommen nich schnell genug voran.«
Gertrud wollte antworten, da schrie jemand: »Alles anspannen!«
Im Handumdrehen hatten Stanek und Opa alles geregelt. Zwischen den Militärfahrzeugen rumpelte ein Leiterwagen nach dem anderen vom Labiauer Marktplatz. Tante Adomeit schrie: »Frieda, Frieda!« Ihr zahnloser Mund zitterte, Frieda wollte eine Freundin besuchen. Gertrud versuchte den Treck zu stoppen. Auch das war sinnlos.
Als am nächsten Tag Romeikes Wagen mit Gerda und Onkel Adomeit vermißt wurde, war das Unglück der Tante unbeschreiblich. »Wir finden sie noch«, tröstete Lotti. »So viele Straßen gehen nich nach Westen.« Hatte die eine Ahnung!
»Wo wollt ihr bloß hin?« fragte ein älterer Landser.
»Heim ins Reich!« antwortete Lotti.
»Na, denn man gute Reise. Is ja nich so weit. Aber beeilt euch, sonst gibt es keins mehr.« Er schenkte Lotti ein Stück Scho-ka-kola, tätschelte ihre Wange und sagte: »Alles Gute, Mädchen.« Der graue Vaterlandsverteidiger sah sich nicht mehr um. Lotti verteilte die Soldatenschokolade.
»Flieger, russische Tiefflieger!« schrie Opa. Sie flogen

tief über den Treck. Beschossen ihn und warfen Bomben. Wie ein Spuk waren sie gekommen und hinterließen schreiende Menschen und brüllende Tiere. Schimkats und Opas Wagen, die ziemlich am Ende des Trecks fuhren, blieben verschont. Opa lief nach vorn. Hilde hinterher, trotz Verbot. An einigen Wagen lief sie vorbei. Nun stand sie wie erstarrt. Ein Wagen ohne Plane, die Pferde lagen im Schnee.
»Alfred, Alfred, is was mit den Gäulen?« fragte eine ältere Frau, die verschreckt zwischen der zerfetzten Plane saß.
»Mit den Pferden? Das weiß ich nich, Mama, aber ich glaube, mit mir...!« Der ungefähr Sechzehnjährige riß die Arme hoch und fiel wie ein Stein in den Schnee.
Opa kniete neben dem Jungen, richtete ihn auf und schloß ihm die Augen. Die jammernde Frau mußte ihren Sohn zurücklassen, als der Treck sich in Bewegung setzte. Opa sagte. »Ab heute fahren wir nie mehr im Treck.«
Bei nächster Gelegenheit scherte er mit seinem und Gertruds Gespann aus und zog auf Feldwegen und Waldschneisen weiter. Wagen tarnen und Pferde gut versorgen war erstes Gebot.
Am dritten Tag rasteten sie vor einem Stall. Wieder im warmen Heu schlafen. Jeder suchte ein Lager, kuschelte sich ein. Vereinzelte beteten. Frauen lausten ihre Kinder wie die Affen im Königsberger Zoo. Tante Gustchen schüttelte sich vor Ekel.
»Komm, Tantche, die Tierchen werden auch dich finden. Essen brauchst sie ja nich«, spottete Lottchen. Sie ärgerte sich täglich, daß Tantche mit ihrem eleganten,

weitgeschnittenen Krimmermantel ein Viertel des Wagens einnahm. Tante Adomeit kroch stöhnend ins Heu. Sie kümmerte sich nicht um ein paar Läuse, die arme Seele.
Oma humpelte, auf Halina gestützt, durch den Mittelgang. In einer Pferdebox baute sie ein Lager. Oma, Annemariechen und die kleine Puppi kuschelten sich ein. Zum Trinken reichte Hilde aufgetauten Schnee.
Zwei Frauen schleppten einen Wäschekorb. Eine fragte Gertrud um Milch für ihr Baby. Gertrud mußte verneinen und sagte: »Ich kann euch Zucker geben. Aufgelöst in Schnee flößt ihr es dem Kleinchen ein.« Sie schüttete den Farin in einen Beutel, reichte ihn der Frau und sah dabei in das Körbchen. »Aber, das Kind, das Kind is...«, stammelte Gertrud
»Psst«, flüsterte die Ältere. »Es schläft ganz fest.«
Die Jüngere zog Gertrud beiseite und erzählte, daß ihr Brüderchen gestern gestorben sei. »Meine Mama will es nicht wahrhaben.«
Die Frauen verließen den Stall. Gertrud fühlte sich dermaßen elend, daß sie erbrechen mußte.
Lotti und Hilde hatten eine Küche gefunden. Auch die kleine Wanne mit dem Fleisch vom Borch. Salz, Pfeffer, Lorbeer und der gefrorene Schinken! »Hoffentlich is Fleisch nich süß wie Kartoffeln, wenn sie erfrieren!«
Lotti pustete ins Feuerloch. Daß eine Suppe so riechen konnte! Die Mädchen stellten den schwarzen Weckkessel auf eine Bank und teilten den Inhalt aus. Alle schnupperten.
»Kommt her, solange was da is.« Gertrud teilte das Fleisch.

Wie Wölfe schlangen sie. Die heiße Suppe schlürften sie bis auf den letzten Tropfen.

»Großer Gott, war das gut«, murmelte Opa. Er schniefte und blinkte mit den Augen.

Annemariechen und Puppi klopften auf ihre vollen Bäuche. »Satt«, brabbelte Puppi mit fettigen Lippchen. Hier und da wurde laut gerülpst.

»Ob wir beten?« fragte Oma. Einige blieben sitzen, andere knieten. Jeder faltete die Hände. »Danket dem Herrn, denn seine Güte währet ewiglich.«

»Schöne Güte«, sagte ein alter Mann. »Wenn ich mir die Scheiße vor der Tür ansehe, is mir nich zum Beten.«

Er erhob sich, stolperte nach draußen und qualsterte in den Schnee.

Der Treck

Opa war der einzige, der allein durch Wälder und auf fast unpassierbaren Wegen fahren wollte. Gertrud, die Kinder und die Altchen fühlten sich im Treck geborgen und beschützt wie in einer Herde. Die Frauen setzten ihren Kopf durch. Seit Tagen befanden sie sich mitten in einer Wagenschlange, die im Schrittempo über enge Wirtschaftswege und Waldpfade schaukelte. Abgesehen von feindlichen Flugzeugen, die den Treck nur überflogen, blieb es verdächtig ruhig.
Sie waren gut vorangekommen und beschlossen zu pausieren, um die feuchten Kleider zu trocknen und auszuruhen. Außerdem lag in der Wanne noch die Schulter vom Borch. Auf der Spiritusflamme dauerte es, ehe sie reinbeißen konnten.
Als sie gegessen hatten, hörte Hilde ihren Namen rufen. »Hilde! Hilde Schimkat, hast du meine Kinderchens gesehn?«
Hilde erkannte die Stimme der Nachbarin. »Tante Schönke, wo kommst du her?«
»Hab den Wagen verloren. Ich suche schon seit vorgestern. Um Himmels willen, helft meine Kinder suchen.«
Gertrud, die nähergekommen war, versprach der Palleninkerin zu helfen. Doch erst einmal sollte sie sich aus-

ruhen. Ein Stück warmes Fleisch hielt Gertrud der unglücklichen Frau hin.
»Danke, Trudchen, ich kann nuscht essen. Alles wie zugeschnürt. Muß nur erst meine Kinderchens finden. Ich muß los, weitersuchen.«
Sie griff nach ihrem Stock, dem Wanderstab, und stolperte aus dem Stall.
Tante Schönke hatte den Treck verlassen, um in einem verlassenen Haus Tee zu kochen. Als sie zurückkam, war der Treck mit Siegmund, dem Polen, und den fünf kleinen Kindern weitergezogen.
Am nächsten Morgen, es schneite, traute Hilde ihren Augen nicht. Neben der Stalltür stand ein Leiterwagen. Davor der Pole von Schönkes.
»Siegmund, is Tante Schönke bei euch?«
»Nei, Childe, Frau verloren. Allein mit alle Kinder.«
»Sie war hier, gestern abend. Is aber weitergezogen. Sie sucht euch.« Hilde schlug die Faust gegen die Stalltür. »Mist, Mist un noch mal Mist. Gestern erst das tote Kind und die verrückt gewordene Frau. Dann Tante Schönke. Un heute stehst du mit den Kleinen da. Na, soll Oma mir noch mal mit Beten kommen.« Sie schluchzte: »Ich will nich mehr, nich mehr. Nu is genug!«
Gertrud nahm sie in den Arm. »Komm, Hilde, reiß dich zusammen.« Auch sie hatte Siegmund entdeckt.
»Nützt alles nichts. Es muß weitergehen. Seht mal, alle Milchkannen vom Wagen geschnitten.«
»Geklaut«, sagte Hilde. »Schweineschmalz und Gänseschmalz.«
»Waren hungrige Geister, genau wie wir«, flüsterte Gertrud erschöpft.

Abends tauchten Soldaten auf, deutsche Soldaten in Tarnanzügen. »Hast du Hunger?« fragte einer Lotti, die dabei war, die Plane des Wagens festzuzurren.
»Habe ich immer!«
»Kannst mitkommen, heute gibt es bei uns Eintopf!«
Lotti fragte, ob sie ihre Schwester holen dürfe. Er nickte.
Die Mädchen stolperten mit den Soldaten über einen Acker in den nahen Wald. Dort sprangen sie in einen tiefen Graben, der sich durch das Gelände zog. Nach einigen Schritten endete dieser vor einer Tür, die der erste Soldat öffnete.
»Ein Bunker. Hilde, ein richtiger Bunker«, stellte Lotti mit Erstaunen fest. Sie fragte einen Soldaten, ob hier die Front sei.
»Ja, Mädchen, hier ist die Hauptkampflinie. Der Russe ist auf Rufweite.«
»Wir sind in der Hauptkampflinie«, flüsterte Hilde.
»In der HKL.«
»Hast du Angst?« fragte ein junger Landser.
»Nee, eigentlich nich. Angst kenne ich nicht. Nur unsere Mutter wird sich Sorgen machen.«
»Wenn ihr gegessen habt, könnt ihr wieder zu euren Leuten.« Er füllte Suppe in ein Kochgeschirr. »Heute sind wir großzügig. Nach Tagen haben wir endlich wieder eine volle Gulaschkanone.«
In der Ecke des miefigen Bunkers bullerte ein Kanonenofen. Davor saßen drei Soldaten, die bei Kerzenlicht Karten spielten. Einige der Landser schrieben Briefe oder dösten vor sich hin, andere schnarchten. In voller Marschausrüstung lagen sie auf dem Boden, nur

die Stahlhelme hatten sie abgesetzt. Karabiner lehnten an der Wand. »Welch ein Glanz«, sagte einer der Spielenden. Er wies auf Lotti.
»Schöner Glanz«, antwortete sie. »Tagelang nur mit Schnee gewaschen oder gar nicht.« Gierig griffen die Mädchen nach dem dampfenden Kochgeschirr. »Entweder wir haben nuscht oder zwei Tage hintereinander Warmes«, sagte Lotti. Hilde grinste nur.
Plötzlich flog die Tür auf. Sie sahen in ein verzerrtes Gesicht. »Alarm!« Rasch sprangen die Soldaten auf. Stahlhelme aufgestülpt, nach den Karabinern gegriffen und raus.
In dem Moment, als die Mädchen den Bunker verlassen wollten, bebten Erde und Himmel zugleich. Gebückt liefen sie durch die Hauptkampflinie und robbten über den Acker. Sie hatten Angst. Ganz plötzlich war die Angst da und überall Feuer.
»Opa, Stanek, Mutti, wir müssen los. Der Iwan kommt!«
Der umsichtige Stanek spannte schon an. Diese Situation erlebte er nicht zum erstenmal. Lotti lief zu den anderen Treckwagen und warnte die Menschen. Hier war alles im Aufbruch. Opa und Stanek lenkten die Fuhrwerke in Richtung Wald. Hinter ihnen und über sie hinweg heulten Granaten, die in weitem Umkreis einschlugen. Die Scheune, neben der sie gelagert hatten, stand in Flammen. Einige Wagen waren noch rechtzeitig weggekommen, andere brannten lichterloh.
»Stopp!« schrie Opa. Sie hielten. Die Pferde zitterten. »Alles runter von den Wagen, wir sind zu schwer. Ballast abwerfen!«

Tante Adomeit und Tante Gustchen lugten durch ein Loch in der Plane. Sie wollten nicht. Weder absteigen noch ihre kleine Habe hergeben.

»Los, los!« schrie nun auch Stanek. Mit seiner nachdrücklichen Hilfe krochen die alten Damen vom Wagen. Etliche Koffer und Beutel landeten im Schnee.

»Nei, nicht!« protestierten die Tanten.

»Was nun«, brüllte Stanek, »eure dicken Ärsche oder die Pungels? Entscheidet euch. Beides geht nicht.« Sie nickten.

Anschließend war Opas Wagen dran. Nur das Nötigste an Kleidung, die Mettwürste, Zucker und Rotwein wurden nicht angerührt, und die Betten.

Opa führte die Fuhrwerke wie ein Stratege. Wieder waren sie einem Angriff, wie schon einige Male, entkommen. Nur die Angst, die wuchs täglich. Es hatte zu schneien begonnen. Motorengeräusch ließ Opa und seine Familie aufhorchen.

Hilde schlich durch eine Schneise zur Straße. Deutsche Militärkolonnen zogen vorbei. Eine Kreuzung. Ein Wegweiser. Hilde hielt es nicht für möglich, was sie las. 64 Kilometer bis Königsberg. Vor einigen Tagen – sie dachte nach. Kein Zweifel, hier sind wir schon gewesen. Wütend lief Hilde zurück. »Opa, Mutti, wir sind tagelang im Kreis gefahren. Immer rundherum. Opa, du hast es auch nicht gemerkt. Und du, Stanek – alles wißt ihr besser. Aber daß wir keinen Schritt vorwärts gekommen sind, is euch entgangen. Oma betet un betet. Wo is nu ihr Gott, der liebe, der gute Gott. Wem hilft er? Wir haben gesehen, daß alles kaputtgeht«, wimmerte sie, »unsere Soldaten drängeln die Flüchtenden von den Straßen. Einfach in

den Straßengraben. Sie machen sich die Bahn frei und laufen.«
»Sei still, Hilde, nu hast du genug geschimpft. Aber sie können alle nicht mehr. Es wird hoffentlich bald ein Ende haben«, tröstete Gertrud.
»Ich kann auch nich mehr, Mutti. Meine Füße tun so weh. Ihr habt Lederstiefel an, aber ich in den Holzklumpen, ich kann nich mehr laufen.«
»Is gut, is gut, Kindchen.« Oma umarmte Hilde, die jetzt still war. Stanek wollte Späße machen, Hilde winkte ab.
Als die Wagen wieder anfuhren, ließ sie sich in den Schnee fallen. Es is genug. Die Wagen voller Pacheidels, Tanten un die Kleinen. Tagelang laufen wir wie auf einer Krängelbrücke. Mutti wollte sie rufen, aber sie brachte kein Wort heraus. Hilde schlief sofort ein.
Als sie wieder zu sich kam, lag sie auf dem Wagen, über und über mit Schnee bedeckt. Es war fast dunkel. Hilde hörte Staneks Stimme. »Bist wohl plemmplemm, dumme Merjell! Ich such un such. Seh deine rote Mütze. Sonst...« Ängstlich sah Hilde zu ihm auf.
»Nanu, nanu, nich weinen, Hildike. Ich bin nich beese. Froh bin ich, daß ich dich finde.« Er drohte mit dem Finger. »Nich mehr in Schnee setzen. Du schlafst ein, dann du tot.«
Hilde erzählte, daß sie im Schnee von Weihnachten geträumt hatte. »Pfefferkuchen gab es und Bratäpfel, Stanek. Un der Weihnachtsquapp war so groß wie noch nie. Wie das gerochen hat. Schade, Stanek, es is nich Weihnachten.«
Stanek wiegte den Kopf, dann sagte er in seinem breiten litauischen Akzent: »Kommt doch wieder,

mein Kindche. Kommt wieder, alle Jahre.« Der starke Mann hob Hilde vom Wagen und stellte sie auf die Erde. Die asthmakranke Oma winkte Hilde zu sich und gab ihr eines ihrer letzten Eukalyptusbonbons.

Opa hatte keine Zeit für die Träume junger Mädchen. Ihm war es nicht aufgefallen, daß seine Hildike sterben wollte. Er drückte ihr und Lotti die abgeblendete Laterne in die Hände. »So, Kinder, nu man los«, rief er und schnalzte mit der Zunge. Heute führte Opa den Treck, der sich in Bewegung setzte. Wie oftmals war die blakende Funzel Opas einzige Orientierung. Deichsel, Laterne – eine Linie. So ging es weiter, Stunde um Stunde, bis der Morgen graute.

Neben der Straße standen einige Häuser. Alle waren menschenleer. »Halt, Vater, hier könnten wir eine Pause machen!« rief Gertrud.

Stanek zurrte die Deckplane auf. Alles kroch aus den Federbetten. Die Kleinen wurden mit Schnee gewaschen. Hilde und Lotti rubbelten ihre Gesichter. Oma und die Tanten knieten im Schnee.

»Mensch, stinkt Tante Gustche«, stellte Stanek fest.
»Hat wohl die Scheißerei, die Feine.«
»Stanek, nich so derb«, tadelte Gertrud.
»Is aber doch wahr. Meistens steigt die nich aus, auch wenn das dicke Arsch räuchert.«

Gertrud ließ ihn stehen. Tante Adomeit sah ängstlich um sich: »Nu is es mit einmal wieder so still. Aber wartet man ab, das Jüngste Gericht is all unterwegs. Feuer kommt schon vom Himmel, wie da geschrieben steht, aber ihr wollt nich hören, ihr Ungläubigen!« drohte sie.

»Ach, Nachbarsche«, meinte Opa Kallweit, »nu hör auf mit dem Gefasel, von wegen Jüngstes Gericht. Das kommt zu spät. Da kommen nur noch die Russen.«
»Vater, laß das Geunke«, meinte Gertrud. Sie sah zwei Männer in SA-Uniform auf sich zukommen. »Na, die sind aber mutig. Hier in dem Aufzug.«
»Befinden sich hier noch junge Männer?« fragte der erste.
»Für den Volkssturm«, ergänzte der zweite.
»Ja, Opa kann noch kommen, un vielleicht findet ihr Onkel Adomeit mit seinen offenen Beinen«, blaffte Hilde die Männer an. »Un warum kämpft ihr nicht? Warum stolziert ihr hier so rum?«
Gertrud wurde weiß vor Schreck. »Hilde!« rief sie. »Hilde, was fällt dir ein. Is doch klar, daß alle Männer an die Front müssen.« Sie wandte sich an die Uniformierten. »Es tut mir leid, daß ich nur Mädchen habe. Ansonsten hätte ich sie liebend gern mitgeschickt. Is doch selbstverständlich, daß auch Vierzehn- und Fünfzehnjährige das Vaterland verteidigen können, wenn es an allen Ecken brennt.«
Stanek grinste.
»Trotzdem müssen wir die Wagen untersuchen«, sagte einer der Männer.
»Da finden Sie nuscht. Später sitzen da nur kleine Kinder und alte Damen, die nich besonders riechen«, bemerkte Stanek.
»Ja und Sie?« Der SA-Mann tippte Stanek auf die Brust.
Der wischte den tippenden Finger weg. »Ich nich. Ich bin Litauer. Habe kein Vaterland mehr. Auch nichts zu verteidigen. Meine Frau un Kinderchens, zwei, er-

schossen. Weiß nich, ob Russe oder Deutsche. Is auch egal, wissen Sie, ganz egal. Tot is tot. Das is genug.« Stanek kümmerte sich nicht mehr um die Braunhemden. Er ging zu den Pferden.
Die SA-Männer zogen weiter auf der Suche nach Kämpfern fürs Vaterland. Unterdessen rumpelte ein Lastkraftwagen, auf dem ältere Männer und Schuljungen standen, langsam vorbei. »Da fährt die Wunderwaffe«, bemerkte Opa. Er spuckte den braunen Saft seines Priems dem Lastwagen hinterher.
»Kommt, ein halbes Toppchen Farin, bißchen Schnee und jeder eine Scheibe Mettwurst. Für heute muß das reichen. Das Brot is alle.« Gertrud verteilte das Frühstück.
Vor den Pferden lag Heu. Stanek hatte es aus irgendeinem Stall organisiert.
»Schön, das Haus auf dem Hügel«, stellte Lotti fest. Sie fragte Hilde, ob sie während der Rast mal kurz reinschauen sollten. Hilde nickte zustimmend.
Die Türen standen offen. Keine Menschen, keine Möbel. Eine Tür führte in den Garten. Lotti rannte die Stufen hinunter. Hilde blieb mit weitaufgerissenen Augen stehen. Ein Toter baumelte in einem Apfelbaum. Beide starrten wortlos auf den Mann, der ein P auf seinem blauen Hemd trug. »Ein Polakche«, flüsterte Lotti, »sicherlich waren es die SA-Männer, diese Kerle, warum nur?« Sie beugte sich vor und mußte würgen, doch ein leerer Magen tut nur weh. Lotti schlich rückwärts aus dem Garten, ohne ihre Augen von dem Toten zu lassen.
»Lotti, sieh doch die vielen Äpfel. Sie sind alle zerfro-

ren, aber immerhin Äpfel. Laß uns doch einige mitnehmen.«
»Nich von dem Baum. Un wenn wir hungern bis sonst wohin. Ich nehme keinen davon, Hilde.«
Die hörte nicht auf Lotti und pflückte von einem tiefhängenden Ast die gelben Früchte, die sie in die Manteltasche steckte.
In Panik liefen beide durch das leere Haus zur Straße. Leiterwagen an Leiterwagen zogen vorbei, aber ihr Wagen, der mit den bunten Flickerdecken, war nirgendwo. »Hilde, Opa un Mutti mußten weiter. Alles is in Bewegung. He, Hilde, was träumst du? Sag lieber, in welche Richtung wir gehen sollen.«
Hilde stand da. Sie starrte auf die glasigen Früchte in ihren Händen. »Ich weiß nich, Lotti, was passiert da nur, mir ist, als würden die Äpfel in meinen Händen brennen. Ich durfte sie nicht abpflücken. Der Mann dort in dem Baum zwischen den Äpfeln, der Tote, ich sehe immer nur den Toten vor mir. Das war wie Fleddern. Du weißt schon, was ich meine. Kommst mit, ich muß zurück in den Garten und die Äpfel unter den Baum legen.« Lotti war ratlos. Sie sah, daß es Hilde sehr ernst damit war.
»Komm, schnell«, bat diese, »weit is es ja nich bis zu dem Haus. Bitte, Lotti!«
Vor dem Haus angekommen, sagte Lotti: »Ich warte hier. Den Rest machst allein.«
Einige Minuten später kam Hilde wieder. »Ich habe in sein Gesicht gesehen, Lotti, es war ganz ruhig. Bin auch froh, daß die Äpfel unter dem Baum liegen.« Sie atmete tief und sagte: »So, nun laß uns laufen, daß wir unseren Wagen einholen.«

So gut es ging, stolperten sie weiter. An der Kreuzung stand ein Landser und brüllte: »Ihr da, hier lang. Tempo, Tempo. Und du, nach links abbiegen, nach links, verdammt. Kannst du nicht hören oder weißt du nicht, wo links ist. He, blödes Weibsstück! Und du, lenke dein Fuhrwerk nach rechts, los, los. Dir hat wohl einer ins Gehirn geschissen, meinen Befehlen nicht zu gehorchen!« Dabei griff er in die Zügel ihrer Pferde.

»Loslassen!« schrie die Frau. Sie schwang die Peitsche mit aller Kraft und schlug auf den Mann ein. Die Pferde bäumten sich auf und sprengten samt Leiterwagen über die Kreuzung. Mit einem schnellen Satz sprang der Soldat zur Seite.

»Die hat das gut gemacht«, meinte Hilde anerkennend.

Im Schatten der fremden Wagen erreichten sie wieder ein Dorf. Eines der vielen Dörfer, deren Namen sich niemand merkte. Dieses war anders. Anders als alle vorherigen. Aus fast jedem Schornstein züngelte Rauch, der sich am Himmel verlor, an dem die Sonne seit Tagen verschwunden war. Eine Frau, mit Kanne und Tassen auf einem Tablett, kam den Leiterwagen entgegen. Auf ihren Ruf hielt der Treck. »Chier, Pan, trink. Is warme Tee mit Zucker.«

Hilde und Lotti sahen ungläubig zu, wie mehrere polnische Frauen Getränke ausschenkten. »Warum tut ihr das?« fragte Lotti eine Frau.

»Fräulein, wir wissen von Flüchten, von Kälte, Hunger, viel Angst und Schlimmes mehr. Nun wir bleiben hier. Alle Häuser mit Polen. Wir warten auf Sowjets-Armee. Egal, was kommt.«

In dem Augenblick hörten sie Flugzeuge. Gleichzeitig

schlugen überall Bomben und Granaten ein. Ohrenbetäubender Lärm. Die Menschen rannten von der Straße. Suchten Schutz. Hasteten über dunkle Stiegen in die Keller.

Lotti und Hilde kauerten in einer Ecke, als die Kellertür aufgetreten wurde. Schwere Stiefel polterten die Treppe herunter. Zwei Wattejacken mit rotem Stern an der Pelzmütze. ER war da. Maschinenpistole im Anschlag. »Soldaten chier?« fragte einer. Er fuchtelte wild mit der MP.

Soldaten gab es keine, nur vor Todesangst schlotternde Frauen, Kinder und alte Männer, deren Schließmuskel plötzlich nicht mehr funktionierten, denen ihr eigener Gestank den Atem nahm.

»Davai, davai«, befahlen die feindlichen Soldaten. Sie schubsten einen nach dem anderen die Treppe hoch und trieben die zitternde Schar zusammen. Einige Häuser brannten, andere waren nicht mehr da. Nur ein Haufen rauchender Schutt verbreitete Wärme. Die umherstehenden Leiterwagen waren geplündert worden. Die Pferde von russischen Soldaten weggetrieben. Hakenkreuzfahnen lagen auf der Straße. Ein Mann warf seinen Parteimantel in den Schnee und schrie: »Wem gehört dieser Nazipaletot?« Ein Schuß. Der Mann lag neben seinem kackbraunen Mantel.

Lotti und Hilde schlichen um die Ecke des Hauses. Hilde wies auf die nächste Toreinfahrt. Eine Frau mit klaffender Wunde am Oberschenkel wurde von einem russischen Soldaten verbunden. »Siehst, Lotti, wie Papi immer sagte, Russen sind gut.«

»Na, denn sieh mal da hin!« Im Siegestaumel zermalmte ein Panzerfahrer einen Leiterwagen.

Allmählich wurde es dunkel. Doch Lotti und Hilde blieben in der folgenden Nacht mit anderen Flüchtenden in einem leerstehenden Haus. Eine Nacht, die sie nie mehr vergessen sollten. Unzählige Male hörten sie: »Komm, Frau!« In der Nacht mußten viele Mädchen und Frauen mitgehen. Sie verschwanden mit den Soldaten in einer Scheune. Einige Mädchen verbluteten im Stroh, andere lagen am Morgen vor der Scheune. Angehörige brachten sie in Sicherheit.
Hilde sagte: »Uns bekommt keiner. Wir versuchen wegzuschleichen, daß wir unseren Wagen wiederfinden.«

Übers Frische Haff und die Ostsee

Auch der Treck mit Opa und Gertruds Wagen wurde überrascht, als die Hölle losbrach und ihnen Granaten um die Ohren flogen. Obwohl sie einiges gewohnt waren, schlotterten sie vor Angst. Gertrud rief nach den Mädchen. Tante Gustchen, die Vornehme, raffte ihren Mantel hoch und lief furzend um die Ecke. Tante Adomeit nervte weiter mit ihrem Weltuntergang. Kinder weinten nebenan. Zwei Frauen schleppten ihre tote Mutter in einen Teppich gewickelt mit sich. Ein alter Mann wollte nicht begreifen, daß sein Pferdchen tot war. Er redete auf das steife Tier ein. Es solle doch aufstehen und den kleinen Wagen ziehen. »Weißt doch, Malche«, flüsterte er dem toten Tier ins Ohr, »Muttchen kann nich mehr laufen.«
Gertrud rief immer wieder nach den Mädchen. Sie wollte nicht glauben, daß Lotti und Hilde den Treck verlassen hatten. Sie wußte keinen Grund dafür. Ihre Hände zitterten. »Wo sind die Kinder, Stanek, Halina?«
»Mein Gott, ich weiß nich, Frau.«
»Wo sind die Kinder, Vater, Mutter?«
Opa ging mit schleppenden Schritten zum Wagen. Langsam spannte er die Pferde aus. »Schacktarp, für uns is nu Schacktarp. Nuscht geht mehr. Nu

warten wir auf die Kinderchen, un wenn bis zum Schluß.«

Die nächsten beiden Tage fror Gertrud. Sie schlief nicht, aß nichts, sagte kaum ein Wort.

»Sind vielleicht auf dem Weg nach Berlin«, tröstete Tante Gustchen.

Tante Adomeit verkroch sich im Wagen. Sie wußte, wie Gertrud zumute war. Halina legte den Arm um Gertruds Schultern. Worte fand sie keine.

Gegen Abend des zweiten Tages krochen Lotti und Hilde einen Graben entlang. Nach einigen Metern erkannten sie an den Uniformen deutsche Soldaten. Einer zeigte ihnen den Weg, auf dem seit Tagen Trecks entlangzogen.

Die Mädchen liefen an den Militärfahrzeugen und Flüchtlingswagen vorbei. Gegenseitig trieben sie sich an. Dann standen beide starr in der Auffahrt eines Hofes: der bunte Leiterwagen, der Fuchs, der Schimmel und Rappe. »Mutti, Mutti!« Umarmungen und nicht wissen, wohin mit der Freude.

»Mutti, wir müssen weiter, wir müssen laufen, so schnell wir können«, schrie Lotti.

Soldaten in Tarnanzügen, die blutverschmiert waren, hielten. »Junge Frau, das Mädchen hat recht. Wir sind die letzten. Was nach uns kommt, ist unbeschreiblich.«

Opa sagte bestimmend: »Wir sind alt, Trude. Ich lasse meine Pferde nicht im Stich. Halina und Stanek werden helfen. Du aber gehst.« Er regelte alles ohne viel Worte. »Unweit von hier ist die Rollbahn. Lauft diesen Weg entlang. Bestimmt helfen Kameraden

euch weiter. Frisches Haff, auf ein Schiff und ab mit euch.«
Oma, die gute Oma, wiegte sich, bis ihr Schluchzen in einen Hustenanfall überging. Opa wandte sich ab.
Halina und Stanek gingen ein Stück mit. »Kleine Puppche, du. Ach, du kleine Puppche, nu kann ich nich mehr helfen. So 'n Mist, so 'n Mist«, flüsterte Stanek. Gertrud nahm Ingrid aus seinen Armen. Mit hängenden Schultern blieb Stanek im tiefen Schnee stehen.
Hilde sah zurück. Die lahme Oma stand hinten am Wegrand und hob die Hand. Sie sah ihre Kinder zum letzten Mal.
Hilde kämpfte sich weiter durch den Schnee. Stolperte, rappelte sich auf, sie schaute immer wieder zurück, bis sie niemanden mehr sah.

Vorne Panjewagen an Panjewagen. Wortlos griff ein Soldat nach Ingrid und setzte sie auf den Wagen. Ebenso erging es Annemariechen. Die drei Großen liefen nebenher.
Über das Frische Haff ging die Reise. Umgestürzte, eingebrochene Wagen. Tote Menschen, tote Pferde säumten die Furt über das Eis. Auch hier immer wieder Tieffliegerbeschuß. Weiter, weiter. Endlich hob sich am grauen Himmel Land ab.
»Alles auf die Wagen!«
Gertrud, Lotti und Hilde kletterten auf den niedrigen Panjewagen. Sie klammerten sich, Annemarie und Ingrid in der Mitte, aneinander.
In scharfem Tempo trabten die kleinen Pferde, die sicher Kriegsbeute waren, über das Eis. Plötzlich ver-

sackten sie bis zum Bauch im Wasser, das von messerscharfen Eisstückchen übersät war. Viele Pferdehufe hatten die Eisdecke vor dem rettenden Ufer zerstampft. Grölende Soldaten trieben die kleinen Pferde an.

»Links müßt ihr euch halten. Da ist der Bahnhof und der Hafen. Geht mit Gottes Hilfe«, sagte der Landser, der die Fuhre über das Haff gelenkt hatte.

Den Wandschonerrucksack mit röhrendem Hirsch umgeschnallt, die Mützen bis tief in die Augen gezogen. Hilde zurrte das Tau um die gespaltenen Klumpen fester, dann stapften die fünf Frauen der Schimkats weiter in Richtung Pillau-Hafen.

Sie schauten sich nicht um. Nach einiger Zeit waren Gleise zu erkennen. Auf ihnen zogen sie weiter. Annemarie hüpfte hin und her.

»Mutti, ein Zug. Da is schon der Bahnhof!« rief Lotti.

»Da hinten sehe ich ein Schiff«, meldete sich Hilde.

»Kommt, Kinder, da müssen wir quer durch«, meinte Gertrud.

Lotti lief voran. Plötzlich blieb sie stehen. Gertrud und Hilde, die näher gekommen waren, sagten kein Wort. Dann flüsterte Gertrud: »Seht nicht hin, Kinder. Lotti, halt Annemarie die Augen zu! Du, Hilde, trägst Inge. Wir müssen auch hier durch.«

Mit langen Schritten stiegen sie über tote Menschen. Soldaten und Krankenschwestern. Hilde mußte Ingrid absetzen. Die Kleine sah sich um und fragte: »Schlafen die Tanten?«

Rechts vom Bahnsteig stand ein Rotkreuzzug. Endlich durch.

»Seht, ein Schiff!« schrie Hilde.
»Ein Bonbon will ich!« rief Inge.
Hilde formte eine Schneekugel und steckte sie Inge in den Mund.
Nun liefen sie, um nichts zu verpassen. Ständig legten Schiffe ab, voll mit ängstlichen Menschen. Lotti winkte. Sie rannte um die Ecke. Ein großes Schiff. Die »Capri« lag vertäut am leeren Pier. Ein Matrose ließ das Fallreep herunter und kam an Land. Gertrud fragte, ob sie mitdürften.
»Nur Mütter mit Kleinkindern und Schwangere!«
Gertrud wies auf ihre Schar.
»Nur Frauen aus dem Flüchtlingslager Himmelreich«, antwortete er.
»Himmelreich? Nee, da kommen wir nich her, aus dem Himmelreich«, meinte Gertrud.
»Himmelreich«, grinste Hilde, »auch das noch.«
Der Matrose ging zum Schiff und schloß die Eingangsluke.
»Wir müssen mit, Mutti«, flüsterte Lotti.
Der LKW bog um die Ecke. Frauen und Kinder sprangen herunter. Schimkats mengten sich dazwischen. Lotti steckte sich eine Decke unter den Mantel, so war sie schwanger. Gertrud hob Ingrid auf den Arm. Hilde sagte: »Annemariechen, in die Hucke, dann bist du ein Kleinkind. Ich bin deine Mutter.« Annemarie lachte und duckte sich wie eine verschlagene Katze.
Inzwischen war es fast dunkel geworden. Zwei Matrosen öffneten die Luke und kamen an Land. Sie packten Lotti, die vorne stand, am Arm und führten sie zur Eingangsluke. Dann kam Gertrud mit Ingrid. Anschließend Hilde und Annemarie. Eine schmale, ro-

stige Eisenleiter führte nach unten in den Laderaum des Frachtdampfers. Ein anderer Matrose wies ihnen den Platz zu.

Da saßen sie, aneinandergekuschelt im feuchten Stroh. Von den Wänden rieselte Wasser. Von der Decke tropfte es. Doch sie fühlten sich geborgen und gut verwahrt. Dem Krieg entkommen.
Gertrud holte die andere Hälfte des Schinkens hervor.
»Hier, jeder ein Stück. Aber nur lutschen!«
»Puppi will kein Fleisch, Puppi will Mittagessen«, jammerte die Kleine.
Mittagessen. Ob sie hier etwas zum Essen bekommen würden?
»Annemarie, warum lutschst du nicht den Schinken?«
»Ich will trinken, Mutti.« Annemarie hustete seit Tagen. Sie fieberte leicht. Das durfte nicht sein, das Fiebern. Doch Annemariechen bekam eine Lungenentzündung.
Gertrud logierte mit ihrem kranken Kind in einer Kabine. Drei Kojen, sechs Menschen. Rotkreuzschwestern waren die anderen Passagiere. Sie waren übriggeblieben beim Tieffliegerbeschuß eines Zuges. Des Zuges vom Pillauer Bahnhof. Sie betreuten Annemarie, die alles gut überstand.
Lotti, Hilde und klein Inge hausten im nassen Laderaum. Die beiden Großen klauten Brot und Trinkwasser und sahen zu, wenn junge Männer mit Frauen unter Federbetten wühlten und die Frauen stöhnten und kreischten.
In einem kleinen Laderaum drei Tonnen mit Brett dar-

über – Toiletten für Hunderte von Menschen. Überall Scheiße und Durst, Dreck und Durst.
Sie freundeten sich mit Jugendlichen aus Königsberg an. Gemeinsam sangen und lachten sie trotz Hunger und Durst.
Der Geleitzug wurde von Minensuchern beschützt. Trotzdem lief das nachfolgende Schiff auf eine Mine. Schiffbrüchige kamen an Bord. Noch mehr Hunger, Durst und Scheiße.
Dann kam Karl, ein Matrose mit vielen Narben im Gesicht. Er holte Hilde aus der Nähe des dicken Kochs, der seinen umfangreichen Schatz an Schimpfwörtern über sie ausschüttete.
Der feiste Kerl hatte sich Lotti als Küchenhilfe ausgesucht.
Die aber wollte nicht ohne Hilde bei ihm bleiben. Lotti war sein Püppchen und Posaunenengel.
Hilde hörte nur Böses. Ob sie ihm im Wege war?
Sie bekam Trinkwasser und Brot von Karl. Vieles verteilte sie.
»Karl«, sagte Gertrud, »sie is erst vierzehn Jahre alt.«
Er lächelte und beruhigte Gertrud.
Karl war Heizer auf der Capri und erzählte, daß er aus Elbing kam und nicht wüßte, ob seine Eltern noch lebten.

Donnerstag um zwölf Uhr gibt es Nudeln mit Backobst. »Zeitig anstellen« stand in großen Buchstaben auf dem Informationsbrett. Es schien, als lächelten die Menschen.
Der Donnerstag kam. Mit ihm Sturm und schwere See. Schlimmer als das Elend auf den Straßen war

die Seekrankheit. Niemand fragte nach Nudeln mit Backobst.
Von einer kleinen Übelkeit abgesehen, überstanden Schimkats, außer Hilde, die Seekrankheit ohne Schaden. Stundenlang lag sie fast besinnungslos in einer aufgerollten Trosse. Karl hatte sie zu ihrem eigenen Schutz festgebunden. Doch wie vieles gingen auch diese Stunden vorbei.

In Swinemünde Proviantempfang. Für vier Personen gab es ein Brot. Klitschig und ohne Geschmack. Zum Schinken war es dennoch eine Delikatesse. Nicht jeder an Bord hatte Schinken, auch keine Feinseife mit Lavendelduft. Das hellbraune halbgerundete Stück Seife von Tante Maria aus Berlin ging von Hand zu Hand.
Pro Person gab es einen halben Liter Wasser. Seewasser zum Waschen war verboten. Allergien, Ekzeme und Entzündungen sollten vermieden werden. Trotzdem starben später viele. Vor allem ältere Leute. Medikamente gab es keine.
Als Tieffliegerbeschuß einsetzte, lief alles durcheinander. Die Capri kam bis auf kleinere Einschläge davon.
Anschließend mußten alle Schiffe den Hafen verlassen. Haushohe Eisschollen türmten sich vor ihnen auf. Schacktarp auf der Ostsee. Auch hier ging einige Tage nichts mehr.
Irgendwann kam Land in Sicht. Eine Stadt. Welche Stadt? Welches Land?
»Alles aussteigen!«
Hilde suchte Karl. Sie wußte, wo er zu finden war. Auf

Strümpfen lief sie die Löchertreppe, wie sie die Stiegen nannte, nach unten in den Heizraum. Karl war nicht da. In Panik stürmte sie nach oben: Ich muß ihn finden. Ich muß ihm auf Wiedersehen sagen.
Dann hörte sie ihren Namen. Da stand Karl, der Heizer, mit ausgebreiteten Armen. »Nun mußt du gehen«, sagte er. »Hier, das schenke ich dir zum Abschied.«
Er reichte Hilde ein Buch. »Eine ägyptische Königstochter«, las sie.
»Bist du für mich«, scherzte Karl.
Hilde war verlegen, und sie dankte ihm für alles. Sagte, daß sie ihm schreiben wolle.
»Geht nicht. Wir laufen heute nacht noch aus. Holen mehr Flüchtlinge aus Ostpreußen.«
»Auf Wiedersehen, Karl. Bleib am Leben. Sagst du mir noch, wo wir sind?«
»In Schleswig-Holstein, Hilde. Die Stadt da ist Lübeck.«

Worterklärungen

abhauen	weglaufen
asig	nicht gut zuwege, stark
ausbixen	weglaufen
Aust	Heuernte
Berschke	ein Fisch
blankgewichst	blankgeputzt
Borch	kleines Schwein
Brotkampen	Brotschnitten
burbeln	Blasen schlagen
butschen	küssen
Deiwel	Teufel
Dittchen	zehn Pfennig
Dubas	großes Gefäß
Dups	Hintern
Farin	Zucker
Fitzelband	Nahtband
Flinsen	Pfannkuchen
Funzel	Petroleumlampe
Glumse	Quark
Gnusel	Pfeifenstummel
Gössel	Gänseküken

Grand	grober Kies
Grapen	Eisentopf
Graschels	kleine Kinder
Grummet	zweite Heuernte
Grummetaust	zweite Heuernte einbringen
iwo	nein
Joatakes	Krempling, ein Pilz
Jrutsch	Brei, Matsch
Haumaschine	Mähmaschine
Heemske	Ameise
Herdbuch	Rinder hoher Qualität
hopsje	hüpfen
Hüscher	Kartoffelkraut
Kabolske	Überschlag, Salto
Kalmuksch	angerauhter, warmer Wäschestoff
Kalus	Gefängnis
Karbonade	Kotelett
Karschinis	genähte Handschuhe
Karjolschlitten	Spazierschlitten
Kaschulle	ein Kosewort
Keilchen	Klöße
Käpps	kleiner Heuhaufen
Kerbholz	Kopf
Keuchelchen	Hühnerküken
Klärchen	Sonne
Klopse	Frikadellen

Klumpen	Holzschuhe
Knasterbonbon	hartes Bonbon
Kobbel	alte Stute
Kodder	Lappen
Kornfrank	Kaffeeschrot
Krängelbrücke	Drehbrücke
krätsch	blöd oder »bescheuert«
Krauter	alter Gaul
Kreken	kleine Pflaumen
Krepsch	Netz, Beutel
Kroffen	Berliner
Kruke	Wärmflasche
Kruschke	Birne
kullern	rollen
Kummche	kleine Schüssel
Kumst	Kohl
Kupsten	kleine Erdhügel
Leinenzich	Leinenbeutel
Lorbaß	ungezogener Junge
Lucht	Boden
luchtern	klar
Makscht	Webstock
Mausite	ein Kosewort
Meiran	Majoran
Merjell	Mädchen
Meschkinis	Bärenfang-Likör
meschugge	verwirrt
Modder	Matsch
Moorblänke	Moorteich
Mutzköppe	Ohrfeigen

Narschchen	Hinterteil
nicht mucksen	still sein
Okeln	Abseiten
Pacheidel	Gelumpe, Packelage
Pallnis, Pallnus	Land im Moor
Pampusen	selbstgenähte Hausschuhe
Pamuchelkopp	Dorschkopf
Pasauken	Vagabunden
passesuriken	naschen, Eßgier stillen
Patscheimer	Schmutzwassereimer
Pede	Trageholz
Piepke	Küßchen
Pirak	Hefekuchen
Plachanske	Blechkanne
Plumke	Pflaume
Poggen	Frösche
Porsch	Heilkraut
Pröddel	Moorland
prunzeln	nähen
Puddermaschine	Heuwender
Puttkekram	Kurzwaren
puuschen	streicheln
qualstern	spucken
quansweis	vortäuschen
Quanten	Füße
Quapp	Wels
Quetsche	Handharmonika
quiddern	kichern

Quitschen	Früchte der Ereberesche
quimte	schnappte nach Luft
Raderkuchen	Schmalzgebackenes
Rapättschke	Kröte
Sauerkumst	Sauerkraut
Schabbelbohnen	weiße Bohnen
schachern	feilschen
schäpen	schöpfen
scherbeln	tanzen
Scheschke	Unke
schichern	scheuchen
Schleef	Schöpfkelle
Schlorr	Filzpantoffel
Schmant	saure Sahne
schmengern	naschen
Schniefke	Schnupftabak
schnurrgeln	in der Nase hochziehen
Schrumm	Tanzvergnügen
Schuppenis	Bohnen und Kartoffeln mit Pökelfleisch
Schweiniter	ein Schimpfwort
schwoofen	tanzen
Spener	Späne, Holzspäne
Spenerlesen	Späne aufsammeln
Spirgel	gebratenes Fleisch
Stäch	hoher Steg
treideln	ziehen
unken	Unheil heraufbeschwören

verpusten	ausruhen
Winkje	ein Versteckspiel
Wischkodder	Wischlappen
Woilach	Pferdedecke
Zagel	Schwanz, Stert
zergen	ärgern